Татьяна Мирская

Мальвина в поисках свободы

Хроника частной жизни Екатерины Фурцевой

Unifors
Production

Издательство
«Октопус»

Москва, 2006

УДК 82-3:372.3/.4
ББК 84 (2Рос+Рус)
   М 63

Татьяна Мирская
Мальвина в поисках свободы: Хроника частной жизни Екатерины Фурцевой. — М.: Издательство «Октопус», 2006. — 256 с.

В Советском Союзе не было женщины, достигшей таких политических высот, как Екатерина Алексеевна Фурцева. Она была секретарем ЦК КПСС, членом Президиума ЦК, первым секретарем Московского горкома партии, министром культуры СССР. Факты ее биографии известны многим, но ее личная жизнь до сих пор оставалась загадкой. Роман Татьяны Мирской, основанный на реальных событиях, приоткрывает перед читателем эту семейную тайну.

ISBN 5-94887-033-5

ISBN 5-94887-033-5

Мальвина
в поисках
свободы

Предисловие

О моей маме Екатерине Алексеевне Фурцевой написано и снято так много статей, книг и фильмов, что, казалось бы, не осталось никаких тайн в ее такой недолгой жизни. Но все, что о ней известно широкой публике, это сбивчивый и часто искаженный рассказ о ее политической и общественной деятельности.

С автором этой книги мы провели несколько лет в поисках ответа на вопрос, какой же на самом деле была моя мама. Я пересказывала все, что помнила со слов мамы, чему свидетельницей была сама, все мелочи жизни, которая не выплескивалась на страницы газет, не мелькала в кадрах кинохроники, все то, что называется частной жизнью. Жизнью души и жизнью сердца.

Конечно, невозможно адекватно отразить всю человеческую жизнь, во всей ее сложности и многообразии. Но можно показать некий срез, который поможет читателю самому понять, какой была в жизни моя мама. Не только что она испытала, но и как она это пережила. Понять побудительные причины тех или иных решений и поступков. Ощутить, как менялись ее взгляды на жизнь при столкновении с тем или иным человеком.

Однако понимая, что любое изображение событий, встреч с реально существовавшими людьми всегда грешит субъективным трактованием характеров действующих лиц, мы с автором пришли к единому мнению о необходимости изменить фамилии персонажей. Не надо забывать, что данное произведение относится не к строго документальному, а к абсолютно художественному изложению. Так что реально существовавших людей, с которыми судьба свела маму в жизни, можно с полным основанием считать только прообразами героев книги.

Мне кажется, что автору удалось ощутить и передать в художественной форме, практически не отрываясь от реальности происходящих событий, не только развитие характера Екатерины Алексеевны Фурцевой, но правомочно реконструировать и течение ее мысли, и тонкую ткань ее чувств.

Светлана Фурцева

Глава 1

24 октября 1974 года духи осени особенно были темны ликом. Под низким клубящимся небом со свистом и стоном сшибались они, грозные и чужие. Холодный промозглый ветер, поднятый ими, гнал мокрую пожухлую листву вдоль черного от дождя тротуара. Порывы его задирали полы плащей и выворачивали зонты редких продрогших прохожих, спешащих по своим суетным делам. Неверный свет фонарей вяло выхватывал их из тьмы, уже ползущей между домами, и так же вяло отпускал, тускло отражаясь в покрытых рябью лужах, освещая в пустоте улиц лишь искривленные голые ветви деревьев и слезящиеся стены домов. Тревожным и безысходным каким-то случился этот ранний московский вечер.

Может, поэтому в приемной зале итальянского посольства было так настоятельно тепло и уютно. Так мягко пели скрипки, так тонко пахло духами и шоколадом, а нарядные люди, медленно бродящие по ней, может, отого были веселы и возбуждены, что не знали о том, что твориться за толстыми стенами. А может быть, как раз знали и, боясь признаться себе и другим, старались как можно искуснее забыть и скрыть друг от друга этот пугающий их холод. То тут, то там собирались небольшие группки гостей, обменивались приветствиями и новостями. Брали с подносов беззвучно скользящих официантов искрящиеся вином и резным хрусталем бокалы и, вдыхая терпкий аромат «Кьянти», отпивали небольшими глоточками рубиновую кровь виноградной лозы.

Постепенно в этом броуновском движении наметились свои течения, и легкий водоворот собрал у камина довольно большую компанию, в центре которой стояла немолодая стройная белокурая женщина с большими, подернутыми легкой грустью глазами. Тонкие лодыжки, изящные кисти рук, своенравный изгиб шеи и мягкий овал лица тепло светились летним еще загаром, а насыщенно-синий цвет атласного платья от Ланвена отражался не только в ее глазах, но и внятно оттенял светлые волосы голубым отливом. Темно-синие замшевые лодочки на очень высокой шпильке и чистые небольшие сапфиры в ушах завершали ее дорогой туалет.

Две светские сплетницы, которым всегда найдется место на подобном приеме, чуть в сторонке с видимым удовольствием перемывая ей косточки, не преминули отметить все детали ее костюма, но особенное внимание уделили цвету платья.

— Катя, — говорила одна из них, не посмевшая бы даже подойти к даме со своими досужими разговорами, не то что обратиться к ней по имени, — нарочно надевает такие синие вещи, чтобы волосы ее казались голубыми. Она прекрасно знает, что наши мужики между собой называют ее Мальвиной.

Последнее было чистой правдой. Вернее, как бывает всегда, частью правды. Ее действительно называли Мальвиной. Но не только за голубоватый отсвет волос, который она по-женски кокетливо подчеркивала, или за распахнутые ясные глаза. Окружающие ее мужчины, со свойственной им проницательностью, когда дело касалось заинтересовавшей их женщины, угадывали в ней и светлое отношение к людям, и постоянную готовность броситься им на помощь. И поскольку по большей части сами были лишены и того и другого, как всегда, за иронией скрывали теплое к ней чувство.

А Мальвина тем временем рассказывала, судя по лицам слушателей, что-то смешное.

— Ну, раз уж зашел разговор о нелепых ситуациях, связанных с туалетами, то самый забавный случай, на мой взгляд, произошел несколько лет назад на Московском международном фестивале.

Она со вкусом и мягкой иронией поведала о Элизабет Тейлор и Джине Лолобриджиде, которые всегда излишне ревностно относились друг к другу. И все, в том числе и их прославленный кутюрье, прекрасно знали, что актрисы, избегая друг друга, никогда не посещают одни и те же мероприятия. Однако интерес к Московскому кинофестивалю был столь велик, что обе они, к удивлению всех и к ужасу кутюрье, нарушили свои правила и одновременно приехали в Москву. Каково же было их потрясение, когда на приеме они увидели друг друга в совершенно одинаковых белых кружевных платьях. С единственной разницей: на одной был красный, а на другой синий пояс. Они сначала замерли, глядя друг на друга, как в зеркало, а потом бросились навстречу друг другу с объятиями, пытаясь по возможности скрыть неловкость положения.

Слушатели, с удовольствием представляя комичность ситуации, довольно громко рассмеялись. Все в большой зале невольно обернулись в их сторону. В глубине эркера стоящие с бокалами в руках трое молодых мужчин в строгих смокингах и с неким общим выражением на длинных лицах, выдающих в них англичан, с любопытством взглянули на смеющуюся компанию.

— Кто эта красивая женщина, француженка? — с интересом рассматривая рассказчицу, спросил один из них своих визави.

— Господи, ты просто поражаешь своим невежеством! — воскликнули оба его собеседника в один голос. — Это же госпожа Фурцева, министр культуры СССР.

— Забавно, что вы говорите о ней почти с придыханием! Чем же так знаменита эта госпожа министр, кроме разве что ее явной красоты и какого-то европейского изящества, что для русских женщин, как я понял, проведя два дня в стране, довольно большая редкость?

— Твой сарказм от недостатка информации. Русские женщины, конечно, лишены той английской утонченности, к которой ты привык на родине, но красотой они не обделены. Ты сам убедишься, побывав в театрах и на концертах. Кстати, и музыканты у них просто выше всех похвал. Так что впереди у тебя много удовольствий, ты еще вспомнишь мои слова. Но вернемся к госпоже Фурцевой. Не преувеличивая, скажу, что с момента ее воцарения на посту министра мы весьма преуспели в налаживании по крайней мере культурных связей. Более того, пресловутый железный занавес дал с ее помощью довольно большую течь. А сам знаешь, что бывает с той плотиной, в которой эта самая течь появилась. Впрочем, не будем забегать вперед. Хотя некоторые благоприятные прогнозы уже можно все-таки строить. И это, заметь, в наибольшей степени ее заслуга. Уж поверь, наше управление относится к ней с большим пиететом.

— Должен сказать, господа, что чем больше я на нее смотрю, тем больше она меня поражает какой-то тайной трагичностью...

— Боже упаси нас от твоих предвидений и пророчеств! У нас в департаменте их боятся, как дьявол святой воды. Хорошую же репутацию ты себе заработал, дружище, между нами говоря.

Одновременно с молодыми людьми в сторону веселой компании обернулись стоящие поодаль секретарь посольства и заместитель министра иностранных дел Союза Фарбин — муж Фурцевой, с явным ощущением своей значимости беседующие о чем-то, видимо, абсолютно государственном.

— Ваша супруга, Николай Константинович, как всегда, пользуется особым вниманием, — прервав начатую тему, довольно льстиво и даже с ноткой зависти произнес секретарь, говорящий на прекрасном русском языке.

— У Екатерины Алексеевны всегда есть слушатели, — не особенно впопад ответил Фарбин, и серая рябь раздражения невнятно пробежала по его гладкому лицу. — Если не возражаете, я ненадолго покину вас...

— Разумеется, разумеется, — с готовностью закивал головой собеседник.

Фарбин, элегантно раскланявшись, двинулся к камину, ловко обходя стоящих группками гостей.

— Надеюсь, не прогневаю вас, господа, если позволю себе похитить на несколько минут Екатерину Алексеевну? — взяв супругу под руку, с натянутой улыбкой произнес он и, уже отойдя с ней на довольно приличное расстояние, продолжил, все так же улыбаясь, тихим, но на редкость неприятным голосом: — Катя, я просил бы тебя быть более сдержанной, это не твоя свадьба.

— Не вижу причин, — содрогнувшись от неприязни, все чаще посещающей ее по отношению к мужу, но не меняя, однако, выражения лица, ответила она так же тихо. — Впрочем, это не имеет значения. Я скоро ухожу.

— Нет, — непроизвольно резко отреагировал тот.

— Ты, видимо, забылся. Только я могу сказать себе нет, — повернувшись лицом к нему и насмешливо глядя в глаза, заметила Екатерина Алексеевна. — Я даже могу подумать, что тебя тревожит что-то сродни зависти, — продолжила она и с застывшей улыбкой отошла снова к смеющимся людям.

Она стояла у камина, не привлекая ничем к себе внимания, легко наклонившись вперед, словно заинтересованная чем-то на самом кончике своей туфельки. Неожиданно воздух на границе ее зрения задрожал, будто бы даже расслоился, и, слегка повернув голову, Екатерина Алексеевна увидела чуть размытую и почти прозрачную фигуру статного мужчины во фраке, стоящего опершись локтем согнутой руки о каминную доску. С недоверчивой радостью вглядывалась она в смутный рисунок его лица, и чем яснее становились, проявляясь и уточняясь, крупные, даже резковатые на первый взгляд его черты, тем все выше поднималось в ней робкое ощущение счастья, и в конце концов всю ее захлестнула горячая волна ликования. Дыхание у нее стало частым, щеки раскраснелись, глаза заблестели, и, стискивая вдруг ставшие горячими ладони рук, она, наконец опомнившись, нарочито спокойным голосом произнесла:

— *Неужели, господин Грациани, вы решились посетить меня в столь публичном месте?*

Меж тем господин Грациани, как назвала его Екатерина Алексеевна, как будто окончательно материализовался, отчего фигуры присутствующих на приеме, напротив, потеряли четкость и, продолжая свои незатейливые передвижения, все так же открывали рты, словно бы разговаривая, однако совсем утратили голоса. Но что интересно, скрипки продолжали все так же мягко и даже как-то лучезарно петь и в этой другой реальности. Так вот, господин Грациани, оторвавшись от каминной доски и подойдя к Екатерине Алексеевне, склонился к ней с высоты своего роста:

— *Дорогая моя, я так тоскую, не видя вас долго, что взял на себя смелость появиться в столь неподобающем для наших свиданий месте. Надеюсь, вы простите меня за эту невольную бестактность. Но прошу отметить — только не по отношению к вам.*

И они счастливо засмеялись, глядя друг другу в глаза.

Екатерина Алексеевна все-таки оглянулась, не привлекают ли они чьего-нибудь назойливого внимания, и, убедившись в этом, совершенно успокоилась:

— *Для свиданий место и в самом деле не совсем подобающее, но для директора прославленного итальянского театра появиться в итальянском посольстве самое обычное дело. Тем более что последний раз я видела тебя, Антонио, как раз у этого камина.*

— *В тот приезд я подарил тебе статуэтки из Мурано.*

— *Я храню их. Манерную Коломбину в шляпке, похожей на воронку, Арлекина в полосатых гольфах и камзоле с разноцветными заплатками, печального белого Пьеро с гармошкой и наглого весельчака Бригеллу с масками. Я храню все твои подарки. Ты всегда дарил их с каким-то смыслом, который сам же мне и объяснял. И что должны значить, по-твоему, для меня эти фигурки персонажей дель арто?*

— *Ты забыла, дорогая. Я тебе тогда еще говорил, что ты единственная женщина в моей жизни, у которой совсем нет масок. Это такая редкость в наше время. Впрочем, как и в любое другое. Оглянись, и ты увидишь, что зала буквально наполнена масками, стоит только приглядеться повнимательнее. Видишь ту мо-*

лодую даму в ядовито-зеленом платье и крошечной шляпке с изумрудным пером? Посмотри, как она смеется, как говорит, — это же Коломбина! А тот высокий господин... Вот он говорит с послом — это одна маска. А вот он уже в компании артистов — вот тебе другая маска. Ну разве это не Бригелла?

По мере того как Грациани указывал на гостей, фигуры их сначала прояснялись, проступая в этой реальности, потом будто бы обтаивали, приобретали текучие линии и действительно начинали походить на живые фарфоровые статуэтки. Екатерина Алексеевна засмеялась как-то неуверенно, и Грациани внимательно посмотрел на нее.

— *Расскажи мне, что тебя печалит, Катя. Я вижу, ты опять грустна, так же как и в прошлый раз, когда мы встречались. Что-то происходит в твоей жизни? Ты зовешь меня почти всегда, когда тебя тревожат дурные мысли или предчувствия...*

— *Не знаю отчего, но последнее время мне особенно нехорошо на душе. Впрочем, лукавлю. Знаю прекрасно. Все плохо. На работе все труднее мириться с оголтелостью и невежеством... С руководством откровенная война. С Николаем наши отношения окончательно превратились в тяжелый недуг. Меня бы вполне устроило внешне вежливое светское общение. Но это стало в последнее время невозможным. И совершенно ничего нельзя сделать... Редко вижусь с дочерью, и меня, как всегда, мучает чувство вины. Сегодня опять видела этот сон...*

— *Какой «этот» и почему — «опять»?*

— *Я этот сон вижу часто, может быть, раза два-три в году. Один и тот же сон много лет подряд. Первый раз он приснился, когда Светик была совсем маленькой...*

— *Позволь мне заглянуть в твой сон.*

Зала потемнела, размылась, мелодия скрипок смешалась с пронзительным воем пурги. И вот уже нет ни залы, ни скрипок, а есть только заснеженное поле, накры-

тое высоким звездным куполом и ограниченное со всех
сторон близким горизонтом. В легком белом платье,
длинный подол которого развевается и сливается с по-
земкой, идет Екатерина Алексеевна и ведет за руку уку-
танную в пушистый оренбургский платок маленькую девочку.

«Мама, — говорит девочка, — мне очень холодно».

«Ничего, потерпи немножко, смотри — там, впереди,
свет и тепло. Там ты будешь самой счастливой девочкой
на свете. Я обещаю тебе это», — отвечает ей мать и тихонько подталкивает ее вперед.

И точно, за горизонтом встает золотое зарево, в котором, уходя, растворяется девочка. А мать остается одна
в снежной круговерти.

Поле с одинокой фигуркой и накрывший его купол
стали будто бы уменьшаться в размере, будто бы стекле-
неть... На раскрытой ладони Екатерины Алексеевны лежала хрустальная полусфера, из тех, в которых, если их
встряхнуть, поднимется совсем нестрашная и недолгая
метель.

— Екатерина Алексеевна, вы о чем-то задумались? —
Негромкий голос молодой женщины, обратившейся
к ней, заставил Фурцеву стряхнуть оцепенение.

— Так, пустяки, — ответила она и, поставив на каминную полку тяжелую игрушку, не без удовольствия
взглянула на свою неожиданную собеседницу.

Наташа Свиридова — новая звезда Большого театра,
обладательница мягкого чувственного сопрано — совсем недавно вернулась из Италии, где была на стажиров-
ке в Миланском театре, куда попала по настоянию Фурцевой.

— Ах, Екатерина Алексеевна, я так благодарна
вам! — Она молитвенно сложила перед собой бледные
пальчики, унизанные тонкими золотыми колечками. —
Мне кажется, что я вернулась из сказки. Даже не знаю,
что меня потрясло больше всего в Италии — наверное,
все: от погоды до занятий. Но что уж действительно удивило, так это господин Грациани — он пригласил меня

к себе в кабинет в первый же день, как я только приехала, долго расспрашивал о Москве, о театре, о вас. Дал мне постоянный пропуск на все спектакли — я потом узнала, что у него невозможно выпросить контрамарку даже на один. Это для русских такое исключение. И знаете, Екатерина Алексеевна, у него в кабинете на всех стенах развешаны ваши фотографии. Всюду!

— Знаю, Наташа. Мне уже Синевская и Мавломаев рассказывали. Не будем осуждать его за причуды.

— Ну, вряд ли это причуда… Ой, извините, Екатерина Алексеевна!

— Ничего, ничего… Не буду тебя больше задерживать, Наташенька. Пойду откланяюсь.

Фурцева неспешно прошла через залу. Остановилась у большого зеркала, легко поправила прическу и уже собиралась идти дальше. Ее остановили смутно знакомые голоса за тяжелой драпировкой, скрывающей второй эркер.

— Не хотелось бы пропустить момент…

— Фурцева уже практически не у власти. Отставка ее предрешена. Дело двух-трех дней. Иди к Хозяину (так, по номенклатурной традиции, за глаза называли Первого секретаря ЦК КПСС Храпова) завтра же, теперь министерство культуры — лакомый кусок. Только там простор для выездов. Не теряй времени, умников много.

Екатерина Алексеевна узнала этот лишенный интонаций голос. Его узкогубый владелец, ее непосредственный начальник в ЦК, поняла она, только что произнес ей приговор. По инерции Екатерина Алексеевна прошла еще несколько шагов. Хотела обернуться. Передумала и пошла дальше, слепо глядя перед собой. Собственно говоря, она чувствовала, она давно понимала все сама. Но услышанное все-таки разорвалось в ней, как полнейшая неожиданность, оставив в тягостной растерянности и обреченности. Не отдавая себе отчета, Екатерина Алексеевна как-то попрощалась с послом и его супругой. Приняла на плечи поданное кем-то манто, вышла в распахнутую перед ней дверь и, только содрогнувшись от брошенных ветром в лицо холодных дождевых капель, немного пришла в себя. Остановилась, почти наслаждаясь окружающим ее ненастьем, но, увидев водителя, стоящего под дождем у открытой дверцы машины, взяла себя в руки, быстро подошла и села на заднее сидение.

— Домой, пожалуйста, Андрей Александрович, — бесцветно произнес будто бы кто-то чужой ее губами.

Но прежде чем машина тронулась с места, около нее появился все в том же фраке Антонио Грациани. На секунду задержался, вопросительно глядя в абсолютно беспросветное глухое небо Москвы, потом заглянул в машину и, легко пройдя сквозь дверцу, опустился на сидение рядом с Екатериной Алексеевной.

Глава 2

Промозглая тьма окончательно придавила город. Черный ветер беззвучно гнался за машиной, то заглядывал через стекло в бледное безучастное лицо сидящей в ней женщины, то забегал вперед и в свете фар встречных машин закручивал смерчем жалкие останки вчерашних листьев. В желтых конусах фонарей, с механической равномерностью пробегающих по обе стороны дороги, метались мелкие дождевые капли, сверкали и слепили даже издали, как снег. А может быть, это и был снег.

Екатерина Алексеевна сидела опустошенная, глядя в окно на проносящиеся мимо тускло освещенные дома и кутаясь в теплый мех. Казалось, она не видит сидящего рядом молчаливого Грациани. Однако несколько минут спустя ровным, на редкость спокойным голосом она произнесла:

— *Ты не должен осуждать меня, Антонио. Мое отчаянье вполне объяснимо. За столько лет я слишком сжилась со своим мундиром. Снять его с меня — все равно что содрать кожу. Не могу сказать, что я что-то важное безраздельно принесла ему в жертву. Но я и есть моя работа.*

— *Но ведь существует и твоя другая — женская — личная жизнь,* — мягко заметил он.

— *Личная жизнь...* — Екатерина Алексеевна надолго задумалась. — *Самолет... Моей первой любовью был самолет. Вернее, ощущение свободы, счастья, уверенности, которую дарил мне полет. Безмерной молодой самоуверенности...*

В ровный мягкий гул двигателя машины вплелся незаметно и, нарастая, совсем заглушил его рев набирающего высоту самолета. Небо впереди посветлело, широко распахнулось, и в его сверкающую голубизну влетел, чуть покачивая крыльями, защитного цвета самолет. В первой кабине, уверенно держа штурвал, юная еще Катя Фурцева счастливо смеется, поднимаясь все выше и выше в бездонное сияющее небо. Сидящий во второй кабине инструктор, перекрикивая ветер и шум моторов, показывает рукой вверх.

— Еще триста метров, и начинай!

Катя утвердительно машет головой и, достигнув заданной высоты, с уже серьезным лицом начинает серию фигур высшего пилотажа.

Внизу, задрав головы и приложив ладони к глазам, чтобы уберечь их от слепящего солнца, стоят курсанты. Завершив полет, самолет на бреющем возвращается на аэродром. Лихо остановив машину перед группой будущих летчиков, Катя первая вылезает из кабины и спрыгивает в услужливо подставленные руки молодых людей. Счастливцы осторожно опускают ее на землю, а остальные, белозубо улыбаясь и толкаясь, спешат пожать руку сдавшей нелегкий экзамен девушке. Наконец все вспоминают про уже спустившегося на землю инструктора.

— Петр Иванович, какие оценки?

— Все сдали на «отлично»! — И, прерывая поднявшийся шум, такой же молодой и красивый, как они, с копной золотых вьющихся волос, инструктор нарочито строго прикрикивает: — Курсанты высших летных курсов, в строй!

Молодежь в одинаковых комбинезонах, держа в руках летные шлемы, быстро выстраивается в линейку.

— Товарищи курсанты! Вы закончили серию тренировочных полетов с инструктором. Следующий этап — полеты парами без инструктора. Завтра как всегда в восемь — на летном поле. Свободны! Курсант Фурцева, задержитесь.

Ребята, оглядываясь и пересмеиваясь, бредут по зеленой траве на фоне голубого неба под лучами огненножелтого солнца.

— *Правда, сказочная картинка?* — спросила Екатерина Алексеевна откинувшегося на спинку сиденья Грациани. — *За всю жизнь я накопила их довольно много. Стоит только вспомнить, и вижу все живым — со звуками, запахами и ощущениями... Правда, есть и грустные, и неприятные.*

— *И какие же ты чаще видишь?*

— *Это не зависит от желания. Невозможно вызвать из памяти набор картинок и рассматривать их, как открытки в альбоме. Это происходит само по себе. Просто наткнешься, вспоминая, на радостную — и так тепло становится, и хочется задержать это счастливое видение... Остановись, мгновенье, ты прекрасно!*

— *Ты любишь Гете?*

— *Да. Я вообще люблю поэзию.*

— *И хорошо знаешь?*

— *Теперь, наверное, неплохо. Но это сейчас. Первым моим учителем словесности был Богучевский — сначала просто мой начальник, а потом большой друг. Он научил меня любить стихи. Да и вообще литературу. Но когда я пришла в министерство культуры, этого любительского отношения к искусству оказалось мало. Поверишь, первые года два, как пришла в министерство, провела практически без сна. По ночам читала художественную литературу, книги о художниках, музыкантах, пластинки с операми слушала... Представляешь, что обо мне соседи думали?* — Она тихонько засмеялась. — *Впрочем, я очень тихо их включала.*

— *Ты опять о работе говоришь...*

— *Да. Это само собой получилось... Тогда...*

— Курсант Фурцева, задержитесь.

Молодые люди, оглядываясь и пересмеиваясь, бредут по зеленой траве на фоне голубого неба под лучами огненно-желтого солнца.

— Есть, Петр Иванович!

— Катя! Мы же одни.

— Ну, еще не совсем.

— Ребята уже далеко. Пошли, пройдемся.

Взяв под мышки шлемы, они бредут в сторону леска на краю летного поля. Ветерок обдувает их разгоряченные лица, и они то и дело отбрасывают с лица разлетающиеся пряди волос.

— Катя, ты обещала мне сегодня сказать...

— Что?

— Ну не притворяйся, что не помнишь!

Катя срывается с места и бежит, смеясь, к уже совсем близкому лесочку. Добежав, она падает в невысокую густую траву. Раскинув руки, лежит в тени прозрачной высокой березы и смотрит отрешенно на проплывающие в голубом небе облака. Через пару минут подходит слегка раздосадованный инструктор и молча садится рядом с ней. Здесь, в тени, прохладно и сладко пахнет разнотравьем. Какое-то время они молчат и слушают шелест ветра.

— Петя, — первой не выдерживает затянувшегося молчания Катя, — ну не дуйся. Смотри, какая красота...

— Но ты так и не ответила!

— Ну что ты спешишь?

— Я не спешу. Просто мне надоело прятаться.

— Можно подумать, что мы прячемся!

— Ну, не прячемся... А только надо как-то определиться.

— Впереди еще шесть месяцев занятий!

— Это немного. Ты должна что-то решить.

— Ну что?

— Катя! Ты знаешь, я люблю тебя!

— Петенька, да ведь и я люблю тебя.

— Значит, давай поженимся.

Катя приподнимается и, повалив Петю на землю, смеясь, целует его сердитое лицо. Он брыкается, все еще дуясь на нее, потом будто через силу отвечает ей. Но его обиды хватает не надолго. Через минуту они уже целуются, забыв обо всем на свете. А еще через минуту, оторвавшись, смеются весело и беззаботно. Петя стаскивает с Кати комбинезон и любуется ее стройной гибкой фигуркой.

— До чего же ты красивая, Катька!

Она жмурится и потягивается, ничуть не смущаясь своей наготы. Солнечные пятна скользят по ее телу, и она чувствует их тепло. Мягкая трава не колется, а приятно холодит разгоряченное тело. И когда Петя стягивает свой комбинезон и ложится рядом с ней, она не видит его, но чувствует его горячие руки. И ей приятны его объятья, его поцелуи. Покачиваются тонкие свисающие вниз ветви березы, и плывут в голубом небе ослепительно белые облака. От поцелуев и ласк начинает кружиться голова, и кажется, что это кружится береза и раскручивает в небе вокруг себя целый хоровод облаков. Потом все замирает в солнечном тепле и свете. И Катя слышит стрекот цикад и жужжание прилетевшей невесть откуда пчелы. Скосив глаза, она видит, как на высокую травинку, не торопясь, забирается блестящая божья коровка.

— Божья коровка, улети на небо, там твои детки кушают конфетки, — тихо поет она ей.

— Улетаю, улетаю, — писклявым голосом отвечает ей Петя, изображая крохотное насекомое.

Они оба хохочут и опять целуются. Хорошо. Не надо ни о чем думать. Не надо никуда спешить.

— Петька-петушок, золотой гребешок!

— А ты — курица!

— Вот как раз курицей я и не хочу быть, — хохочет Катя.

— Да кто тебя заставляет? Будешь работать...

Катя переворачивается на живот и, взяв в рот травинку, задумчиво жует ее. Конечно, Петя прав, надо определиться. Мама будет счастлива, что она наконец выйдет замуж. То, что Петя старше ее, даже хорошо. И вообще: муж — летчик. Да ей все завидовать будут... А чего тянуть, курсы скоро заканчиваются, и надо будет как-то устраивать свою жизнь. Роль мужней жены ничем не хуже любой другой. Учиться можно пойти. Учиться надо. Так говорит мама. Да и Петя такой замечательный. С ним легко и весело. В конце концов, жизнь еще только начинается, и впереди столько интересного. Она будет все-таки работать. Где — это еще придется решать отдельно. Дома она сидеть точно не сможет. Петя говорил, что ждет новое назначение. Поехать вместе куда-нибудь. И начнется совсем незнакомая жизнь в незнакомом месте с незнакомыми людьми...

— Петя, я решила, — она садится и тянется к комбинезону, — давай поженимся.

— Вот и прекрасно. Мы с тобой красивая пара. Во всех отношениях подходим друг другу. Я тебя, Катя, всегда любить буду. Вот увидишь. — Он уже оделся и теперь сидит тоже с травинкой во рту.

— Да. Да-да-да! — Катя как-то особенно решительно застегивает комбинезон и зашнуровывает ботинки. — Нечего тянуть...

Солнце, заглянув в лишенное занавесок окно маленькой комнаты, высвечивает фанерную этажерку, на которой лежат два шлема, стул с двумя комбинезонами, довольно облезлый стол с чайником и белый фанерный гардероб. На железной кровати, обнявшись, спят молодые супруги. Первым просыпается Петр Иванович.

— Катюшка, вставай! — Он включает репродуктор и, взяв чайник, отправляется на кухню, а Катя нежится в постели и слушает последние известия.

«Совет народных комиссаров принял постановление о начале строительства канала Москва—Волга».

«Центральный исполнительный комитет и Совет народных комиссаров СССР приняли постановление "О борьбе со спекуляцией", обязывающее органы ОГПУ, прокуратуры и местные органы власти применять к спекулянтам и перекупщикам заключение в исправительно-трудовые лагеря сроком от 5 до 10 лет без права амнистии».

«По случаю 40-летия литературной деятельности Максима Горького его имя присвоено Тверской улице в Москве, Московскому Художественному театру и городу Нижний Новгород».

«Центральный комитет ВКП(б) и Совет народных комиссаров приняли постановление о расширении прав заводоуправлений в деле снабжения рабочих и улучшении карточной системы».

«Совет народных комиссаров СССР принял постановление об обязательной регистрации в органах внутренних дел всех радиоприемников, находящихся в пользовании организаций и частных лиц».

«На экраны вышел художественный фильм "Встречный" режиссеров Юткевича и Эрмлера. Постановка осуществлена по заданию ЦК партии».

В комнату входит с чайником Петр.

— Катя! Ты чего лежишь? Сегодня последние полеты!

— Есть, командир! — Катя вскакивает и бежит умываться.

Шум воды из крана на огромной кухне общежития смешался с шорохом шин рассекающего темные улицы Москвы автомобиля.

Екатерина Алексеевна мечтательно, чуть насмешливо улыбалась. Воспоминания отвлекли ее от сегодняшнего дня, и она была благодарна Грациани за то, что он направил ее мысли в другое русло.

— *Честно говоря, все то время как-то провалилось для меня... Мы были молоды и достаточно глупы. Может быть, оттого чувствовали себя необыкновенно счастливыми. Петр Иванович был замечательно хорош собой, курил трубку, играл на гитаре. Мы весело жили, легко. Легко и безмятежно. Одним днем. Наверное, абсолютно правильно жили.*

— *В молодости, как ни странно, люди часто бывают мудрее, чем в старости. Может, оттого, что при-*

нимают себя такими, какие они есть. Это потом начинаются оценки, переосмысления, рефлексии...

— Я все-таки пошла работать... В горком комсомола инструктором студенческого отдела. Оттуда меня направили на учебу в Институт тонких химических технологий. Когда я уже поступила в аспирантуру, началась война... Мужчины почти все ушли на фронт, и меня выбрали секретарем партийной организации института...

— Мы ведь начали с тобой говорить о твоей личной жизни...

— Да, да... Мне было уже тридцать лет, и я тогда мечтала только об одном. Я хотела ребенка — девочку. Такую маленькую и смешную. Даже одеяльце с оленями купила и крошечные распашонки. И пинетки... Мы прожили с Петром вместе десять лет, и, — Екатерина Алексеевна вздернула подбородок, — я приняла решение.

Глава 3

В маленькой комнатке развернуться практически негде, и высокий шумный мужчина в военной форме постоянно натыкается то на стул, то на ножную швейную машинку, покрытую белой салфеткой в замысловатой тонкой мережке. Из вещмешка, лежащего у дверей, он достает мыло, хлеб, колбасу, банки с тушенкой и, весело рассказывая о чем-то, раскладывает все это на стоящем в центре комнаты круглом столе, накрытом белой крахмальной скатертью из домашних кружев. Пожилая женщина со сдержанным недовольством, чуть сдвинув небольшую вазочку с ивовыми ветками, накрывает этот же стол к чаю. У стены две железные кровати с высокими горками подушек. Покрывала на кроватях и накинутые на подушки вязанные крючком уголки поражают прямо-таки ослепительной белизной. Над кроватями в рамочках искусно вышитые крестиком большие букеты сирени и ромашек. Стоящая у окна детская колыбелька вся утопает в многочисленных белоснежных занавесочках, простынках, уголочках, конвертиках и наволочках. В комнате так светло и так чисто, что кажется, будто сам воздух хрустит как накрахмаленный. Пахнет домашним печением и свежим чаем. Катя, очень серьезная, опирается рукой на детскую кроватку и нетерпеливо пытается прервать этого шумного мужчину.

— Петя, во-первых, тише, ты разбудишь девочку. Во-вторых, остановись, мне надо сказать тебе что-то очень важное. Мне уже тридцать лет...

— Катя, представляешь, выхожу на взлетное поле, а там три новеньких МИГа под сеткой. Я чуть не умер от счастья!

— Петя, да помолчи же хоть минутку!

— Молчу, молчу, — страшным шепотом говорит мужчина и, подойдя к кроватке, наклоняется над ребенком. — Как тут рыжая команда?

— Это не рыжая команда, — хмурится Катя, — это моя девочка, мой Светик!

— Твоя, твоя, — так же весело и легко подтверждает Петя, не особенно задумываясь над сказанным. — Матрена Николаевна, — бросается он к суровой женщине, увидев, что она направляется к двери, — давайте я схожу на кухню!

— Мне пока еще помощь не нужна, — отвечает та, но после недолгой борьбы уступает.

— Я мигом разберусь! — опять громко и весело кричит тот.

— Катерина, — осуждающе обращается Матрена Николаевна к дочери, дождавшись, когда за зятем закроется дверь, — зря ты затеваешь этот разговор. У тебя все равно ничего не выйдет путного с этим баламутом.

— Мама, ты плохо знаешь Петю. Он любит меня и все поймет правильно.

— Он любит себя. Поверь, я все вижу. Да к тому же он привык жить в свое удовольствие. Вы вместе прожили уже сколько лет, а что вы делали все это время? Убежали на работу. Прибежали — сразу на гулянку. Никаких забот. А ребенок — это забота.

Закрыв за собой дверь в комнату, Петя натыкается в коридоре на изящную, довольно молодую женщину в длинном атласном халате, явно не случайно проходящую мимо.

— Здравствуйте, Клавочка, — радостно кричит он, размахивая чайником, — как ваша драгоценная жизнь?

— Ах, вы всегда шутите, Петр Иванович, — томно отвечает Клавочка. — Надолго домой?

— На неделю отпустили.

Гладко причесанные и собранные в пучок волосы выгодно подчеркивают мелкие, немного кукольные черты лица и блестящие, очень живые глазки Клавочки. Немного жеманно улыбаясь, соседка по коммунальной квартире спешит за Петром к кухне и, оглянувшись в дверях, тоже заходит туда. Кухня большая и светлая, четыре стола с примусами и раковина. Хорошая кухня для такой небольшой квартиры. И очень чистая. На столе у Фурцевых не новая, но до блеска отмытая клеенка.

— Не знаю, как сказать, Петр Иванович, — тихим заговорщическим голосом начинает Клавочка, подойдя совсем близко, — но вы же знаете, я всегда относилась к вам с большим уважением, и у нас всегда были теплые доверительные отношения. Мне просто больно смотреть, как вас жестоко обманывают. Ничего не хочу сказать плохого, но вы должны понимать, я говорю вам это из простых дружеских чувств. У вас такая серьезная ответственная служба, и вы так редко бываете дома…

— Клавочка, — не поворачиваясь к ней, так как занят капризничающим керогазом, говорит плохо слушающий ее Петя, — как-нибудь попроще, а то я в толк не возьму, о чем вы.

— Да уж куда проще! Девочке сейчас четыре месяца, а вы посчитайте, где вы были тринадцать месяцев назад.

Петя, не разгибаясь, послушно шевелит губами и изумленно распрямляется. Потом, мрачно поставив на шипящий керогаз чайник, молча выходит из кухни.

В комнате женщины заняты проснувшимся ребенком и не обращают внимания на вошедшего Петю.

— Светик мой маленький, Светик мой беленький, крошечка моя драгоценная, — воркует Катя, пеленая ребенка.

Матрена Николаевна подает ей подгузник, пеленки. Петя молча стоит у дверей. Но вот ребенок водворен в кроватку, и Катя наконец обращает внимание на Петю.

— Я должна с тобой серьезно поговорить, Петя. Мне тридцать лет, и мы женаты с тобой десять лет. К сожалению, у нас с тобой не было детей, и я приняла решение, с которым тебе либо придется смириться, либо оставить нас со Светиком. Я хочу сказать...

— Я уже все знаю. Спасибо Клавочке — просветила!

— Очень жаль, что ты не дал мне возможности все объяснить самой, но зато нашел время выслушать соседку. Не думала, что ты так доброжелательно относишься к сплетницам.

— Клавочка не сплетница!

— Вот и наслаждайся ее обществом! Если это уровень твоих отношений с людьми, у меня нет ни малейших сожалений...

— Замечательно! Ты и объяснила свое поведение...

— Не смей обсуждать мое поведение! Я сделала то, что делает каждая здоровая, нормальная женщина, — родила ребенка! Ты сам должен понимать — с нами что-то не в порядке. Видимо, наш брак обречен на бездетность. Но это не значит, что я не могу родить ребенка. И я его родила. И я счастлива! Я абсолютно счастлива. У меня есть моя девочка, мое солнышко. Я столько лет мечтала об этом, что ничто и никто не может омрачить мою радость.

В комнате повисает тягостное молчание. Матрена Николаевна демонстративно достает какое-то рукоделие и, склонившись над ним, полностью уходит в работу. Петя, заложив руки за спину, молча смотрит в окно. Катя некоторое время раздраженно ходит по комнате, потом подходит к кроватке и наклоняется над ней. Постепенно жесткое ее лицо сглаживается, становится мягким и нежным, и, забыв совершенно о только что состоявшемся разговоре, она тихонечко заворковала над ребенком, что-то замурлыкала ласковое и уютное. Петя изумленно разворачивается к ней лицом и долго наблюдает за ней с довольно озадаченным выражением лица. Наконец, смутившись, будто подглядывает за чем-то интимным и запретным, не предназначенным для постороннего взгляда, опускает глаза.

Он сосредоточенно размышляет о том, что услышал, о том, что увидел. Так и не придя к какому-то однозначному решению, Петя поднимает глаза и встречается взглядом с Катей, которая уже какое-то время наблюдает за ним.

— Я лучше уеду сейчас, Катя. Мне нужно время, чтобы как-то разобраться со всем этим... А ты пока живи здесь. Я буду тебе так же присылать аттестат...

— Нет, Петенька, — мягко, но решительно говорит Катя, глядя на него с сожалением, — то есть ты, конечно, уходи сейчас. Но мы с мамой и Светиком тоже уйдем скоро, как только найду куда. И аттестат высылать нам не надо.

— И куда же вы... А как вы будете... — нелепо лепечет Петя и, не найдя что сказать, одевается, собирает провизию в мешок и уходит, очень осторожно закрыв за собой дверь.

Матрена Николаевна все так же, не поднимая головы, обметывает швы на какой-то крошечной одежонке. Катя с задумчивой и немного брезгливой улыбкой смотрит Пете вслед.

Нельзя сказать, чтобы она была расстроена его уходом. Скорее даже испытывала облегчение. В тот момент, когда Катя в запальчивости сказала, что никто не может омрачить ее радость, она вдруг к своему изумлению почувствовала прилив сил и действительно радости. Будто бы какая-то пелена упала с ее глаз, и, увидев Петю в совершенно новой, по крайней мере для нее, роли, она изумилась, как это столько лет не замечала в нем этой обыденности и узости. Нет, Петю даже жалко. Он, возможно, по прошествии времени поймет, что это был единственный выход из их семейной ситуации. Разумеется, можно было взять ребенка из детского дома... Но почему она должна была лишить себя счастья выносить и родить ребенка сама? Чтобы поддержать в нем его мещанское самолюбие? Нет, она все сделала правильно. Ей стало легко, будто она сбросила с души тяжелый груз. И понятно, что с Петей все кончено. Она уже не сможет забыть тот миг озарения, который вызвала его первая реакция на добродетельное кухонное сообщение. Ну а чтобы ему легче было пережить разрыв, для окружающих официальной версией будет его новая любовь. Надо смотреть вперед. И ее, и девочку ждут впереди счастливые, очень счастливые годы. Катя импульсивно подхватила ребенка на руки и закружилась с ним по комнате. Все выше, и выше, и выше стремим мы полет наших крыл...

— *Все так и было?* — Грациани задал вопрос так тихо, что Екатерина Алексеевна даже как-то не сразу сообразила, о чем он.

— *Что было?* — развернулась она к нему.

— *Счастливые годы?* — Грациани с сомнением покачал головой.

— *Ну, не сразу,* — Екатерина Алексеевна засмеялась, — *сначала было трудно. Война перекроила нашу жизнь по-своему. На предприятиях остались практически одни женщины, и было нелегко поддерживать необходимый темп работы. Да и голодно было в городе... Но я работала тогда уже вторым секретарем Фрунзенского райкома партии, получала продуктовый паек. Нельзя сказать, что питались мы так, как хотелось бы, но в общем еды хватало. Мне дали небольшую двухкомнатную квартирку в двадцать восемь квадратных метров на Зубовской. Это было, к счастью, недалеко от работы, и я каждый день во время обеда ходила кормить Светланку. Транспорт практически не ходил, и я каждый день радовалась, что не надо идти пешком через всю Москву. Вечером приходила поздно, когда малышка уже спала. Я очень уставала. Мы тогда каждую минуту своего времени отдавали работе — так легче было переносить ожидание вестей с фронта...*

— *А картинка?*

— *Картинка? Ах да, картинка...*

Глава 4

Закончилась война, и все как-то стало приходить в норму. Катя взяла напрокат пианино, и Матрена Николаевна через день водила Светочку в музыкальную школу в Доме ученых. А когда она проучилась уже целый год и ей исполнилось пять лет, в Доме ученых состоялся концерт учеников музыкальной школы. Свете по этому случаю бабушка сшила из вишневого бархата крошечное платьице с белым кружевным воротничком.

В то утро все проснулись раньше обычного. Матрена Николаевна и всегда-то просыпалась раньше всех, но в этот день она встала совсем затемно и напекла маленьких румяных блинчиков. Катя сквозь сон слушала, как она хлопочет на кухне, и ей казалось, что она снова стала маленькой, живет в Вышнем Волочке, идет в первый класс и это ей мама печет блинчики. На столе стоит букет из огромных астр, которые мама каждый год сажает в палисаднике, на спинке стула висит сшитое мамой для нее замечательное, в оборках, новое клетчатое платье, а под стулом стоят новые коричневые туфельки с пуговкой на боку.

— Сегодня мамочка будет весь день со мной? — прочирикал звонкий голосочек.

— Весь, весь. Вставай, деточка. — Бабушкин голос был спокоен и серьезен.

— А можно мне к мамочке? — опять прозвенел голосок.

Только теперь Катя поняла, что это Светочка, и это она звенит, как колокольчик. Окончательно проснулась и еще минуточку лежала с закрытыми глазами и слушала с замиранием сердца этот родной, такой сладкий голосок. Какое счастье, какое счастье — все повторяла она про себя.

В длинной ночной рубашке Светланка прыгнула в мамину постель, и, обнимая ее крохотное тельце с тоненькими, как у воробышка, ребрышками, Катя замерла от нежности. У нее даже защипало в носу.

— Это моя маленькая птичка? — спросила она, зарываясь лицом в пушистые волосенки.

— Нет, это уже совсем большая девочка, — ответил вертлявый человечек.

— Наверное, я сейчас позавтракаю этой птичкой! — страшным голосом сообщила Катя всем присутствующим.

— Нет, нет, я не птичка, мной нельзя завтракать! Завтракать нужно блинчиками! — заливаясь хохотом, в котором все-таки слышалось некоторое опасение, еле выговорила от смеха малышка.

Катя целовала ее тоненькую шейку, а она визжала, вертелась и наконец, как мыло, выскользнула у нее из рук. Катя поднялась с ощущением небывалого, невероятного праздника на сердце.

— А теперь кто со мной будет зарядку делать? — исключительно деловито спросила она.

— Это я! Это я буду с тобой делать зарядку! — Рубашонка улетела на кровать, и маленькое чудо с тоненькими палочками ног и рук, подбоченясь, встало напротив с уморительно серьезной мордашкой.

— Раз и два и, раз и два и... — Они наклонялись, приседали, поворачивались целых полчаса, и девочка не отставала от мамы, старательно выполняя упражнения и сосредоточенно пыхтя.

— Мамочка, ты видишь — я совсем как ты?

— Конечно, моя радость.

— А зубы мы тоже будем вместе чистить?

— Обязательно.

— А под душем кто первый будет мыться?

— Я думаю, что ты.

— А ты знаешь, у меня полотенце такое же большое, как у тебя?

— Знаю.

— А что на твоем полотенце нарисовано?

— Видишь, цветы.

— А на моем тоже цветы, только другие. Это чтобы мы не перепутали?

— Конечно.

— А это бабушка мне специально из-за концерта такое красивое платье сшила?

— Разумеется, специально. Чтобы ты сегодня была самая нарядная.

— А другие дети тоже нарядятся?

— Обязательно.

— Это потому что мы выступать будем?

— Ну да.

— А когда выступают, всегда надевают красивые платья?

— Всегда.

— Я тогда всегда буду выступать, чтобы у меня всегда были красивые платья.

— Платья должны быть красивые независимо от того, выступаешь ты или нет.

— Вот у тебя всегда красивые платья... Я, когда вырасту, буду тоже ходить на работу с тобой. И мы все время будем вместе обе две в красивых платьях.

— Вдвоем.

— Ну да, вдвоем. Всегда-всегда.

— Не знаю, как всегда, а сегодня уж точно мы проведем вместе. Сейчас позавтракаем и пойдем на концерт. А когда он закончится, мы перекусим в буфете и пойдем в зоопарк.

— Какой чудесный день у нас будет! Я даже не знаю, что лучше: концерт или зоопарк?

— И то и другое замечательно.

— Я очень счастливая сегодня! Даже не знаю почему.

— Это, наверное, потому, что сегодня светит такое прекрасное, веселое солнышко!

— Наверное... А ты меня будешь все время за руку держать?

— Обязательно.

— Я очень люблю, когда ты меня за руку держишь. Вот я тогда счастливая.

Шли пешком, благо Дом ученых был недалеко, а день был ясным и безветренным, и все обсуждали, правильно ли оделись. Решили, что правильно, и немного поговорили о самом концерте. Кате не хотелось, чтобы Света волновалась заранее. Но она по-детски не понимала важность предстоящего события и безмятежно щебетала о том, кто из подружек какую пьеску будет играть. У Дома ученых собралась маленькая группа родителей с детьми. Все нарядные, возбужденные. День был такой замечательный, теплый и солнечный. Взрослые стояли, переговариваясь о чем-то пустячном, и косились на детей, которые в своих нарядных платьях вели себя почти по-взрослому, не бегали, но как всегда галдели одновременно своими звонкими голосами. Не хотелось заходить в помещение, и родители тянули до последнего, греясь на солнышке и любуясь своими драгоценными чадами. Родители всегда так гордятся детьми, когда те поднимаются на очередную, пусть и небольшую ступеньку. Наконец, без пятнадцати десять, взяв детей за руки, все потянулись в зал. Вышла педагог и пригласила детей за кулисы. Родители, волнуясь, расселись в креслах. В зале погасили свет, и все, затихнув, обратились к сцене. Темно-синие кулисы, яркий свет, и на пустой сцене огромный рояль. Немножечко пахнет пылью и недорогими духами. Директор школы объявила начало концерта. «Первой выступает самая младшая наша ученица — Светлана Фурцева», — сказала она. И когда Светланка, такая отважная, серьезная и нарядная, вышла на сцену, все в зале зааплодировали. Она стояла в своем бархатном платьице, вишневое на синем, совершенно крохотная по сравнению с громадным черным роялем, и только тут, видимо, немного испугалась. Похлопала ресничками, справилась с собой и, с трудом забравшись, важно уселась на высокий стул...

— *Я эту картинку люблю больше всего. Запах пыли от старых кулис, яркий свет, маленькая девочка за роялем... У меня, как и тогда, сжимается сердце.*

— *Ты очень гордилась ею?*

— *Я очень боялась за нее. Мне всюду чудились какие-то опасности. И тогда мне впервые приснился этот му-*

читительный сон... Мне хотелось заранее подготовить ее к жизни. Учитель музыки — хорошая профессия. Скверно, что она так и не окончила музыкальную школу.

— Говорят, что родители в детях стараются исправить свои ошибки.

— Наверное. Мне очень жаль, что я не умею играть на фортепьяно. Я завидую музыкантам... Они и мир воспринимают по-другому, не так, как мы.

— И все это время ты была одна?

— Мы жили какое-то время втроем: мама, я и Светланка... И это была ровная, счастливая жизнь, в которой все было размеренно и заранее известно. Мама меня абсолютно освободила ото всех домашних дел. Тогда же она настояла, чтобы в Москву к нам переехал мой брат с семьей. В доме стало довольно тесно, но мы жили очень дружно. Впрочем, я и дома-то не бывала практически. Я работала. Впервые я отдалась работе полностью... Но ты ведь спрашиваешь, был ли в моей жизни тогда мужчина. Он был первым секретарем Фрунзенского райкома. Богучевский Аркадий Иосифович. Старше, опытнее меня. Это он научил меня работать...

— Не сбивайся на работу. Мы вспоминаем события только твоей личной жизни.

— Он был необыкновенным человеком. Историк, он знал и понимал жизнь не так, как я. Более глубоко. Мне было интересно с ним говорить не только о работе. Мы часто отпускали машины и возвращались домой пешком. Он жил недалеко от нас. Шли и говорили, говорили. Обо всем. Нам хотелось быть вместе все время. Летом мы ездили вместе отдыхать на море. То есть каждый по отдельности, но в одно время. Мы любили друг друга. И это всегда были отношения учителя и ученицы. Не только в работе...

Глава 5

На веранде приятно и после завтрака еще не жарко. Санаторий «Ленинский» прямо на берегу моря, и с веранды виден пляж, где на лежаках уже появились первые загорающие. Екатерина Алексеевна в длинном шелковом халате, который выгодно подчеркивает ее стройную фигурку, лениво лежит в шезлонге и наблюдает за ними. Рядом Аркадий Иосифович, сухопарый, высокий, в белых брюках и тенниске, с газетой в руках, делает вид, что читает, но на самом деле смотрит на нее, не отрываясь. Она чувствует этот взгляд и исподтишка строит ему рожицы. Хорошо, легко, никаких забот. Надо бы пойти на пляж, но по радио начали передавать очень интересное постановление ЦК ВКП(б) о журналах «Звезда» и «Ленинград».

«ЦК ВКП(б) отмечает, что издающиеся в Ленинграде литературно-художественные журналы "Ленинград" и "Звезда" ведутся совершенно неудовлетворительно. Грубой ошибкой "Звезды" является предоставление литературной трибуны писателю Зощенко, произведения которого чужды советской литературе. Зощенко изображает советские порядки и советских людей в уродливо-карикатурной форме, клеветнически представляя советских людей примитивными, малокультурными, глупыми, с обывательскими взглядами и вкусами. Злостно-хулиганское изображение Зощенко нашей действительности сопровождается антисоветскими выпадами. Предоставление страниц "Звезды" таким пошлякам и подонкам литературы, как Зощенко, недопустимо.

Журнал "Звезда" всячески популяризирует также произведения писательницы Ахматовой, литературная и общественно-политическая физиономия которой давным-давно известна советской общественности. Ахматова является типичной представительницей чуждой нашему народу безыдейной поэзии. Ее стихотворения, пропитанные духом пессимизма и упадничества, выражающие вкусы старой салонной поэзии, застывшей на позициях буржуазно-аристократического эстетства и декадентства, не желающей идти в ногу со своим народом, наносят вред делу воспитания нашей молодежи и не могут быть терпимы в советской литературе»...

— Я не могу понять, — Екатерина Алексеевна презрительно фыркает, — что же, главные редакторы начисто лишены вкуса?

— Скорее политического чутья, — Аркадий Иосифович отвечает ей очень тихо, так, чтобы слышать могла только она. — Со вкусом у них, полагаю, все в порядке.

— Ну не хочешь же ты сказать, Аркаша, — так же тихо возражает ему она, — что в ЦК не в состоянии определить, что полезно и что вредно для советской литературы?

— Нет, конечно. То есть я имею в виду, что, конечно, в состоянии. Но как бы это тебе сказать... У тебя разве не бывает грустного настроения? Ты читала стихи Ахматовой?

— Нет. Я вообще не люблю стихи.

— А каких поэтов ты читала?

— Но я же говорю тебе, что не люблю стихи, поэтому и не читаю.

— Не любить можно только то, с чем ты, по крайней мере, хоть поверхностно знаком. А ты просто не знаешь поэзию. Знать и любить — разные понятия.

— Ну хорошо. Я не знаю. И знать не хочу. Мне просто неинтересно это.

— Иногда поэту удается в нескольких строчках сказать то, что ты не можешь выразить никакими словами. И когда ты натыкаешься в стихах на это, не высказанное тобой... Душа, кажется, сначала замирает от потрясения, а потом сливается с этими чужими словами, которые становятся для тебя единственными.

— Ну и что же, ты знаешь такие стихи?

Аркадий Иосифович смотрит на нее долго и серьезно. Потом наклоняется и почти на ухо тихо-тихо произносит совершенно обыденным голосом, в котором читается и печаль, и усталость, и смирение:

— Широк и желт вечерний свет,
   Нежна апрельская прохлада.
   Ты опоздал на много лет,
   Но все-таки тебе я рада.

Екатерина Алексеевна отшатнулась от него и испуганно посмотрела в глаза. Две последние строчки показались ей нестерпимо знакомыми, будто бы она произносила похожие слова бесконечно часто, но всегда про себя, никогда вслух. И вот Аркаша буднично и как-то совершенно бесстыдно произносит их за нее.

— Что это?

— Стихи Ахматовой...

— А еще?..

— Прости, что я жила скорбя
И солнцу радовалась мало.
Прости, прости, что за тебя
Я слишком многих принимала...

Он замолчал и откинулся на шезлонг с закрытыми глазами. Скорее всего, он понимал, что ей надо какое-то время побыть наедине с собой. Без свидетелей.

Екатерина Алексеевна невидяще смотрела на желтый залитый солнцем пляж, на очень синее сегодня море, но не видела ничего конкретно — так, размытые две полосы контрастных цветов. Стихи запомнились ей мгновенно. Прости, прости, что за тебя я слишком многих принимала...

Она повторяла эти строчки, а вся ее жизнь с неудачными, в общем-то, отношениями с мужчинами быстро проносилась у нее перед глазами. И в какой-то момент она вдруг почувствовала, что ей хочется припасть к плечу Аркадия Иосифовича и зарыдать — то ли от раскаяния, то ли от какой-то безмерной обиды.

— Отвратительные стихи, — громко и раздраженно произнесла она, с трудом вытащив себя из столь неожиданного и совершенно несвойственного ей состояния.

— Почему?

— У меня было такое замечательное настроение, а после них я никак не могу прийти в себя. Будто ты меня вывернул наизнанку!

— И тебе стало больно?

— Именно! Стихи должны радовать, быть красивыми, что ли.

— Нет. Они должны тревожить душу. Облекать в слова, давать голос немым чувствам. Хочешь, я тебе еще что-нибудь прочитаю?

— Ну, не знаю. Не сейчас. Я привыкла тебе верить. Быть может, я почитаю что-нибудь сама.

— Что ж. Не будем торопиться. Не пойти ли нам искупаться?

— Замечательно!

Они одновременно выбрались из низких шезлонгов и, спустившись с невысоких ступенек веранды, пошли, не торопясь, к пляжу. Солнце сразу же вцепилось в непокрытые головы и пробралось сквозь одежду, согревая и прогоняя непрошеные и неприятные мысли, которые немедленно испарились и уступили место ровному, радостному настроению. Екатерина Алексеевна стала на ходу расстегивать халат и к лежакам подошла уже в купальнике. Не дожидаясь, когда Аркадий Иосифович разденется, она положила халат и, подбежав к воде, влетела в нее, повизгивая от удовольствия и ежась от холодных по сравнению с разгоряченным телом брызг. Она уже уплыла довольно далеко, когда Аркадий Иосифович догнал ее, и они поплыли рядом не быстро, но ровно и широко загребая руками в сторону солнца.

Вода, теперь уже теплая и нежная, приятно обтекала, обволакивала, ласкала такую же теплую и нежную кожу. Ощущение полного блаженства пронизывало все ее упругое, играющее в водяных потоках ловкое и сильное тело. Екатерина Алексеевна обернулась в сторону пляжа и, удостоверившись, что берега с его обитателями практически не видно, положила руку на загорелое жесткое плечо плывущего рядом и равномерно фыркающего Аркадия. Тот мгновенно развернулся и, обхватив ее голову ладонями, поцеловал в соленые, открытые навстречу этому поцелую губы. Они застыли на месте, лениво перебирая ногами, и целовались, и ласкали друг друга прохладными в воде руками. Солнце то одному, то другому слепило глаза, и они оба старались отвернуться от солнца, и оттого все кружились, все кружились в любовном своем танце. Время пролетало через их головы и уносилось к берегу, к другим людям, для которых оно что-то значило.

Аркадий Иосифович засмеялся и громким шепотом, радуясь свободе, близости ее прекрасного гибкого тела, с невероятной страстностью, растягивая слова, прочитал, слегка выделяя и акцентируя звук «л»:

— Заплети этот ливень, как волны
                   холодных локтей
И, как лилии, атласных и властных
                   бессильем ладоней!
Отбивай, ликованье! На волю! Лови их,
                   ведь в бешеной этой лапте —
Голошенье лесов, захлебнувшихся эхом
                   охот в Калидоне...

Екатерина Алексеевна ощущала, как слова эти проникают в нее, пронизывают насквозь, растворяются, остаются в душе, и она, чувствуя их вкус на губах, так же страстно пропела, пропуская смысл каждого слова через себя:

— Заплети этот ливень, как волны
                   холодных локтей
И, как лилии, атласных и властных
                   бессильем ладоней...
Заплети этот ливень, как волны
                   холодных локтей
И, как лилии, атласных и властных
                   бессильем ладоней...

Аркадий Иосифович, смеясь, закрыл ее рот поцелуем, и они опять целовались, и смеялись, и кружились в воде...

Екатерина Алексеевна вздохнула и посмотрела на Грациани. Тот без тени ревности слушал ее, слегка наклонив голову, и улыбался, будто видел все, о чем она рассказывала, и это тоже доставляло ему удовольствие.

— *Я так люблю море,* — Екатерина Алексеевна произнесла эти слова мечтательно и почему-то с болью.

— *Ты часто ездила на побережье?* — с участием спросил ее Грациани.

— *Почти каждый год, а если точно, то с этого времени именно каждый год,* — она говорила, растягивая слова, как будто бы думала в это время о чем-то другом. — *Я всегда работала с такой отдачей, что если бы не месяц на море, наверное, просто бы умерла от истощения. А вода возвращала мне силы. Я плавала очень хорошо и заплывала так далеко, что не видно уже было берега. И тогда я оставалась одна. Совсем одна под небом... Мне казалось, что вот тогда-то я находила правильное ощущение жизни. Свобода! Полная, абсолютная свобода. Только я и небо...*

— *Ты тогда уже ощущала себя несвободной?*

— *Нет... Это пришло позже. А в тот год я была слишком счастлива.*

Глава 6

Ночное море, темное и маслянистое, почти беззвучно дышало у берега и где-то вдалеке отражало совсем круглую желтую луну. Дорожка от нее, слегка извиваясь, бежала к берегу и растворялась на подходе к нему. Воздух был теплым и пах йодом и водорослями, черными невнятными волнами, лежащими далеко от воды, куда их выбросило бушевавшее на прошлой неделе море.

Аллея, по которой они шли, была очерчена белой балюстрадой с колоннами, которая будто бы светилась и мягко выступала на фоне темных деревьев. Небо над ними сияло и переливалось близкими, крупными звездами. Они шли медленно, касаясь изредка друг друга плечами.

— Катя, ты слишком импульсивна, — мягко говорил мужчина, — это не только от молодости, это еще и характер. Ты с одинаковым пылом кидаешься помогать тому, кто, как тебе кажется, нуждается в помощи, и разносить того, кто, опять же, как тебе кажется, идет не в ногу. Но при более пристальном взгляде, может случиться, что надо не помогать, а уговорить человека отказаться от его притязаний. А тот, кто идет своей дорогой, может быть, открывает новое направление движения. Не старайся мгновенно реагировать на любое изменение ситуации, на появление новых обстоятельств. Учись держать паузу. Это великое дело — держать паузу...

— Аркаша, ты пилишь меня уже целый час, — с досадой отвечала ему женщина. — Я все понимаю. Но что я могу сделать, если я не успеваю подумать об этой твоей паузе? Зато я успеваю сделать вдвое больше того, кто обдумывает каждый свой шаг, каждое свое слово. И, согласись, я все-таки редко ошибаюсь.

— Но ошибаешься... А за каждой ошибкой чья-то судьба. Часто жизнь.

— Ты прав. Тысячу раз прав. Это я от вредности тебе возражаю. Знаешь, когда я вдруг понимаю, что была не права, я готова исправлять ошибку буквально ценой собственной крови. Мне не только стыдно, мне страшно больно за невольно обиженного мной человека. И я стараюсь исправить сделанное, не считаясь с собой. Как я тогда мечтаю повернуть время назад, чтобы не было этой ошибки, этого промаха...

— Ты очень добрый и откровенный человек. В наше время и то и другое дорогого стоит. Но твой характер представляет опасность не только и не столько для других. Скорее всего, он подведет в какую-то минуту тебя саму. И мне страшно за тебя.

— Ну что со мной может случиться? Я ведь не ребенок, не ведающий, что творит. Ты преувеличиваешь все. Да я и многому научилась у тебя. Знаешь, я ведь почти всегда теперь, даже не задумываясь, действую по твоей формуле: изучить — проанализировать — сделать выводы — принять решение.

— Это тогда, когда ты не забываешься и не начинаешь с конца.

— Но если я пропустила что-то, я потом обязательно возвращаюсь и действую уже безошибочно.

— Так вот, чтобы действовать безошибочно всегда, и надо выдержать паузу, то есть изучить, проанализировать и сделать выводы.

— Но я изменяюсь... Мне кажется, что я хорошая ученица. Все, что ты говоришь, остается во мне навсегда.

— Я люблю тебя. И как восхитительную женщину. И как беззащитного ребенка... И еще тысячью других любовей.

Они остановились и, обнявшись, стояли так какое-то время, закрыв глаза и положив головы друг другу на плечи. Было уже поздно, отдыхающие давно отправились на покой, и только они все еще не могли расстаться. Мысль о скором возвращении в Москву, где им так трудно будет находить время и место, чтобы остаться наедине, окрашивала их радость легкой тенью грусти. Они слышали ровное биение сердца друг друга. Аркадий Иосифович гладил ее по теплой узкой спине, и Екатерина Алексеевна прижималась к нему, расслабившись и утонув в его объятиях. Он начал говорить тихо, с паузами между слов, будто заклинание, будто обращаясь в эту самую минуту к ней, и она не сразу поняла, что он читает ей стихи.

— Мой друг, мой нежный, о, точь-в-точь, как ночью,
                    в перелете с Бергена на полюс,
Валящим снегом с ног гагар сносимый жаркий пух,
Клянусь, о нежный мой, клянусь, я не неволюсь,
Когда я говорю тебе — забудь, усни, мой друг...

— Мой друг, мой нежный, — повторила она шепотом с такой же интонацией, вкладывая в слова всю неожиданно захлестнувшую ее нежность и понимая, что именно эти слова, именно в таком сочетании она всегда хотела произнести, но не знала как, не умела найти их. В носу у нее защипало от близких сладких слез, и она вздохнула облегченно, ощущая, как ее сердце открылось навстречу этому дорогому и близкому человеку. «Мой друг, мой нежный», — повторила она еще раз уже про себя. И опять легко вздохнула, чувствуя необыкновенное чувство единения с ним, с этой ночью, теплой, уютной, позволившей им быть вместе.

Аркадий Иосифович прижал ее к себе и медленно, словно подбирая слова, заговорил с какой-то давно скрытой болью:

— Мой стол не столь широк, чтоб грудью всею
Налечь на борт, и локоть завести
За край тоски, за этот перешеек
Сквозь столько верст прорытого прости.

(Сейчас там ночь.) За душный твой затылок.
(И спать легли.) Под царства плеч твоих.
(И тушат свет.) Я б утром возвратил их.
Крыльцо б коснулось сонной ветвью их.

Не хлопьями! Руками крой! — Достанет!
О десять пальцев муки, с бороздой
Крещенских звезд, как знаков опозданья
В пургу на север шедших поездов.

Она слушала его исповедь. И понимала, что он наконец нашел слова, которые вместили в себя и его бессилие перед обстоятельствами, и его любовь к ней, и чувство вины за эту тайную, беглую свою любовь. За то, что не дождался ее, за то, что уже женат, за то, что не может разорвать свои лживые отношения с женой, за недосказанность и в их, тоже лживых, отношениях... И она слушала и прощала его за отчаянье, за боль, звучащие в этих словах, и с такой невероятной, такой кристальной ясностью обнажившие перед ней его душу.

С трудом освободившись от захватившего их наваждения, они медленно и неохотно разомкнули объятия. Екатерина Алексеевна отодвинулась от него и не сразу, будто боясь расплескать новое свое понимание и его, и себя, осторожно спросила:

— Чьи это стихи?

— Бориса Пастернака...

— Я даже не слышала этого имени... Странно. Ты, кажется, никогда раньше не был так откровенен со мной. Но ведь это чужие слова...

— Нет, это мои слова, только ему удалось высказать их за меня... Он просто сформулировал и облек в слова то, что жгло, терзало меня и не находило выхода. Это и есть дар настоящего поэта. То, чем не обладаем мы, простые смертные.

— Знаешь, у меня такое странное ощущение... Мне кажется, что сегодняшний вечер что-то перевернул во мне. Я стала другой... Как будто я плавала на поверхности моря, и это было просто и легко, было совершенно замечательно. Но вот зажегся какой-то свет, и я увидела всю его невероятную глубину... И меня охватил одновременно и страх, и восторг...

— Это и есть — поэзия. То, что, как тебе казалось, ты не любила. Ты нашла очень правильное слово — глубина. Только поэзия может открыть для нас глубину чувств, глубину жизни. А Пастернак и сам бесконечно глубок. Наверное, это мой самый любимый поэт. Он научил меня говорить себе правду. Это страшно. И это прекрасно.

— Это страшно, и это прекрасно... А ты можешь прочитать еще что-нибудь?

— Я могу читать его бесконечно. Во всем, что он говорит, есть очевидная, ошеломляющая правда.

> Рояль дрожащий пену с губ оближет.
> Тебя сорвет, подкосит этот бред.
> Ты скажешь: — милый! — Нет, — вскричу я, — нет!
> При музыке?! — Но можно ли быть ближе,
>
> Чем в полутьме, аккорды, как дневник,
> Меча в камин комплектами, погодно?
> О пониманье дивное, кивни,
> Кивни, и изумишься! — ты свободна.

Произнося последние слова, он широко раскинул руки, будто отпуская ее, будто отправляя ее в полет, и в голосе его прозвучала такая бескомпромиссная убежденность, что у Екатерины Алексеевны сначала, как перед прыжком, замерло, а потом радостно забилось сердце. Слово «свобода» всегда значило для нее нечто большее, чем она могла объяснить даже самой себе. Она тоже раскинула руки и засмеялась, закинув голову и глядя в высокое, усыпанное мириадами звезд небо. На минуту ей показалось, что она стремительно выросла, почти достала до сверкающих, мерцающих звезд, что ей подвластно все в этом, таком маленьком и простом, в общем-то, мире. Что она может устроить в нем все правильно и справедливо.

— Я свободна, — прошептала она этим звездам со всей страстью, на которую только была способна.

Навстречу с воем промчалась машина скорой помощи, вместе с водой из-под колес разбрызгав и воспоминания. Екатерина Алексеевна стерла с лица совершенно неуместную здесь блаженную улыбку, которую нечаянно занесла в черный московский вечер.

— *И ты прочитала потом стихи этого Пастернака?* — В голосе Грациани проскользнула едва заметная нотка удивления.

— *Разумеется,* — она с иронией покивала головой, — *я ведь всегда доводила все до конца. Я нашла все его книжки... И многие из его стихов остались со мной навсегда. Они помогли мне лучше понять себя. И мир. Особенно одно... Сначала я его не поняла. Но потом, когда жизнь моя изменилась... Теперь довольно часто вспоминаю. И утешаю себя мыслью, что это только стихи...*

— *Ты помнишь их?* — Грациани внимательно посмотрел на нее.

— *Да...* — И довольно резко закончила: — *Хотя, может быть, мне хотелось бы их забыть.*

— *Прочитай мне их, пожалуйста,* — Грациани наклонился к ней, — *тогда я лучше пойму тебя.*

— *Обязательно. Но не сейчас... Я хочу сначала закончить эту историю.* — Екатерина Алексеевна вдруг как будто спохватилась. — *Я не утомляю тебя своими воспоминаниями?*

— *Что ты, дорогая,* — Грациани мягко улыбнулся ей, — *мне интересно все, что происходило с тобой.*

Глава 7

Они оба отпустили свои машины и теперь шли после работы по Садовому кольцу неспешно, не касаясь друг друга даже плечами из опасения, что кто-то может их невзначай увидеть. Еще со вчерашнего дня безостановочно падающий снег засыпал и проезжую часть, где уже почернел, и тротуары, на которых искрился и как-то вкусно скрипел под ногами. Прохожие кутались, и на их шапках и плечах лежали маленькие сугробы, но было, в общем-то, не холодно для конца декабря. Екатерина Алексеевна, раскрасневшаяся, с горящими глазами, вспоминала вчерашний праздник в Большом театре, где отмечалось 70-летие Сталина, куда они с Аркадием Иосифовичем были приглашены и где ее представили самому виновнику торжества.

— Аркаша, я весь день сегодня как будто летаю. Ты обратил внимание, сколько было зарубежных гостей? А какие на дамах платья? Впрочем, это ты вряд ли заметил... А Иосиф Виссарионович... Все-таки удивительный человек! Весь мир приехал поздравлять его, а он нашел время пожать мне руку... Знаешь, он почти одного роста со мной! И такой домашний какой-то. Лицо в оспинках, а когда улыбается — глаза острые, светятся просто. И, кажется, насквозь тебя видят!.. Ну что ты молчишь?

— Я тебя слушаю.

— У меня такое ощущение, что ты меня как раз и не слушаешь. Ты вообще весь день сам не свой. О чем ты думаешь?

— Катя, я должен тебе сказать...

— Ну так говори, что ты тянешь? Что-то неприятное?

— Это смотря как взглянуть...

— Да говори же наконец, а то мне почему-то страшно стало.

— Ну и напрасно. Не надо бояться жизни. Надо принимать ее такой, какая она есть.

— Не тяни!

— Меня направляют на переподготовку. Ты сама знаешь, что это значит...

— Но почему?!

— Как известно, у партии не спрашивают. Значит, так надо. Скорее всего, пятый пункт моей анкеты сыграл свою роль. Евреев сейчас практически везде снимают с руководящих должностей... А так как твоя анкета, в отличие от моей, безупречна во всех отношениях, да и вчерашнее представление дорогого стоит... В общем, думаю, что первым секретарем вместо меня должны назначить тебя.

— Не могу поверить! Все было так хорошо...

Екатерина Алексеевна чувствовала себя растерянной и разбитой. Не то чтобы она усомнилась в правильности решений партии — она никогда в этом не сомневалась! Ей всегда было легко претворять в жизнь эти решения — и тогда, когда она была комсомольским функционером, и теперь, будучи партийным работником. Она свято верила в счастливое коммунистическое будущее и трудилась истово, чтобы приблизить поскорее это светлое завтра, разъясняя инертным и плохо образованным массам политику и решения партии. Но Аркаша... Он настоящий, убежденный коммунист! Почему? Может быть, она что-то не разглядела в нем?..

— Тебя не должно это пугать. Ты прекрасно подготовлена к повышению. Думаю, тебя вообще ждет блестящая карьера. И я рад за тебя.

— Но как же ты?.. Как же мы...

— Это не все, что я хотел тебе сегодня сказать. Ты знаешь, я тебе говорил, что у нас с женой не может быть детей. И мы смирились, как мне казалось, с этим. Но Ирина, не поставив меня в известность, взяла из детского дома ребенка. Трехлетнюю девочку. Наверное, ей хотелось сделать мне сюрприз... Да и, возможно, ей казалось, что наши отношения в связи с этим обстоятельством могут измениться в лучшую сторону... В общем, теперь в нашем доме есть ребенок.

Екатерина Алексеевна остановилась, как будто с разбега налетев на какую-то невидимую преграду. Растерянно и невидяще смотрела она прямо перед собой, не чувствуя, как медленно кружащиеся хлопья снега опускаются ей на лицо. Снег был таким крупным, что, попадая на ресницы, заставлял моргать, а растаяв, затекал в глаза и каплями сползал по щекам. Только когда капли попали в рот, она почувствовала на губах их соленый вкус и поняла, что вместе с растаявшим снегом по щекам ее бегут слезы.

— Вот и все... Вот и все... Вот и все... — повторяла и повторяла она, как испорченная пластинка, чувствуя, что буквально разваливается на части, и понимая, что всегда, всегда ждала чего-то такого, что разрушит окончательно и бесповоротно казавшиеся такими прочными на первый взгляд их отношения.

— Катя, — он взял ее под руку и повел вперед совершенно ослепшую, — Катя, это ничего не значит для нас с тобой. Все останется по-прежнему!

— Ты не понимаешь... Это все. Это все меняет. — Екатерина Алексеевна с трудом взяла себя в руки. — У тебя не просто жена, хотя мысль о ней и так отравляла для меня каждую минуту, которую я проводила с тобой. У тебя семья...

— У меня и так была семья. — Он неловко попытался заглянуть ей в глаза.

— Нет. — Она опять остановилась и прямо посмотрела на него. — Ты не понимаешь! Я ведь всегда прекрасно знала, что разрушаю твою семью... Но, как это ни ужасно, находила для себя оправдание в том, что у вас нет детей. Теперь у вас есть ребенок, и так настрадавшийся и заброшенный... Я не смогу... Ты не понимаешь! Я не смогу!

— Катя!.. — Аркадий Иосифович попытался обнять ее за плечи.

— Нет! Это все! — Екатерина Алексеевна резко шагнула в сторону. — Это все, Аркаша. Так будет лучше. Для всех лучше. Не провожай меня. Мне надо побыть одной.

Она решительно развернулась и, больше не слушая того, что он еще пытался ей сказать, быстро пошла в обратную сторону. Она почти бежала, чувствуя, как у нее горят щеки от стыда, от унижения, от гнева на его нерешительность, которая завела их отношения в тупик, на свою мерзкую и смешную роль в его жизни. Слезы, прекратившиеся было, когда она говорила с Аркадием Иосифовичем, снова полились ручьями из глаз, выжигая их своей горечью. Ей стало жарко от мысли, что она десять лет — десять лет! — слушала его пустой лепет о любви и довольствовалась крохами с чужого стола. Екатерина Алексеевна ударила себя кулаком по лбу. Дура! Дура! Проклятая жалкая дура! Так ей и надо! Она расстегнула верхнюю пуговицу пальто и, разворошив шарф, открыла горло, чтобы хоть немного охладить свое пылающее тело. Ей как будто стало легче, и она пошла медленнее, постепенно приходя в себя. Екатерина Алексеевна брела, сама не зная куда, потерянная и потухшая, не узнавая ни улиц, по которым шла, ни домов, которые ее окружали. Вдруг ее кольнула жалость к Аркадию Иосифовичу, и она почувствовала неловкость за свою несправедливость к нему. Он всегда любил ее. Он так любил ее! Но ведь ничего нельзя было сделать. Если бы они осмелились попытаться официально оформить свои отношения, это немедленно стало бы концом их карьеры. Они оба вылетели бы с работы, да еще и получили бы взыскание по партийной линии. И они молчаливо, без обсуждений, смирились с необходимостью скрывать эти отношения. За что же она теперь винит его? Чего она ждала? Она сама вела себя как страус. Она не хотела разрушать ни его, ни свою карьеру? Что ж, теперь у нее будет время, много времени заниматься своей карьерой. Она сама выбрала свою дорогу. И не надо никого винить за это. Надо жить. Надо быть сильной. Надо работать.

— *Это тогда работа стала для тебя смыслом жизни...* — Грациани сочувственно покивал головой.

— *Я всегда любила работать. Чувствовать, что от тебя лично зависит, как будет складываться твоя собственная жизнь.* — Екатерина Алексеевна вдруг ощутила прилив сил и выпрямилась, приняв свою обычную гордую осанку. — *Я была свободна. По крайней мере, мне очередной раз тогда так казалось. Я не ощущала давления, и мне легко было в предложенных обстоятельствах. Через два года меня назначили вторым секретарем Московского горкома партии. Первым секретарем тогда был Храпов...*

Екатерина Алексеевна надолго задумалась, а Грациани, не нарушая молчания, внимательно разглядывал ее осунувшееся и жесткое лицо.

— *Нет, личная жизнь не принесла мне постоянства, не дала мне чувства уверенности. Все как-то не вовремя и некстати складывалось в жизни. Только одно радовало тогда меня — Светланка росла умненькой и красивой девочкой. Но даже это не задерживало надолго внимания — работа отнимала все больше и больше времени. Когда Храпов стал Первым секретарем ЦК, а я — первым секретарем горкома, времени на личную жизнь не осталось совсем. Наш политический роман захватил меня полностью, без остатка, стал смыслом жизни.*

— *Вот ты опять как-то незаметно перешла к работе.* — Грациани усмехнулся. — *Я знаю мужчин, женатых на своей работе. Но женщина!..*

— *Ты напрасно иронизируешь.* — Она тоже усмехнулась. — *Новое время диктует новые нравы. Женщины хотят распоряжаться своей жизнью по собственному усмотрению... Просто я забежала немного вперед.*

— *Но как же быть с твоей женской сутью? Неужели пропала жажда очага, желание любви?*

— *Ничего не пропало... Тогда уже начинались близкие отношения с Фарбиным. Но не это было самым важным. Я была захвачена другими отношениями. Конечно, у меня было много любовников, но еще больше мне их приписывали. Так вот Храпов никогда им не был. Нас связывали едва ли не более крепкие узы... Никогда ни до, ни после я не была так близка с человеком, отношения с которым были душевно столь тесными, что мне временами тогда казалось, мы превратились в единое существо. Это был роман, захвативший меня без остатка. Я была в комиссии по расследованию последст-*

вий культа личности Сталина. И это на самом деле было самое страшное потрясение, которое мне пришлось пережить, понимание произошедшего буквально взорвало мое отношение к жизни... Не знаю даже, как мне это удалось пережить. Возможно, ощущение, что мы повернули жизнь огромной страны в другое русло, спасло меня от помешательства и превратило нас с Храповым в невероятно, абсолютно близких людей. На XX съезде КПСС Храпов сделал доклад о культе личности, а я выступала следом за ним. На этом съезде я стала кандидатом в члены Президиума Центрального Комитета КПСС. Наши жизни слились в одну, полную восторга от собственной силы и уверенности, которые мы подогревали друг в друге. Все наше существо было подчинено работе и только работе. Мы не замечали времени в ее круговерти. Это и была жизнь, в которой органично слилось и личное, и общественное, и служебное.

Глава 8

Екатерина Алексеевна хорошо помнила этот день. Банальный вторник не обещал ничего экстраординарного — так, обычное заседание, в повестке стояло несколько текущих вопросов. Она сидела спокойно и даже не вмешивалась в дискуссии — вопросы не касались ее направления. Но когда Моталов, Буланин, Кельнович, Масленков, Сабаров, Первихин и Воротилов слаженно, в один голос, потребовали отставки Храпова, стало совершенно очевидно, что Екатерина Алексеевна просмотрела, как сложился и созрел заговор. Она и Кротов сориентировались почти мгновенно и сопротивлялись, как могли; Брегов как всегда помалкивал, не реагировал ни на чьи призывы, подолгу пропадал, а вернувшись, объяснял свое отсутствие проблемами с кишечником; Храпов с обычной своей несдержанностью орал; Кельнович в озлоблении матерился. Ну да, как говаривает мать: брань на вороту не виснет. А стенограмму, как всегда, негласно отредактируют. Когда в двенадцатом часу ночи Храпов, ссылаясь на принцип демократического централизма, очередной раз потребовал передать решение вопроса о полномочиях Генерального секретаря на рассмотрение ЦК, а ему очередной раз ответили, что это прерогатива Президиума, — Фурцева холодно предложила перенести дебаты на завтра и, не дожидаясь ответа, вышла.

Закрыв за собой дверь комнаты заседаний, она секунду постояла, оценивая свои последние слова, и нашла их вполне убедительными. Действительно, даже не по третьему, а по двадцать третьему разу одно и то же... Преувеличенно спокойно пройдя по коридору, она открыла дверь в свою приемную, взглянула на стол секретаря, на котором стояла только выключенная лампа с зеленым абажуром. Татьяна Николаевна Сабатеева была не просто секретарем и помощником, но и ангелом-хранителем по совместительству — от ее бдительного ока не ускользала даже тень опасности, которая могла бы угрожать Екатерине Алексеевне. Раз она ушла домой, не дождавшись своей начальницы, — значит, пока тревогу никто не поднял.

Тяжелая дверь в кабинет открывалась легко, но темный провал за ней, как в детстве, заставил подобраться все мышцы, хотя ей казалось, что быть более собранной уже просто невозможно. Вообще-то она любила это ощущение — запах опасности, что ли... Кураж! Это когда все тело становится как пружина, мысли — четкие, ясные, все в голове раскладывается как бы само по себе, и видишь все варианты развития событий на несколько ходов вперед. Черт бы побрал этого кретина: «сейчас, конечно, не 37-й год...» — угроза совершенно очевидная, но он сделал плохой ход — произнес ее при свидетелях. Впрочем, случись что, в стенограмме этого, как и многого другого, естественно, не будет. Нельзя недооценивать опасность — каждый поставил на карту все, что имеет. А это мно-о-го... Как бы с перепугу не натворили чего и впрямь. Рука сама нашла выключатель. Залитый светом кабинет создавал ощущение защищенности — эфемерное (хорошо, когда это понимаешь). Ковер приглушал стук высоких каблуков. Быстро взять плащ, взглянуть в зеркало — все о-очень хорошо! Пока спускалась к выходу, внимательно прислушивалась к себе — неприятный холодок тихо шевелился где-то под солнечным сплетением.

Виктор Васильевич уже ждал у входной двери, подтянутый как всегда, глаза серьезные и внимательные.

— Домой?

— Нет. На дачу.

Из троих прикрепленных, следующих за ней посуточно, Бурков был ей наиболее симпатичен. Интеллигентный и на редкость выдержанный человек. Хотя это не так уж и важно. Главное — он абсолютно преданный лично ей человек. (Пока! Не следует обольщаться — преданность, как показывает жизнь, тоже зависит от цены вопроса.) Фурцева улыбнулась и прошла сквозь предупредительно распахнутую офицером дверь. Машина уже стояла перед входом. На минуту задержалась на тротуаре.

— Виктор Васильевич... — Он тоже задержал шаг и вопросительно поднял брови. — Сегодня тяжелый день... Едем очень быстро и очень аккуратно. Машину проверили?

— Разумеется. Как всегда. Что-то...

— Нет-нет. Так, на всякий случай, — усмехнулась Екатерина Алексеевна, — погода скверная.

Прекрасно. Он будет очень внимательным. Заставил водителя несколько раз проверить тормоза. Нелишне. Все. Расслабиться. Кажется, никто ничего не заподозрил в ее довольно долгом отсутствии где-то во второй половине заседания — забавно, опять помогло то, что она женщина, в этом крыле здания не было дамской комнаты. Впрочем, так или иначе, а механизм запущен, и внеочередной пленум соберется как бы сам по себе. Члены ЦК на местах поддерживают Храпова — с его подачи накануне приняли законы, расширяющие права союзных республик, и сейчас как раз обсуждали его предложение сократить многочисленные центральные ведомства и перенести оперативное управление на места. Обзвонить всех, естественно, не удалось. Ничего, соберутся по цепочке — она каждого из тех, с кем успела поговорить, просила об этом. А Бодров — молодец! Никаких вопросов. Командующий ВВС Московского округа оказался человеком не только верным, но и решительным. Даже Жарова не поставил в известность. Риск, конечно, страшный, но если все сложится, то — победителей не судят. За пару суток своими самолетами Бодров доставит членов ЦК в Москву, и их появление будет неожиданным и, главное, неотвратимым. Конечно, шила в мешке долго не утаишь, и кто-нибудь донесет. Но сутки, вполне возможно, у них все-таки есть. А потом уже будет поздно размахивать руками. Сегодня восемнадцатое июня. Значит, числа двадцатого — двадцать второго они дадут бой. Она всегда выигрывала! И сейчас не будет исключения. Храпову говорить, пожалуй, пока ничего не стоит. Он сейчас в бешенстве и горячке — что-нибудь напортачит. При всей своей мужицкой мудрости и хитрости, он в раздражении способен на необдуманный поступок.

Волноваться надо тогда, когда от тебя что-нибудь зависит. А все, что от нее зависело, она уже сделала. Собственно говоря, даже утром уже будет слишком поздно что-нибудь изменить. Механизм запущен. Остановить его практически невозможно. Сегодняшняя ночь решит все. Пока можно не тревожиться.

Но тревога все росла. Мысли какие-то рваные... «У вас маленькая дочь...» Вот сволочь! Счастье, что дурак. Холодок разрастался, перебрался на спину и пробежал вверх, стянув кожу на затылке. А вдруг настолько дурак, что не поймет собственного промаха? Он не раз правил стенограммы и знал, как замести следы. Поймала себя на мысли, что даже про себя не может произнести, чего, собственно говоря, боится. И правильно. Мысль материальна. Кто так говорил?.. Ах да, Богучевский! «Мысль материальна, а твоя императивна». Да, все всегда складывается так, как она хочет. И так будет всегда.

Внимательно посмотрела в окно. Калчуга, Микояновский овраг. Налево дача Светланы Сталиной. Направо...

На повороте фары выхватили фигуру мужчины с каким-то свертком в руке.

— Гони! — Виктор Васильевич напряженно подался вперед. Рука на кобуре.

Машина слегка присела и рванула вперед. На несколько мгновений воздух в машине стал почти твердым. Солнечное сплетение свело, а горло перехватило так, что не вздохнуть. Через долгую минуту все в машине перевели дух.

— Вот чертов мужик! Чего по ночам в лесу бродит? — Бурков не чувствовал себя смущенным. Обычная служебная осторожность.

Екатерина Алексеевна откинулась на спинку сидения, постаралась расслабиться, но это не удалось в полной мере. Надо думать о чем-то уж совсем простом...

— Сережа, день рождения жены в июле?

Водитель кивнул головой, чувствуя на себе взгляд Фурцевой.

— Через недельку заедем в ГУМ. Мне кое-что надо посмотреть для Светочки. Тогда и шляпку для твоей жены куплю, как обещала. Ты размер уточни и получше рассмотри воротник на зимнем пальто. Надо, чтобы мех по цвету точно совпадал.

Она говорила еще что-то обыденное и не требующее внимания, но противный холод под ложечкой все не пропадал. Когда фары осветили зеленые ворота в высокой кирпичной стене, напряжение опять захватило ее полностью. Часовой вышел не сразу, и каждое мгновение его отсутствия растягивалось до нестерпимости. Наконец он появился, взглянул на машину и уже бегом кинулся открывать. Железная воротина, гулко погромыхивая, распахнулась, открыв смутно освещенную изящными плафонами подъездную дорогу. Надо взять себя в руки! Думать о чем-то, что видят глаза... Все-таки Вася во всех деталях дачи — человек тонкого вкуса. Будто бы и не сын Сталина. Когда его бесцеремонно, как обычно в подобных случаях, выставили из построенного им дома, он не успел забрать свои личные вещи. Даже любимый белый кабриолет. Тот с еще двумя принадлежащими Василию машинами некоторое время стоял в просторном дачном гараже. Потом все исчезло как-то незаметно. Впрочем, какая разница — спасибо ему. Здесь чудесно. Еще пара минут, и машина мягко затормозила у крыльца.

Виктор Васильевич вышел, как всегда внимательно огляделся, кивнул появившемуся из-за дома охраннику и только тогда распахнул дверь машины и помог выйти. Сегодня его предосторожность, так всегда смешившая ее, не показалась Екатерине Алексеевне театральной.

Бурков привычно вошел в дом первым, включил свет в холле и огляделся в поисках горничной. Та, слегка заспанная, тем не менее незамедлительно показалась на пороге нижнего кабинета, поправляя слегка замявшийся фартучек.

— Здравствуйте, Екатерина Алексеевна. — Она помогла снять плащ и отошла, чтобы повесить его на плечики.

— Вы можете идти спать, Надежда Ильинична. Уже поздно.

— Спасибо, Екатерина Алексеевна. А ужинать? Может, что-нибудь подать...

— Нет-нет. Ступайте. Зинаида Павловна нас накормит.

Горничная накинула на форменное платье кружевную шаль, которую ей на прошлый день рождения подарила хозяйка, и вышла. В открытую дверь донесся приглушенный рокот машины, въезжающей в гараж, и минутой позже, когда Екатерина Алексеевна и Бурков уже спускались в кухню, к ним присоединился Сергей.

На просторной кухне было пронзительно светло и немного душно. Две большие плиты, кастрюли, сковороды, блюда, чайники, половники — все из нержавеющей стали — вызывающе сияли начищенными боками. Зинаида Павловна, сидя дремавшая у стола, подхватилась, что-то заворковала, засуетилась, быстро накрывая ужин на всех. Обслуга по правилам должна была питаться в столовой хозблока, но в этом доме особенно не чинились, и без свидетелей жили одной семьей.

— Мне только стакан сока. — Екатерина Алексеевна отрешенно прошлась по кухне и отступила к огромному холодильнику, бессознательно стараясь не мешать поварихе.

Та запричитала что-то о здоровье, но послушно налила в высокий стакан черносмородиновый сок, который любила Фурцева. Мужчины сели за стол, а хозяйка дома, рассеянно кивнув им на прощание, поднялась наверх и, пройдя через кабинет прикрепленного, вошла в большую узкую столовую. Через окно эркера слабо пробивался свет уличного фонаря. Щедро обшитые драгоценной карельской березой стены комнаты мягко мерцали даже при этом тусклом свете. На длинном столе, накрытом белой льняной скатертью, в двух тяжелых хрустальных вазах стояли букеты свежесрезанной сирени. Наклонилась, зарывшись лицом в цветы, жадно и счастливо вдохнула густой свежий аромат. Она любила цветы с каким-то самозабвением, и домочадцы, зная это, никогда не забывали поставить на стол свежий букет. Бесцельно побродила по комнате и утомленно опустилась на стул. Замерла без движения, без мысли.

Зажегся свет. Екатерина Алексеевна вздрогнула, испуганно и оттого неловко пытаясь встать. В дверях — мать.

— Мама! — явно с облегчением выдохнула Екатерина Алексеевна. — Ну зачем ты встала, уже два часа ночи.

— Вот то-то и оно. За последний месяц ты была здесь раза два, да и то приезжаешь, когда мы уже спим, а уезжаешь ни свет ни заря. Светланка ужасно скучает...

— Потерпите еще недельку... Сейчас все должно решиться! — Она взяла мать за руки и заглянула ей в глаза. — Помнишь, ты всегда повторяла: надо четко говорить да и нет. Сегодня я слишком ясно сказала — нет. — Опустила голову и, помолчав, продолжила каким-то скрипучим голосом: — Светочка уже большая. И потом, ты рядом с ней... Главное, да ты и сама это всегда твердишь, — получить образование. Специалисты в любой области всегда будут нужны... — Отпустила руки матери

и, несколько раз нервно пройдясь у окна, резко остановилась. — Но я не могла просчитаться!

— Не мечись, — лицо Матрены Николаевны источало
холодное спокойствие, — снявши голову, по волосам не
плачут. О дочери подумай, она уже взрослая, 15 лет — ей
внимание сейчас твое нужно. А мы тут живем как в лесу.
До города добраться — так каждый раз от машины зави-
сим. Только и название, что семейная. А Светочка уе-
дет — я никуда. Я уеду — Светланка как под арестом...
Прошлого дня она сама приехала сюда на школьной машине. С инструктором, конечно. Он сказал, что Светлана
уже может водить машину самостоятельно. В школе-то
по автоделу у нее «пятерки» все были. Права им уже вы-
дали. Пора ей купить машину. И для меня облегчение...
И девочка пусть к самостоятельности привыкает. Сама
говоришь — всякое может случиться... Да что я! — спохватилась мать. — Зина ведь пироги сегодня пекла, сейчас принесу.

— Мама, прошу тебя, ложись спать. Я сама что-нибудь соображу.

— Ну уж нет, ты о себе-то как раз и не подумаешь. —
Матрена Николаевна покачала головой в подтверждение
своих явно неодобрительных мыслей и, прикрыв за собой дверь, тяжело ступая, пошла на кухню.

Дочь с благодарной улыбкой некоторое время смотрела ей вслед. В какой-то момент улыбка ее стала напря-
женной и, забытая, странно и даже страшно смотрелась
на отвердевшем лице с горящими глазами, незряче оста-
новившимися на закрытой двери.

Тряхнула головой — взгляд стал осмысленным, но не
потерял жесткости. Тупицы! Неужели не могут понять:
после «закрытого» письма уже нельзя задавить шепо-
ток — он стал голосом! Можно удержать власть, только
влившись в этот голос, стать его рупором. Храпов это
понимает и умно использует. Практически каждое утро
начиналось с того, что Храпов либо вызывал Фурцеву
к себе, либо заходил к ней в кабинет, и они вдвоем про-
считывали каждый следующий его шаг. Екатерина Алек-

сеевна была азартна. Они с Храповым прекрасно понимали друг друга и, как умудренные опытом преферансисты, разыгрывали свою партию против Моталова и компании продуманно и жестко. Они успели собрать «длинную масть»: в марте был принят указ о понижении размера налогов с рабочих и служащих, в апреле снижены цены на некоторые товары народного потребления и прекращена принудительная подписка по государственным займам. Даже то, что сборная СССР по хоккею с мячом стала чемпионом мира, при таком раскладе тоже играло им на руку. Увеличение власти членов ЦК на местах, провозглашенное, но не утвержденное, — самая мощная карта на руках. Нет! Моталов и компания явно блефуют! При таких картах Храпова сейчас нельзя свалить. Его нельзя даже пальцем тронуть — начнется кровавая бойня... Сдавила руками голову. Спокойно. Спокойно.

Но вот спокойствия как раз не было. Рывком поднялась и вышла в темный холл. Задержала на секунду дыхание, прислушиваясь к тишине спящего дома и чувствуя, как холод крадется по спине. Потом очень тихо сняла туфли и крадучись, словно кошка, поднялась в комнату дочери.

Девочка дышала легко и ровно. Круглое личико было серьезным и простодушно нежным в обрамлении светлых волос. Сердце опять сдавила тревога. Мать наклонилась и тыльной стороной ладони легонько провела по теплой щеке. Дочь нахмурила во сне белые бровки и сердито засопела. Екатерина Алексеевна беззвучно засмеялась, чувствуя, как тепло разливается по всему телу.

Время остановилось. Девочка во сне, как будто ощущая материнское присутствие, улыбнулась. Екатерина Алексеевна сделала какие-то ненужные движения — поправила и так ровно сложенное платье, пододвинула ближе к кровати тапочки. Вышла, оглянувшись на пороге, и тихо прикрыла дверь.

В столовой Матрена Николаевна расставляла на столе тарелки с пирожками, помидорами и огурцами (свежие овощи из собственной теплицы, которые подавали к столу круглый год, были предметом бесконечного восторга матери). Екатерина Алексеевна пообещала все сейчас же съесть и, выпроводив мать, погасила в комнате свет — он просто жег глаза. Долго стояла в темноте у окна. Стараясь не шуметь, отодвинула стул и села, поставив локти на стол и обхватив голову руками.

За окном медленно, бесконечно медленно серело. Екатерина Алексеевна, не находя себе места, то стояла у окна, то прислушивалась к тому, что происходит за дверью, то снова опускалась без сил на стул, чтобы через минуту опять застыть у окна, в котором ничего не было видно. Наконец решительно поднялась к себе в комнату и вышла уже в спортивном костюме. Тихо открыла входную дверь и остановилась, залюбовавшись сказочной картиной — в туманном, жемчужном воздухе серебрились лохматые ветви высоченных черных сосен и огромных елок. Глубоко вдохнула хвойную свежесть и, медленно набирая скорость, побежала по дорожкам парка. Часовой в глубине аллеи молча поклонился и привычно проводил глазами бегущую мимо женщину — она глубоко и размеренно дышала, на спине и под мышками темные пятна пота. Приветливо кивнула в ответ и помахала ладошкой.

Действительно, надо что-то делать с дочерью... Светик мой дорогой! В груди сладко и больно переплетались два чувства — нежности и вины. Как исхитриться видеть ее почаще... Если бы они с Николаем могли примириться... Впрочем, это ни к чему. Может, правда машину купить?.. Тогда бы она свободнее распоряжалась своим временем и... Черт, все равно, она-то не может распоряжаться своим. Ну да, сейчас надо разгрести эту кучу, а там будет видно... Что-нибудь придумается. Еще пара кругов — и под душ. Очень горячий, а теперь — ой-ойой — ну совершенно ледяная вода! Растереться посильнее... В большой ванной комнате с окном кроме круглой ванны (говорят, что ее по распоряжению Василия привезли из Испании на самолете) — маленький удобный диванчик, высокое зеркало в резной раме и стеллаж с невероятным количеством флаконов и флакончиков. Это была ее, пожалуй, единственная слабость: из зарубежных поездок Екатерина Алексеевна всегда привозила французские духи, туалетную воду, ароматизированные соли, шампуни и кремы. При всегдашней своей занятости не жалела времени на ванну — подолгу блаженствовала в горячей, перламутровой от всевозможных замысловатых снадобий воде, а выйдя из нее, тщательно, с нескрываемым удовольствием умащала себя маслами и кремами. Она и сейчас с одобрением оглядела свое обнаженное тело с такой упругой розовой кожей. Хорошо! Все о-очень хорошо.

У себя в комнате долго и придирчиво выбирала что надеть. Нельзя темное — не траур! Но и легкомысленной казаться не ко времени... Мария Васильевна, с которой ее связывала долгая жизнь (они пересеклись еще во времена общей работы во Фрунзенском райкоме, и вот уже почти десять лет та следила за ее туалетами: стирала, гладила, что-то подшивала), приготовила несколько платьев. Выбрала насыщенно синий костюм и белую с кружевным воротником блузку. Достала из гардероба синие же на десятисантиметровой шпильке открытые туфли из мягкой кожи, которые она привезла месяца два назад из Парижа и еще ни разу не надевала. И белый воротник, и светлые волосы, которые она привычным жестом собрала в высокую прическу, казались голубоватыми. Вот вам и будет Мальвина! Она прекрасно знала, что соратники по партии за глаза зовут ее именно так.

На кухне бурлила жизнь — это в такую-то рань! На плите шипело и булькало. Пахло чем-то сладким и заманчиво пряным. Зинаида Павловна колдовала над кастрюлями.

— Садись. — Матрена Николаевна поставила на стол тонкую чашку с красным цейлонским чаем.

— Мамулечка, как хорошо, что ты приехала! — Светланка крепко обхватила мать руками. — У нас с бабушкой серьезный разговор к тебе.

— Дай матери чаю-то попить спокойно, торопыга.

— Что за разговор? — Екатерина Алексеевна, поцеловав дочь в чистый лоб, усадила ее на место. — Есть проблемы?

— Я, между прочим, в следующем году заканчиваю школу...

— Замечательно. Надеюсь, ты понимаешь, что должна закончить ее на одни пятерки?

У девочки явственно вытянулось лицо. (Только бы не засмеяться.)

— По всем основным предметам будешь заниматься с репетиторами. Ближе к осени выясню, как это делается.

— Ну, репетиторы, так репетиторы, — обреченно вздохнула дочь. — Знаешь, у нас некоторые девочки уже в этом году надевали в школу просто платья, — храбро соврала она. — Да почти все! — Состроила уморительно умильную рожицу. — Можно мне в следующем году ходить тоже не в форме?

— Всем можно, а тебе — нет! — строго сказала Екатерина Алексеевна и, видя проступившее на лице дочери уныние, продолжила: — А вот чтобы ты могла успевать делать все, что положено, и бабушке, если нужно, помогать — я куплю тебе машину. Заняться этим смогу через неделю. — Она нахмурила брови, почувствовав, как опять пахнуло холодком.

— Мамулечка, — Светланка, не веря своим ушам, молитвенно сложила руки, — черную «Волгу»!

Горьковский автозавод начал производство нового автомобиля только полгода назад, и немногочисленные появившиеся на улицах Москвы роскошные машины вызывали всеобщий восторг.

— Белую. У девушки должна быть светлая машина. А теперь, — Фурцева с сожалением поднялась из-за стола, — пора ехать. Да... В этом месяце я к вам приехать уже не смогу. Много работы... И Николай Павлович чувствует себя нездоровым...

Матрена Николаевна демонстративно отвернулась к плите. Света напряженно уставилась в чашку с чаем. Нависла неприятная для всех тишина. (Как все это скверно!)

Екатерина Алексеевна сделала несколько шагов к двери, обернулась.

— Через месяц я лечу с делегацией в Англию и тебя, Светик, пожалуй, возьму с собой. Мы сможем в поездке практически все время быть вместе. И... Подумай о своем гардеробе. — Она закрыла за собой дверь, и ярко освещенная, пахнущая пирогами кухня исчезла, как мираж.

На крыльцо вышла сдержанная, собранная и победительно красивая женщина, у которой нет и не может быть никаких нерешаемых проблем.

Машина легко рассекала занавес дождя, и казалось, что еще секунда, и она вырвется, вынырнет из этого нескончаемого потока.

Екатерина Алексеевна сидела, выпрямившись, со стиснутыми руками и горящим взглядом. Казалось, она полностью погрузилась в то далекое уже время и опять ощущала себя молодой и сильной.

— *Это время было временем моего взлета.* — Екатерина Алексеевна говорила жестко, как будто пытаясь доказать самой себе утерянную правоту. — *Тогда я ощутила, что значит быть абсолютно свободной. Я распоряжалась своей судьбой. Вместе с Храповым я распоряжалась судьбой миллионов человек. Власть была не бременем, она была крыльями. Ощущение свободного полета на этих крыльях — самое головокружительное ощущение, доступное человеку. И не важно, кто ты — мужчина или женщина! Это была моя личная жизнь. Или то, что я за нее принимала. Несмотря на чудовищную занятость, мне казалось, что я достигла наконец свободы.*

— *Но это не могло продолжаться вечно... Рано или поздно каждый, кто поднимался к вершине власти, падал с нее, ломая крылья.* — Грациани печально покачал головой.

— *Да... Ты прав.* — Екатерина Алексеевна как-то осунулась и согнулась, будто из нее выпустили воздух. — *Ты прав. И этот сладостный самообман не про-*

длился долго. Довольно скоро стало ясно, что Храпов тяготится моим присутствием… И это понимала уже не только я.

Глава 9

В начале мая к Екатерине Алексеевне в кабинет пришла дочь и сообщила, что решила выйти замуж за Андрея, сына члена Президиума Центрального Комитета партии Клима Матвеевича Кротова. Роман молодых людей был бурным и скоротечным. Екатерина Алексеевна была в курсе их отношений, но не одобряла их, и уж совсем не была в восторге от предстоящего события. Она пыталась убедить Свету, что в семнадцать лет рано выходить замуж, но своенравная девочка настояла на своем.

Клим Матвеевич тоже не желал этой свадьбы. Не то чтобы ему не нравилась будущая невестка. Скорее наоборот. Но все эмоции затмевал страх, что этот брак может неблагоприятно отразиться на его служебном положении. То, что два члена Политбюро породнятся, могло не понравиться Хозяину, плохо отзывавшемуся о семейственности. До последнего Клим Матвеевич отчаянно сопротивлялся и пытался отговорить молодых от необдуманного, по его мнению, шага. Когда же понял, что не сможет их переубедить, сдался и занялся подготовкой к свадьбе со свойственными ему напором и предприимчивостью. Так как Светлане еще не исполнилось 18 лет и по закону их брак не могли зарегистрировать, Клим Матвеевич лично съездил во Дворец бракосочетания и все уладил. Свадьбу решили сыграть на даче жениха.

Дача Кротовых стояла в окружении большого фруктового сада и просторных хорошо ухоженных газонов. Чуть в стороне, на довольно значительном расстоянии от дома, светлая, пронизанная солнцем березовая роща. Правее, на высоком берегу Москвы-реки, Клим Матвеевич распорядился специально ко дню свадьбы построить белую круглую беседку с баром и декорировать ее диким виноградом. За домом несколько больших теплиц, в которых круглый год выращивали свежие овощи и фрукты. Клим Матвеевич привык жить широко и к свадьбе готовился с размахом. День ожидался солнечным, и столы были вынесены в сад. Старые вишневые деревья в цвету, растущие в саду, выкопали с большими комьями земли и посадили вокруг столов. Заказали в подсобном хозяйстве несметное количество роз и в огромных вазах расставили всюду, куда мог упасть взгляд именитых гостей, приглашенных на торжество. Ожидали самого Хозяина и четырех членов Президиума с домочадцами. Вместе с родителями молодых за столом собиралось практически все руководство страны.

В доме у Фурцевых тоже готовились к свадьбе. Из привезенного из Парижа белого в стеклянных шариках материала портниха Полина Ивановна сшила для невесты пышное платье на тоненьких бретельках. В двухсотой секции ГУМа купили белые лайковые английские туфельки на высокой шпильке и крохотную расшитую стеклярусом сумочку — естественно, тоже белую.

— Светочка, — ахнула Матрена Николаевна, увидев внучку, одетую и причесанную к выезду, — ты у нас самая красивая невеста.

Света действительно была хороша. Юное личико с миндалевидными глазами, светлые локоны, осиная талия и стройные ножки. Андрей не мог оторвать от нее глаз и ходил за ней по пятам, куда бы она ни направлялась.

К даче ехали на двух машинах. В первой сидели жених с невестой, школьная подружка Светы Ирочка Федорова и свидетели, тоже собирающиеся в скором времени пожениться: Павел Заваров, сын начальника штаба Вооруженных Сил, и Оля Шталенко, дочь известного генерала. Во второй — Екатерина Алексеевна с домочадцами. Матрена Николаевна как бабушка невесты была преисполнена значимости события и оттого серьезна, если не сказать сурова. Муж Екатерины Алексеевны Николай Константинович Фарбин, сидя на переднем сидении, откровенно радовался новому родству и всю дорогу рассуждал о перспективах, которые, как ему казалось, открывал этот брак перед их семьей. Екатерина Алексеевна удивлялась его слепоте и недальновидности, но не возражала и молча смотрела на пробегающие за окном перелески, убранные в свежую, пышную зелень. Она думала о том, что напрасно согласилась на брак Светланы с Кротовым, что все равно ничего хорошего из этого не выйдет. Ну да ничего с этим сделать нельзя — каждый должен сам споткнуться о свой камень. Света была своевольна, и это, быть может, даже хорошо. В жизни надо быть сильной и уметь добиваться поставленной цели. Кто его знает, как сложится: вдруг, вопреки ее ожиданиям, их семейная жизнь действительно будет долгой и счастливой. Не в пример ее. Она посмотрела на напыщенного и самодовольного мужа. Он больше всего переживал по поводу охлаждения ее отношений с Храповым и строил планы сближения в честь такого удобного случая, как свадьба. Наивно надеяться на это, но по крайней мере у нее, быть может, действительно будет возможность поговорить в неформальной обстановке с Хозяином. Она усмехнулась, поймав себя на том, что, как все, тоже называет его так. Дурной пример заразителен.

К даче подъехали чуть раньше остальных, как и положено. Столы уже были накрыты и могли удивить разнообразием и оригинальностью блюд даже начавших вскоре прибывать высокопоставленных гостей, избалованных не меньше хозяев. Екатерина Алексеевна, расцеловавшись с новыми своими родичами и окинув взглядом обильный стол, подошла к молодежи, которая, собравшись кучкой, весело болтала, захваченная общим возбуждением и ожиданием.

Первым прибыл Ипатов Никита Федорович с женой и двадцатилетним сыном. Они только недавно приехали в Москву из Горького. Ипатов еще не до конца освоился со своим новым назначением, держался натянуто и чувствовал себя не в своей тарелке. Весь день Никита Федорович и все его семейство просидели молча, только раз в самом начале он пытался произнести тост за счастливую жизнь молодых, но стушевался и закончил благодарственными словами Храпову за оказанное доверие, чем и заслужил благосклонный кивок Хозяина.

Брегов Леонтий Иванович с супругой и дочерью Ириной по прибытии деятельно включились в последние приготовления. Леонтий Иванович надел через плечо широкую красную шаферскую ленту и, преисполненный ощущением собственной значительности, отдавал указания прислуге, радушно рокоча, принимал каждого вновь прибывшего. Ирина тут же отвела в сторону невесту и, разворачивая привезенный подарок, втолковывала растерянной Светлане:

— Смотри, мы вам дарим серебряные подстаканники. Они позолоченные. Никто не подарит вам таких дорогих подарков. Ты еще молодая, не понимаешь, надо собирать серебро и золото — они никогда не подведут. Все временно, надо успеть накопить достаточное количество драгоценностей, чтобы потом всю жизнь ни в чем себе не отказывать. Слушай меня, я понимаю жизнь.

Екатерина Алексеевна, занятая беседой со старшими, но тем не менее внимательно наблюдавшая за Светланой, с неприязнью выслушала, что ей говорит Ирина. Нравственные установки этой семьи ни для кого не представляли секрета, но, пожалуй, никто так болезненно не относился к ним, как Екатерина Алексеевна.

Одновременно подъехали Акастов с женой и Мавлосян со старшим сыном и невесткой. Гости подходили к молодым, поздравляли родителей и, объединившись с ранее прибывшими, собирались небольшими группками, где обсуждали, в зависимости от состава, зыбкое положение родителей молодоженов или расставленное на столе угощение.

Появление Николая Степановича Храпова с женой, дочерью и зятем заставило всех бросить досужие разговоры и отправиться на встречу вновь прибывших. Николай Степанович расцеловал хозяина с супругой, пожал руки гостям и холодно кивнул Екатерине Алексеевне, проигнорировав протянутую руку Фарбина, чем вверг последнего в мрачную задумчивость. Шумно поздравив молодых, сиротливо сидящих за огромным столом, Храпов расположился в торце стола, напротив них, и широким жестом пригласил всех присутствующих рассаживаться. Екатерина Алексеевна, несмотря на свое положение матери невесты, как-то незаметно оказалась в конце стола. Оставшийся стоять Брегов постучал ножом по бокалу и, тем самым утвердив за собой роль тамады, торжественно объявил:

— Мы собрались здесь среди цветущих деревьев, чтобы отметить торжественное событие — бракосочетание детей наших товарищей по партии. Дорогие Екатерина Алексеевна и Николай Константинович, Клим Матвеевич и Тамара Петровна, вы сегодня... с вашей помощью сегодня образована новая ячейка нашего общества. Пусть она будет долгие годы счастлива и радует всех окружающих своим благополучием. Слово главе нашего общества, дорогому Николаю Степановичу.

— Ну что ж, повод хороший, дети замечательные, невеста просто красавица, а при таких родителях чего же им не быть счастливыми. Были бы родители благополучны. Выпьем по полному бокалу за счастье молодых, чтобы жизнь их была такой же полной. Горько!

Гости радостно поддержали Николая Степановича. Хотя после фразы «были бы родители благополучны» Екатерина Алексеевна еще больше помрачнела, а гости вопросительно переглянулись. Тосты следовали один за другим, но неизменно заканчивались не столько поздравлением молодоженов, сколько предложением ценить Николая Степановича за предоставленную возможность так счастливо сидеть здесь за таким чудесным столом в такой замечательной компании. Молодожены послушно целовались при возгласах «горько» и шептались со свидетелями, когда на них не обращали внимания. Фарбин пришел в себя и по-светски ухаживал за сидящей рядом с ним подружкой невесты.

Екатерина Алексеевна сидела молча, и, казалось, никто не замечает ее присутствия. Когда пришла ее очередь произносить тост в честь молодых, она, до того ни разу не улыбнувшаяся, как-то расцвела, глядя на юную и такую красивую пару.

— Дети, я очень надеюсь, что ваш брак будет долгим и счастливым. Постарайтесь сохранить ваши чувства неизменными на долгие годы. Вы сами выбрали свою судьбу. Пусть она будет такой же прекрасной, как вы сегодня.

У нее запершило в горле, и она села рядом с матерью, которая тут же обняла ее.

Николай Степанович, не дожидаясь команды тамады, очередной раз налил себе щедрой рукой ледяной водки. Жена пыталась уговорить его повременить со следующей стопкой, но Николай Степанович, уже достаточно выпивший, не соглашался и со смехом твердил, не без основания, что он свою норму знает. Разговор за столом смешался. Молодежь помалкивала и поглядывала на происходящее, не проявляя особенного интереса ни к чему. Старшая часть компании начала понемногу выбираться из-за стола, чтобы размять ноги. Екатерина Алексеевна осталась сидеть за столом, внимательно наблюдая за передвижениями Храпова, чтобы найти случай подойти к нему. Клим Матвеевич, воспользовавшись ситуацией и заговорив с Николаем Степановичем о красотах Москвы-реки, повел его к беседке. Они пробыли там где-то около получаса. Остальные все это время болтали о чем-то незначительном и с любопытством посматривали в сторону беседки. Когда улыбающиеся мужчины в обнимку появились на пороге беседки, все понимающе переглянулись. Екатерина Алексеевна сделала попытку заговорить с Храповым, надеясь совершить такой же маневр с беседкой, что и Кротов, но Николай Степанович, холодно очередной раз взглянув на нее, прошел мимо, будто и не заметив ее присутствия. Внутренне сжавшись, она постаралась придать своему лицу независимое и равнодушное выражение, хотя всю ее захватило противное сосущее чувство страха и ожидания неминуемой беды.

На столе тем временем переменили блюда, и все с не меньшим энтузиазмом, чем по приезде, опять вернулись к пиршеству. Теперь уже совсем забыли про молодых и выпили для начала за хозяина дома, достойного сподвижника Николая Степановича, понимая, что за время пребывания в беседке Клим Матвеевич, судя по всему, получил от него индульгенцию. А так как Хозяин охотно поддержал тост, окончательно закрыв, таким образом, тему семейственности, все с подобающим случаю удовольствием выпили. Тамада без перерыва предлагал наполнить бокалы и снова предоставлял слово всем по кругу.

— Наша несравненная Екатерина Алексеевна, настоящий товарищ, верный друг и достойный соратник, так много сделавшая для нашего общего дела... — начал он было со всей серьезностью, на которую был сейчас способен, но, заметив нахмуренный лоб Николая Степановича, как-то сбился и неожиданно сухо закончил: — Слово товарищу Фурцевой.

Резкая смена тональности не ускользнула от окружающих, и все, замолчав, с каким-то трезвым и даже хищным любопытством обратились в ее сторону.

Екатерина Алексеевна тоже прекрасно поняла всю подоплеку происходящего. Немного будто бы осунувшись лицом, она встала и четко, без выражения произнесла здравицу в честь Николая Степановича. Последний отнесся к ней без внимания.

После крохотной паузы все заговорили одновременно и бог весть о чем. Потом тамада предоставил слово молчавшему доселе Ипатову, и застолье покатилось дальше, будто не заметив этой небольшой заминки и сидящей с помертвевшим лицом Екатерины Алексеевны. Позже еще раз встали из-за стола, и на этот раз Николая Степановича увлек в беседку раскрасневшийся от выпитого Акастов.

За стол садились еще не раз, и мужчины к вечеру были уж вовсе плохи. Но при каждом перерыве то Мавлосян, то Брегов, то снова Акастов и Кротов не упускали возможности побеседовать с Николаем Степановичем наедине в так удачно расположенной беседке. У каждого, конечно, был за душой грешок, за который хотелось

бы в такой удобной приватной обстановке испросить
и получить если не одобрение, то хотя бы невысказанное
отпущение. Да и в разговоре один на один с разомлев-
шим от съеденного и выпитого Николаем Степановичем
легче было понять, какие именно мысли и чувства вызывает в Хозяине собеседник, и в связи с этим просчитать,
не ждут ли в ближайшее время этого самого собеседника какие-либо неожиданности. Екатерина Алексеевна
несколько раз пыталась подойти к Храпову, но тот явно
не желал говорить с ней и каждый раз грубо поворачивался к ней спиной, что, конечно, не ускользало от внимания остальных.

Зять Храпова, несмотря на молодую силу, не выдержал
состязания с матерыми застольщиками и, припав в доме
к камину, уснул сладким, безмятежным сном. Остальная
молодежь в присутствии старших пить и веселиться как-
то была не расположена и, утомленная длинным застоль-
ем, устав от еды и долгого молчания, страстно мечтала
только о завершении этого странного праздника, смысл
которого был уже давно и окончательно утерян.

Екатерина Алексеевна страдала, глядя, как свадьба ее
дочери превращается в очередную, что уж тут выбирать
выражения, попойку, которыми заканчивались частень-
ко приватные застолья этой компании. При других обстоятельствах она, скорее всего, нашла бы в себе силы
поддержать общее веселье, должен ведь человек как-то
расслабляться от постоянного нервного напряжения.
Не на людях же, исключительно в своем кругу. Сама она
предпочитала использовать для этой цели русскую баню.
Но и в общих застольях принимала всегда участие. Тем
более, что отказаться в принципе было и нельзя — не-
правильно истолкуют. Однако сегодня сердце ее сжима-
лось, когда она смотрела на своего Светика, расстроен-
ная мордашка которой все время притягивала ее взгляд.
Даже то, что Храпов с недавнего времени всячески подчеркивал свое неприязненное отношение к Екатерине
Алексеевне, тревожило ее сегодня меньше, чем обида за
дочь. Хотя, что лукавить, беспокойство, вызванное охлаж-

дением отношений с недавним товарищем, близким другом, последнее время глодавшее ее подспудно, тоже давило внутри, как тяжелый камень. То, что Храпов со всеми держался и определенно чувствовал себя Хозяином, всегда ее коробило, но с ней… Не мог же он в самом деле забыть, что она рисковала ради него, возможно даже, зная волчьи нравы выступивших против него людей, жизнью. Впрочем, он сильно изменился с тех пор, как пришел к власти. Стал нетерпим к чужому мнению, раздражителен, криклив и, главное, потерял способность к простым человеческим отношениям. Она даже стала его бояться, когда он впадал в пароксизмы своего неконтролируемого гнева. Екатерина Алексеевна невольно поежилась, вспомнив, как она только что произносила пустые слова благодарности ему. Ведь она действительно многим ему обязана, и уж она-то всегда прекрасно помнила все то хорошее, что для нее делали. Но сегодня в ней накопились раздражение и неприязнь, и, что толку лгать себе самой, страх перед возможным окончательным разрывом с Храповым. Это было бы крушением всей ее жизни. Нет, слишком многое их связывает. Нельзя разрушить их глубоко личные отношения. Он никогда не пойдет на это.

Екатерина Алексеевна подняла взгляд на зашумевших гостей. Все громогласно и тяжело поднимались из-за стола. Праздник, судя по всему, закончился. Клим Матвеевич жал всем руки, благодарил за приезд, те, в свою очередь, благодарили за приглашение, и Екатерина Алексеевна присоединилась ко всеобщему светскому расставанию. Храпов неожиданно вспомнил про молчащих молодых и, привлекая к ним внимание, грузно навалившись и пытаясь одновременно обнять и жениха и невесту, с пьяной разнеженностью пожелал им много детишек. Все, прихватив кое-как переступавшего ногами храповского зятя, дружно направились к машинам, захлопали дверцы, и кавалькада двинулась прочь.

Остались только хозяева дома, молодые и Екатерина Алексеевна с мужем и матерью. За разоренным столом на секунду повисла неприятная пауза. Все чувствовали себя опустошенными. Клим Матвеевич первым взял себя в руки и бодреньким голосом предложил пропустить еще по рюмочке в тесном семейном кругу. Однако оставшиеся отказались, сославшись на усталость и позднее время. Екатерина Алексеевна почти со слезами простилась с дочерью, и семейство невесты тоже тронулось в путь.

— *Какая тягостная картина,* — после очень долгой паузы задумчиво произнес Грациани. — *И беззастенчиво откровенная. Это было концом ваших отношений с Храповым?*

— *Тогда я не могла поверить в это. Но на очередном съезде партии я не обнаружила своей фамилии в списке членов Политбюро.*

Екатерина Алексеевна надолго замолчала. Почти бесшумно урчал мотор машины. За окном пробегал погруженный в осеннее ненастье город. Черный асфальт, мокрые деревья и стены домов — все среди потоков непрекращающегося дождя приобрело какой-то металлический оттенок. Машины, проносящиеся мимо или послушно замиравшие у светофоров, казались живыми существами, осмысленно передвигавшимися в этом металлическом городе по своим, недоступным человеческому уму делам. Люди вымерли, и только эти блестящие железные жуки сновали в их собственном мире, перемигиваясь то красными, то желтоватыми глазами. Екатерина Алексеевна, будто попав под гипноз проносящихся за окном чуждых всему человеческому картин, не могла, а Грациани не решался прервать молчания.

Глава 10

Последний день съезда. Екатерина Алексеевна сидит в президиуме, в руках у нее газета, где опубликован список новых членов Политбюро, в котором нет ее фамилии. Храпов закончил свою напутственную речь, и зал долго, почти исступленно аплодирует ему. Затем Николай Степанович спускается с трибуны, члены Политбюро, сидящие рядом с ней в президиуме, поднимаются из-за стола, и все, разбившись на беседующие группки, двигаются в сторону кулис. Екатерина Алексеевна пытается подойти к Храпову, но то между ними кто-то оказывается, то он с кем-то говорит и неудобно вклиниваться в разговор. Выйдя из Дворца съездов, все шумно рассаживаются по машинам, так и не дав ей возможности переговорить с Николаем Степановичем.

Вечером Екатерина Алексеевна позвонила Храпову, но его прикрепленный ответил, что Хозяин спит. Утром жена ответила, что он, хотя было еще очень рано, уже уехал на работу.

Екатерина Алексеевна, приехав на службу и застав в приемной десятка два людей, вспомнила, что еще неделю назад назначила на этот день совещание. Пришлось взять себя в руки и заняться текущими делами. Прежде всего решила рассказать о главных вопросах, стоявших на съезде. Но в середине ее речи дверь раскрылась без стука, и в проеме показался человек в спецовке, за спиной которого маячило испуганное лицо секретарши. Ни слова не говоря, рабочий прошел к ее телефонному столу, отрезал правительственный телефон и, смотав провода, так же молча вышел из кабинета. Секретарша, все это время безмолвно наблюдавшая за его действиями, так же безмолвно закрыла дверь. В кабинете стояла мертвая тишина. Люди, оторопев, кто с сочувствием, кто со скрытым злорадством не спускали глаз с Екатерины Алексеевны. Все прекрасно знали, что накануне съезда Фурцеву вывели из состава Верховного Совета, вчера в опубликованном списке членов ПБ не обнаружили ее фамилии. Для людей, искушенных в подковерных играх, судьба ее была абсолютно ясна, но такое беспардонное обращение с недавно еще почти всесильным человеком потрясло абсолютно всех. Кто-то в группе злорадствующих почти беззвучно произнес: «Так проходит земная слава».

Только через минуту Екатерине Алексеевне удалось взять себя в руки. Немного охрипшим голосом она рассказала о тех документах, которые принял съезд, и, не найдя в себе сил продолжать, отпустила людей. Оставшись одна, она долго сидела, спрятав побледневшее лицо в ладонях, потом поднялась и несколько раз прошлась по кабинету, слепо натыкаясь на неровно расставленные стулья. Потом вдруг резко подошла к телефонному столику, занесла над ним руку и только в эту минуту осознала, что ее окончательно лишили возможности связаться с Первым секретарем. В безмолвном крике отчаяния она схватила себя за голову и рухнула на стоящий рядом стул. Без движений и без мыслей она просидела так на стуле до конца рабочего дня. И никто, ни один человек не вошел, не постучал и не позвонил к ней в кабинет.

Когда за окном стемнело, Екатерина Алексеевна поднялась, расправила плечи и, гордо вскинув голову, вышла в приемную. Набрала в легкие воздух, чтобы попрощаться, как всегда, с сотрудниками и отпустить всех домой. Приемная была пуста. Все ушли, не дожидаясь ее. Окаменев, она стояла среди столов с погашенными лампами в мертвенном свете огромной люстры, беспощадно освещавшей все уголки огромного безлюдного кабинета. Как-то удивленно и одновременно понимающе покачав головой, усмехнулась устало и уже без надменности в посадке головы вышла из приемной. По пустым коридорам прошла к выходу из здания, сама приказала вставшему при ее приближении дежурному вызвать машину и через минуту уже ехала в сторону дачи. Всю дорогу она то сжимала кулаки, то обхватывала себя за плечи, пытаясь погасить нервную дрожь и радуясь, что в темноте салона водитель не может ее увидеть.

Медленно, бесконечно медленно, как казалось Екатерине Алексеевне, ехала машина по освещенному практически пустому шоссе. Мелькали домишки придорожных деревень, сменяющиеся глухим и черным в ночи лесом. Долгая, долгая дорога к телефону. Не могли же снять телефон на даче. Не могли же снять телефон на даче... Не могли же снять телефон на даче! Наконец поворот, короткая дорожка, медленно открывающиеся железные ворота, дорожка к дому... Машина еще не успела остановиться, как Екатерина Алексеевна распахнула дверцу и... наткнулась на явно поджидавшего ее коменданта.

— Товарищ Фурцева, пришло распоряжение вам освободить помещение в течение двадцати четырех часов. Через сутки сюда въедет новый член Политбюро. — И, помолчав, тихо и сочувственно добавил: — Извините, Екатерина Алексеевна, но таково распоряжение.

— Да, да, — как-то торопливо и неожиданно звонко ответила она и так же торопливо прошла в дом.

Там, в темноте, закрыв за собой дверь, остановилась, тяжело дыша, как будто взбежала на высокую гору. В доме совсем тихо и совсем темно. Нет никого. Она одна. Абсолютно одна. Бесконечно одна. Навсегда одна.

Неожиданно что-то в ней будто бы взорвалось огненным фейерверком и завертелось вместе с мыслями сверкающим колесом. Нет! Нет! Еще не все потеряно. Немедленно позвонить Храпову! Он не может. Он не может. Они навсегда связаны с ним теми свирепыми и радостными днями общей борьбы за власть. Он не мог забыть, кому обязан своим восхождением! Екатерина Алексеевна бросилась в кабинет прикрепленного и наткнулась в полной темноте на письменный стол. На секунду зажмурилась, глубоко и медленно вздохнула, затем спокойно, заученным движением подняла телефонную трубку.

— Фурцева, — автоматически представилась она и продолжила с только ей заметной дрожью в голосе: — Николая Степановича, пожалуйста.

— Николай Степанович, к сожалению, не сможет подойти, — ответил ей ничего не выражающий голос прикрепленного.

— Мне необходимо переговорить с ним именно сейчас, — с металлом в голосе проговорила Екатерина Алексеевна, чувствуя, как в груди медленно разливается душная тяжесть.

— Нет, — коротко и холодно произнес голос на той стороне провода. В трубке что-то неясно брякнуло, и наступила мутная клубящаяся тишина.

Через долгую секунду, пока она осознавала эту тишину, ее подбросило и затрясло в приступе неистового бешенства. Голова мгновенно раскалилась, в глазах плавали красные болезненные круги, руки тряслись, и все в ней ходило ходуном, не давая возможности сосредоточиться хоть на чем-то. Она металась по комнате в поисках выхода и не находила его. Наконец ощупью нашла дверь, вырвалась в коридор, бегом влетела в свой кабинет, автоматически зажгла свет, кинулась к столу, с трудом выдвинула ящик, в поисках чего-то важного судорожно и нетерпеливо шарила в нем, выбрасывая мешающие ей бумаги. Никто, никто не смеет ей в таком тоне говорить — нет! Ничего не нашла и с треском толчком задвинула его. Никто никогда не будет распоряжаться ее жизнью! Выдернула второй ящик, не удержала, и он с грохотом рухнул, рассыпая по полу содержимое. Нельзя, ни за что нельзя простить предательство! Упала на колени и, разбрасывая в стороны все, что попадалось, содрогаясь, когда одна ледяная рука невзначай натыкалась на другую, все искала, все рылась в этой груде бумаг, разом превратившихся в мусор. Никогда... Никто... Нельзя... Нельзя! Остановилась разом, будто бы споткнулась, и, подняв с пола лезвие бритвы, выпрямилась на коленях, нехорошо и победоносно улыбаясь. Ну конечно! Вот же она! Вот же она... Нельзя! Ни секунды, ни одной единственной секунды нельзя терпеть эту чудовищную боль. Ее свело, согнуло пополам, и она закачалась, со стоном обхватив себя чужими, отвратительно холодными руками. Вся во власти физической боли, с трудом, некрасиво опираясь о пол подгибающимися руками, поднялась и, шатаясь, побрела в ванную комнату. Нельзя... Нельзя терпеть...

...После долгого провала в памяти она очнулась от света, режущего глаза, и сквозь какое-то подобие сна услышала крики, шум. Ее трясли, кто-то что-то говорил возбужденным голосом, в котором невозможно было разобрать отдельных слов, и, снова проваливаясь в беспамятство, она с облегчением осознала, что боль наконец-то ушла. Было спокойно и пусто. Пусто внутри нее. Будто бы осталась от нее одна полая оболочка, и та совершенно чужая, существующая отдельно от ее крошечного сумеречного сознания, лениво покачивающегося в глубине далекой и бесконечной пустоты.

В следующий раз, и уже окончательно, она пришла в себя в больничной палате. Лежа в белой комнате на белом постельном белье, Екатерина Алексеевна долго и с изумлением разглядывала все вокруг, пытаясь понять, что это такое, где она, как сюда попала и что все это, в конце концов, значит. Подняла одну руку, пошевелила бледными тонкими пальцами, полюбовалась аккуратно обточенными ноготками с нежно-розовым лаком. Подняла другую и, увидев тугую белую повязку на запястье, потрогала ее непонимающе. На душе было светло, как в этой комнате. Ей почему-то стало весело, и, увидев солнечный луч, заглянувший в окно, она тихонько засмеялась и потянулась своим ловким и легким телом. Полежала немножечко, удивляясь своему покою и окружающей тишине. Нахмурила брови, пытаясь вспомнить, что, собственно говоря, произошло. Ведь что-то определенно случилось! На границе сознания набухало какое-то неясное, но пугающее воспоминание. Еще минуту она пыталась то ли вспомнить, то ли, наоборот, вытолкнуть и забыть то, что ворочалось и клубилось в глубине ее таких приятных и легких мыслей. Потом будто лопнул пузырь, и всю ее залила горячая черная волна понимания. На лбу выступила испарина, тело обмякло, и вся она как-то увяла и сморщилась. Сознание заметалось в поисках спасительного забвения, в глазах замерцало, но отвратительная действительность все-таки захлестнула ее. Екатерина Алексеевна с неотвратимой безнадежностью вспомнила весь свой прошлый день.

Дверь беззвучно распахнулась, и вошла затянутая в белый без единой складочки халат пожилая медсестра со шприцем в руке. Увидев устремленные на нее блестящие горячечным огнем глаза в темных, почти черных кругах, она сочувственно и понимающе покачала головой.

— Ничего. Все это забудется. Жизнь такая долгая. Состояние у вас хорошее. Главное, по возможности ни о чем не думать. Сейчас сделаем укольчик и поспим. Самое главное лекарство — сон.

Она ловко и безболезненно сделала укол в вену на руке и, напоследок похлопав ободряюще по закрытой белым одеялом ноге, ушла.

По телу стала разливаться приятная слабость, сознание с благодарностью погрузилось в теплое молоко безвременья.

В тишине слабо заурчал мотор. Екатерина Алексеевна, еще во власти воспоминаний, недоуменно оглядела салон машины и, наткнувшись взглядом на согнутую фигуру Грациани, окончательно пришла в себя. Грациани, опершись локтями на колени и спрятав лицо в ладонях, тихонько раскачивался, безмолвный и сломленный ее пережитым страданием.

— *Антонио*, — тихо окликнула его через минуту Екатерина Алексеевна, — *Антонио, прости. Но я должна была это вспомнить. Безумие, охватившее меня тогда. Это была уже даже не душевная, скорее нестерпимая физическая боль. Кто бы мог подумать, что предательство может убить в человеке желание жить. Только пережив сам, понимаешь, как это страшно. Ничто не ранит сильнее предательства. Антонио...* — опять окликнула его она.

— *Моя дорогая*, — наконец откликнулся, выпрямляясь и поворачиваясь к ней, Грациани, — *моя дорогая, моя бедная девочка. Я старше тебя и пережил многое, в том числе и предательство. Но я мужчина, и мое сердце не столь обнажено, а мои чувства не столь глубоки. Я знаю, что никто из тех, кто поднялся на самую вершину власти, никогда не прощал свидетелям своих судорожных устремлений. Такова природа человека. И тем не менее всегда рядом с амбициозной личностью оказывается кто-то, как правило, с чистым сердцем, кому не нужна власть для себя. Он полон самоотречения, он на-*

ивен, он живет жизнью своего кумира, но, рано или поздно, в полной мере пьет чашу предательства. Таков мир. Таков человек.

— Да, — тихо отозвалась Екатерина Алексеевна, — *таков человек... Потом я нашла в себе силы жить. Но я не смогла простить его. Он стал для меня чужим. И когда он все-таки потерял власть, я не испытала сожаления. Впрочем, и радости тоже. Так, произошла смена руководства. Правда, вместе с ним отмерла и часть моей души... Может быть, именно тогда я оглянулась и поняла, что мир изменился. А может, он и всегда был чужим для меня, а я просто не замечала этого, жила не им, а своим представлением о нем.*

— Ты почувствовала одиночество?

— *Не совсем... Как бы объяснить тебе... Помнишь, я обещала прочитать тебе стихи? Так вот тогда я поняла их с какой-то страшной очевидностью. Они и до сих пор все с той же чудовищной точностью отражают мое внутреннее состояние, мою душу, стоит мне только попытаться заглянуть в нее. Как будто я наклоняюсь над глубоким колодцем, а оттуда навстречу мне вылетает черным стремительным облаком правда обо мне. Я боюсь их. И не могу не повторять.*

> *В посаде, куда ни одна нога*
> *Не ступала, лишь ворожеи да вьюги*
> *Ступала нога, в бесноватой округе*
> *Где и то, как убитые, спят снега, —*
>
> *Постой, в посаде, куда ни одна*
> *Нога не ступала, лишь ворожеи*
> *Да вьюги ступала нога, до окна*
> *Дохлестнулся обрывок шальной шлеи...*
>
> *<...>*
>
> *Послушай, в посаде, куда ни одна*
> *Нога не ступала, одни душегубы,*
> *Твой вестник — осиновый лист, он безгубый,*
> *Без голоса, Вьюга, бледней полотна!*

Метался, стучался во все ворота,
Кругом озирался, смерчем с мостовой...
— Не тот это город, и полночь не та,
И ты заблудился, ее вестовой!

Но ты мне шепнул, вестовой, неспроста.
В посаде, куда ни один двуногий...
Я тоже какой-то... я сбился с дороги:
— Не тот это город, и полночь не та.

Последние слова она произнесла осевшим голосом, с отчаяньем, почти с ужасом. Она сидела с закрытыми глазами, сжавшись и качая головой в бессильном смирении. Грациани молчал, будто и он, заглянув в сумрак ее души, испугался увиденного.

— *Я сбилась с дороги... Я потеряла веру. Не только в дружбу, в преданность, в порядочность. Словно у меня вдруг открылись глаза, и я увидела себя со стороны, издалека... Всю нашу жизнь, всю нашу возню в другом, в каком-то ослепительном жестком свете. Неужели это и есть все, к чему я так стремилась? Куда я забрела в своей погоне за властью, а значит, как мне казалось, и за свободой? Кто окружает меня? Кто эти чужие, чуждые мне люди? Почему я вдруг превратилась в их подобие? Мы потеряли цель...*

— *И ты осталась одна наедине с этими мыслями?*

— *Да... Мама не поняла бы меня, Светлана была слишком мала, а Николай...*

Глава 11

День выдался тяжелым, и Екатерина Алексеевна, уставшая до изнеможения, хотела только одного — сесть в кресло и не двигаться. Светлана у себя в комнате готовилась к занятиям и, скорее всего, просидит за учебниками до ночи. Надо зайти к ней попозже. Есть не хотелось, но чтобы не расстраивать повариху, Екатерина Алексеевна попросила официантку принести немного холодной буженины, тушеных овощей и черносмородинового сока. Отпустив горничную, прошла в гардеробную, выбрала длинное легкое платье. Дома ей нравились платья в пол. Туалеты, подобранные с продуманной тщательностью, дисциплинируют, она была в этом убеждена и не уставала повторять это дочери. К счастью, у Светика хороший вкус, и она всегда, несмотря на юность, одета безукоризненно. Неплохо бы съездить с ней в ГУМ — звонила заведующая двухсотой секцией и сказала, что завезли английскую обувь. Может быть, найдется что-нибудь интересное к лету. За этими немудрящими мыслями переоделась и, пройдя в столовую, где уже накрыли ужин, села к столу. Есть определенно не хотелось. Отпила из высокого стакана немного темного ароматного сока и поковырялась в тарелке. Нет, все-таки надо есть. Сосредоточилась и дисциплинированно все съела. Каждый раз, когда она даже в мелочи пересиливала себя и делала что-то не так, как хочется, а как необходимо, Екатерина Алексеевна чувствовала прилив сил, и у нее явственно улучшалось настроение. Она вычислила эту замечательную закономерность еще будучи девочкой, когда год после школы работала ткачихой на фабрике. Екатерина Алексеевна с неожиданно сентиментальной усмешкой вспомнила себя семнадцатилетнюю. Грохот ткацких станков и веселые громкие голоса своих соседок по цеху. Ловкие заученные движения и усталость в конце рабочего дня. Вот тогда-то, взяв себя в руки и заканчивая смену в принципиально хорошем бодром темпе, она обнаружила, что у нее исправляется настроение и возвращаются силы. Это очень помогало, когда она уже училась в институте. Вообще, тот год на фабрике, как ни странно, повлиял на всю ее жизнь. Во-первых, научил ее дисциплине и самодисциплине, во-вторых, в графе «происхождение» любой анкеты она с чистой совестью писала «из рабочих», имея в виду, что не только ее родители, но и она сама была самого что ни на есть пролетарского происхождения.

Екатерина Алексеевна допила сок и, поднявшись из-за стола, прошла в свой кабинет. Отдохнув за ужином, она была уже в состоянии что-то делать. Перебрала почту и, отложив газеты и журналы на попозже, взяла единственное, чуть не затерявшееся среди них письмо. Оно было из Праги. Ее муж Николай Константинович Фарбин служил послом в Чехословакии. Письмо, однако, было не от него. Странно, но оно вообще не было подписано. Екатерина Алексеевна взяла в руки серебряный ножичек для бумаги, который подарил ей муж еще в начале их красивого, довольно долгого романа. Повертев его в руках, задумалась, вспоминая то время.

Собственно говоря, первая их встреча была крайне неприятной. Екатерина Алексеевна работала тогда первым секретарем Фрунзенского райкома и, будучи хорошей хозяйкой, много времени уделяла строительству. В тот понедельник встала около шести, как всегда часовая зарядка до пота, контрастный душ, выбрала темный костюм-двойку и белую блузку, туфли на высоком каблуке. Долго, со всегдашней тщательностью, укладывала волосы. Позавтракала поплотнее: два яйца всмятку, хороший кусок ветчины и ломоть черного хлеба. Чашка крепкого чая уже на ходу, и бегом спустилась к машине. Решила, не заезжая в райком, посмотреть, как движется дело с Большим Каменным мостом.

Утро выдалось ясное, солнечное. Прохожие уже сняли плащи, и город стал праздничным от разноцветных платьев. Чудесное время. На строительной площадке грохот и муравьиная озабоченность. Машину хозяйки заметили, и начальник строительства вместе с бригадиром подошли сразу же.

— Доброе утро, Екатерина Алексеевна. С проверкой?

— Доброе утро, Юрий Петрович. Доброе утро, Павел Иванович. Заехала узнать, нет ли проблем.

— Завод опять с облицовкой тянет. Вы бы их подтолкнули, не уложимся в сроки по их вине, а нагоняй от вас получим мы по полной программе.

— Сегодня же позвоню. Давайте подойдем к рабочим.

— Ребята, подойдите сюда, — закричал во все горло бригадир, перекрикивая уличный и строительный шум.

— Здравствуйте, товарищи.

— Здравствуйте, — довольно вяло вразнобой ответили те, с неохотой собравшись около бытовки.

— Что-то вы не радуете глаз, — Екатерина Алексеевна с улыбкой оглядела собравшихся рабочих. — Такое впечатление, будто вы собрались по ночам грабить прохожих.

— Конечно, — буркнул кто-то, — сейчас наденем туфли-лодочки и белые блузочки.

— Это производственная одежда для моей работы. Если бы я работала на строительстве, у меня была бы синяя спецовка и тяжелые ботинки. А где ваша производственная одежда?

— Вот именно, — оживился бурчавший, — где наша производственная одежда?

— Екатерина Алексеевна, — заволновался бригадир, чувствуя, куда клониться разговор, — месяц назад заказал в тресте, и до сих пор нет.

— Так отчего же вы не поинтересовались, почему до сих пор не привезли?

— Сегодня же подъеду сам, — поспешно ответил начальник строительства.

Сзади завизжали тормоза, и из подлетевшей к стройке черной цековской «Волги» вышел довольно высокий, одетый в дорогой серый костюм импозантный мужчина. С отвращением стряхнув приставшую к пиджаку пушинку, он поднял холодные глаза на собравшихся и ткнул пальцем в сторону строительного мусора, приготовленного к вывозу.

— Уберите немедленно этот бардак к е... матери. Развели г... повсюду, а результатов нет. Вы, может быть, думаете, что за ваше с... безделье вам еще и премию дадут? Начальнику строительства завтра с утра доложить о ходе работ.

Мужчина развернулся, сел в машину, сильно хлопнув дверью, и «Волга» рванула с места. Рабочие со злобой проводили ее глазами. Руководство стройки молча играло желваками, а побледневшую Екатерину Алексеевну била мелкая дрожь. У всех без исключения было ощущение, что на них вылили ушат помоев. Первым взял себя в руки начальник строительства.

— Ребята, расходимся по местам. Пал Иваныч, ускоряйся, а то, действительно, премия улетит, — повернулся он к бригадиру, и, когда мужчины, тихо и нехорошо ругаясь, разошлись, продолжил: — Вы уж извините, Екатерина Алексеевна, это наш «смотрящий» из ЦК, Фарбин. Каждый приезд как стихийное бедствие. Умеет вдохновить на подвиг и на труд.

— Надеюсь, Юрий Петрович, — не глядя на начальника строительства, Екатерина Алексеевна пыталась справиться с дрожью, — этот досадный инцидент не повлияет на сроки работ?

— Да что вы, Екатерина Алексеевна, мы привыкли.

— Не надо привыкать к хамству, — холодно ответила она и тут же покраснела, поняв свою бестактность. — Извините, Юрий Петрович. По крайней мере, если изменить это не в вашей власти, старайтесь хоть не уподобляться, — примирительно добавила она.

Попрощавшись с начальником стройки, Екатерина Алексеевна села в машину и всю дорогу не могла отделаться от ощущения, что буквально вывалялась в грязи. Весь день у нее было отвратительное настроение, и даже вечером дома, когда она периодически вспоминала утреннюю историю, ее передергивало от раздражения. Екатерина Алексеевна вдруг осознала, как незаметно привыкла к тому, что мужчины в ее присутствии не только удерживаются от грубостей, но и стараются, по возможности, быть галантными. Фарбина она запомнила надолго.

Позже, пересекаясь с ним в коридорах ЦК, она разговаривала с ним сухо и напряженно. Когда же поняла, что он старается как можно чаще увидеться с ней, изумилась несказанно. Заподозрить его в каких-либо человеческих чувствах казалось невозможным. Невольно она принялась приглядываться к Фарбину. Было очевидно, что одевается он исключительно в ателье на Кутузовском. Всегда в дорогих импортных туфлях и в безупречной белой сорочке. Всегда хорошо подстрижен и выбрит. Красивое, холеное, несколько холодноватое лицо. Но главное, от него не сильно, но постоянно доносился какой-то тревожный запах французской туалетной воды или лосьона. Ощущение некой подспудной опасности следовало за ним шлейфом.

Довольно быстро обогнав Фарбина по служебной лестнице, Екатерина Алексеевна окончательно перестала опасаться его. Тем более, что он всегда был абсолютно вежлив и предупредителен. Но казалось, чем больше она от него отрывается, тем с большим вниманием относится он к ней. Однажды во время служебного банкета они оказались рядом, и Николай Константинович Фарбин просто поразил ее какими-то необыкновенными для тогдашнего окружения блеском ума и светскостью. Позже, где-нибудь через неделю, зайдя к ней в кабинет в конце рабочего дня, он пригласил Екатерину Алексеевну в «Арагви» на ужин. И она неожиданно для себя согласилась.

В ресторан они попали поздно. Часу в десятом вошли в отдельный кабинет, обшитый темным деревом, и сели напротив друг друга в торцах довольно длинного стола. Официанты предупредительно стучали в дверь, прежде чем войти с очередной сменой блюд, и Екатерине Алексеевне делалось каждый раз неловко, словно ее заставали за чем-то предосудительным. Николай Константинович несколько раз вставал и, обходя просторный стол, неспешно наливал ей в бокал отдававшую фиолетовым цветом «Хванчкару». Она каждый раз напрягалась и чувствовала, как ее обдает жаром, мучалась от этого и раздраженно выпрямлялась на жестком стуле с высокой спинкой. Екатерина Алексеевна ощущала себя девочкой, попавшей во власть взрослого и опытного мужчины. И это ее ужасно злило. Но больше всего ее бесило то, что в то время, когда он наклонялся, чтобы налить ей вино, ему ни разу не изменил голос. Более того, у него ни разу не задрожала рука, и он ни разу не пролил ни капельки вина. Николай Константинович был весел, рассказывал ей какие-то забавные истории и совершенно замечательно читал стихи Пастернака, которые, как оказалось, он тоже любил.

Как-то незаметно такие поздние походы в «Арагви» вошли у них в привычку, и Екатерина Алексеевна поймала себя на том, что с нетерпением ждет этих ужинов. Еще в первый раз, когда они вместе выходили из здания на Старой площади, Николай Константинович очень рассудительно предложил ей ехать в ресторан на одной машине, а именно на ее. Так и повелось: они добирались в «Арагви» на ее машине, после ресторана сначала подъезжали к ее дому, а потом Николай Константинович ехал уже к себе.

Довольно скоро, как выяснилось, их совместные походы сделались достоянием коридорных пересудов, но никто никогда не делал попытки пошутить по этому поводу или просто высказаться на их счет. Екатерина Алексеевна к этому времени уже была кандидатом в члены Политбюро, и это положение если не освобождало ее от необходимости следовать общим правилам, то как бы выводило из поля досужей критики. Тем более, что состояние свободной незамужней женщины официально позволяло ей поддерживать любые отношения с мужчинами. К Николаю Константиновичу никто никаких претензий тоже почему-то не предъявлял. Тем временем их отношения становились все более близкими. Они давно уже перешли на ты, Николай Константинович трогательно прикладывался щекой к ее руке при расставании, и в какой-то вечер, закончив ужин и стоя перед еще закрытой дверью ресторанного кабинета, он наконец позволил себе поцеловать ее. И Екатерина Алексеевна ответила на этот поцелуй. Они взрослые люди, она необыкновенно хороша собой и, что уж тут говорить, устала от женского одиночества, а он так внимателен и предупредителен. Екатерину Алексеевну не остановило даже то, что ее избранник был женат. Став любовниками, они, однако, не потеряли головы и всячески старались скрыть свои новые отношения от окружающих. Разумеется, как всегда в таких случаях, без особого успеха. Николай Константинович довольно скоро заговорил о необходимости официально оформить их отношения.

Екатерина Алексеевна, несмотря на то, что ей элементарно хотелось быть замужней женщиной, а еще больше — создать полноценную семью для дочери, решилась на этот шаг не сразу. Где-то далеко в подсознании, казалось бы, в самые неподходящие мгновения вдруг начинал звучать сигнал тревоги. Но как она ни приглядывалась, ничего, кроме пылкой любви, не видела. Впрочем, было и еще одно довольно значительное препятствие — неизвестно, как к этому отнесется Храпов. Никто из них двоих не собирался приносить в жертву чувству свою политическую карьеру. Однако после долгих разговоров на эту тему оба пришли к выводу, что Хозяин должен отнестись к просьбе о разрешении на брак снисходительно, — ведь не мог же он, в самом деле, ничего не знать об их отношениях, соглядатаев и доброхотов у него неизмеримо больше, чем слуг у султана. А раз до сих пор не последовало монаршего разноса — значит, у них определенно есть шанс.

Храпов отнесся к их решению благосклонно. Николай Константинович развелся со своей первой женой, и в этот же день они с Екатериной Алексеевной оформили брак. Радость была омрачена только тем, что ее дочь и мать с необъяснимым для нее упорством не соглашались видеть в Николае Константиновиче отца и зятя, подозревая в нем бог весть какие корыстные интересы. Впрочем, Екатерина Алексеевна с таким же упорством надеялась, что со временем они смогут его полюбить.

Неожиданно Фарбина пригласил к себе Храпов. Екатерина Алексеевна, которой Николай Константинович сразу же сообщил о вызове, встревожилась и с нетерпением ждала, чем закончится этот визит. Муж зашел к ней почти через час, щеки его возбужденно горели. Едва войдя в кабинет, он резко захлопнул дверь и, опершись на нее спиной, засмеялся как-то торжествующе.

— Катя! Ка-тя! Я так и знал!.. Хозяин все-таки мудрый мужик. — Он бросился к Екатерине Алексеевне и, целуя ее в щеки, закружил по комнате. — Он здраво рассудил, что у такой выдающейся женщины должен быть не менее значимый муж. Короче, мне предложили немедленно выехать в Прагу послом!

— Осторожнее, ты помнешь мне платье и растреплешь волосы! Коля, остановись. — Екатерина Алексеевна смеялась, но какое-то неосознанное неприятное чувство сжало ей сердце. Отмахнувшись от него, она решила, что ее огорчила их скорая разлука.

— Завтра же сдаю дела и начинаю оформлять документы. — Николай Константинович усадил жену на стул, и уже совершенно серьезно произнес: — Это только начало моего взлета.

— Но ты ведь понимаешь, что я не смогу поехать с тобой.

— Разумеется, разумеется... — Николай Константинович явно думал о чем-то другом.

— Коля, мы вынуждены будем жить не только в разных городах — в разных странах! — Екатерине Николаевне казалось, что он совершенно не представляет себе последствий этого иезуитского предложения Храпова.

— Это ничего. — Будто вернувшись издалека, он внимательно и напряженно всматривался в ее лицо, словно увидел в нем какую-то опасность. — Катя, это небольшая плата за такой рост. И потом, это ненадолго, надеюсь. В конце концов, мы будем приезжать друг к другу. Да что с тобой, Катя?! Неужели ты не рада за меня?

— Да конечно рада! — Екатерине Алексеевне сделалось не по себе. С одной стороны, стыдно огорчать его в такой день. С другой — обидно, что он полностью поглощен своей радостью и нисколько не расстроен предстоящей разлукой.

— Ты не думай, Катя, — Николай Константинович, сжав пред собой руки, заходил по кабинету. — Я расстроен не меньше тебя, — будто подслушав ее мысли, продолжал он, — но это действительно уникальная возможность для такого резкого прорыва. Я ведь не прошу тебя отказаться от твоей карьеры. Так что не осуждай меня за то, что я делаю свою.

Екатерина Алексеевна была просто потрясена этим его последним доводом. Действительно, ей ведь даже в голову не пришло, что она может отказаться от своего положения и последовать за ним просто как мужняя жена. За что же ей обижаться на него? Такие уж они оба, и с этим ничего не поделаешь.

Через полторы недели Николай Константинович уехал в Прагу. В течение двух последующих лет они виделись от случая к случаю. Старались проводить вместе отпуск, во время недолгих и нечастых командировок Николая Константиновича в Москву ходили в память о прошлых днях в «Арагви», а Екатерина Алексеевна при любой возможности и даже невозможности летала в Прагу. Каждая встреча была бурной и радостной. После очередной разлуки, оставшись наедине, они, как молодожены, со всей страстью отдавались любви, дурачились, как расшалившиеся дети, а устав, с не меньшим воодушевлением пересказывали друг другу события их служебной жизни. Для Николая Константиновича этот обмен впечатлениями был еще и ценной неофициальной информацией, обладание которой позволяло принимать верные, одобряемые впоследствии руководством решения. И вообще их семейная жизнь, какой бы странной она ни казалась со стороны, приносила чувство удовлетворения и держала Екатерину Алексеевну в постоянном тонусе. Они определенно была счастливы.

Подумав об этом, она опять с неудовольствием вспомнила жесткую неприязнь дочери и матери, на которую при каждой встрече натыкался Николай Константинович, всячески старавшийся, надо отдать ему должное, сгладить ее. Придется что-то делать с этим, принимать какие-то меры, что ли. Их ревность портила такую простую и безмятежную жизнь.

Екатерина Алексеевна раздраженно покрутила в руках изящный ножик и отложила его в сторону, потом спохватилась и, взяв снова изящную безделушку, вскрыла наконец странное письмо. Из конверта выпал небольшой, сложенный вчетверо листок. Развернув его, она первым делом взглянула на конец текста и, не увидев подписи, нахмурилась. Что за дурацкая привычка не подписываться! Можно подумать, что она обязана по коротенькому тексту отгадывать, кто его написал. Тем более, что письмо было напечатано на машинке.

«Екатерина Алексеевна, я к Вам отношусь очень хорошо. Я восхищаюсь Вами. Поэтому и решила написать, — прочитала она с удивлением. — В то время, когда Вы не приезжаете в Прагу, Ваш муж живет с начальницей кадров Симко Верой Ивановной». Екатерина Алексеевна, буквально остолбенев, некоторое время сидела, уставившись на листок, затем еще раз перечитала: «Екатерина Алексеевна, я к Вам отношусь очень хорошо. Я восхищаюсь Вами. Поэтому и решила написать. В то время, когда Вы не приезжаете в Прагу, Ваш муж живет с начальницей кадров Симко Верой Ивановной. Они уже давно знакомы, еще с Москвы. Николай Константинович, как приехал сюда, сразу же ее выписал. С самого начала они живут как муж и жена. Не стесняясь, снимают в городе квартиру, ходят в рестораны, на концерты. Простите меня за плохие известия. И за то, что не подписываю письмо. Не хочу неприятностей и разговоров. Специально изменила стиль и печатала письмо не в посольстве. Но понимаю, что в такой ситуации лучше все знать. Вы сами примите решение, что Вам делать. Еще раз простите и прощайте».

Екатерина Алексеевна сидела, уставившись на письмо, будто оглохнув. Издали сквозь ватную тишину начал проступать, постепенно усиливаясь, какой-то грохот. Не сразу она поняла, что слышит все убыстряющийся стук своего сердца, и чуть позже ощутила, как нестерпимо больно горят у нее разом вспухшие щеки. Сердце с такой силой билось внутри грудной клетки, что ее раскачивало в такт этим страшным ударам. Наконец она словно проснулась, руки ее затряслись, и она, вскочив, отбросила бумажный лист как можно дальше от себя. Будто обжегшись, трясла она руками и шумно сквозь зубы втягивала в себя воздух. Когда в легких собралось столько воздуха, что она вынуждена была с болью резко его выдохнуть, к ней как будто бы вернулась способность думать и видеть себя со стороны. Екатерина Алексеевна перестала трясти руками и обессилено опустилась в кресло.

Спокойно. Это анонимка. Выплеск подлой, бессмысленной и трусливой лжи. За свою долгую служебную жизнь Екатерина Алексеевна часто получала анонимки. И хотя по распоряжению сверху давала им ход, сама относилась к ним с недоверием и внутренней брезгливостью. Если бы письма не регистрировались, она бы просто выбрасывала их. Это же анонимка. Ей сделалось смешно и, успокоившись, она встала, подняла листок и, сложив его, разорвала надвое. На секунду задержалась. Какая-то фраза из письма копошилась в памяти, что-то такое... Екатерина Алексеевна села, развернула обрывки и, сложив их на столе перед собой, нашла эту фразу: «Вы сами примите решение, что Вам делать». «Вы сами примите решение, что Вам делать»... Посидела, глядя на настольную лампу, ощущая, как фраза эта удобно и понятно располагается в ее сознании. Еще раз очень внимательно и спокойно перечитала письмо. Что-то медленно отворилось в ее душе, и она вдруг ощутила, поняла эту женщину. Сквозь нарочито простые предложения и некоторые стилистические ошибки проступал образ интеллигентного, совестливого человека. «Простите меня за плохие известия. И за то, что не подписываю письмо». Эта женщина пережила нечто подобное. «Но понимаю, что в такой ситуации лучше все знать». И это письмо продиктовано вовсе не желанием опорочить в ее глазах Фарбина. Он тут даже ни при чем. Просто неизвестная женщина очень похожа на нее саму, Екатерину Алексеевну. «Вы сами примите решение...» Она тоже привыкла сознательно распоряжаться своей жизнью. А для этого необходимо четко понимать все, что происходит вокруг, активно владеть любой ситуацией. Предупрежден — значит, вооружен.

Екатерина Алексеевна обреченно осознала, что все написанное в письме правда. Она сидела в кресле, выпрямившись, но как-то расслабленно и удобно откинув голову на спинку. Кажется, она так могла бы сидеть целую вечность. Хорошо, покойно, ни о чем не думая, почти засыпая от вдруг снова навалившейся усталости. Отяжелевшие руки лежат на подлокотниках, глаза закрыты. Теплая, уютная дрема окутала ее. Никто ее не потревожит, и она будет спать в этом кресле долго-долго... Ноги ее отекут за ночь, лицо будет помятым и серым... Екатерина Алексеевна с усилием разлепила веки, выпрямилась и, опершись о стол, с трудом встала. Ну-с, что мы имеем? Медленно заходила по комнате, потирая ладони и выгибая сцепленные пальцы. Казалось, несколько минут полусна вернули ей силы и ясность мышления. Собственно говоря, с изумлением обнаружила она, после первых минут потрясения и кратковременного провала в памяти, который, видимо, понадобился перегруженному сознанию, чтобы восстановиться, ее нисколько не удивило свалившееся на нее известие. В голове быстро и легко, как несложный ребус, сложилась вся картина ее отношений с Николаем Константиновичем. Его необыкновенное и необъяснимое превращение из высокомерного хама в воспитанного светского человека. Его интерес к ее стремительной карьере. Знание Пастернака, которого она так любила. Бестрепетная рука, наливающая ей любимое вино в «Арагви». Настоятельное желание оформить брак, взволнованная оговорка: «Я так и знал, Катя», — и полное отсутствие всяческого огорчения по поводу их расставания, можно сказать, прямо в медовый месяц. Странные взгляды посольских во время ее кратких визитов в Прагу и еще целая вереница всевозможных мелочей, проскочивших мимо, но все-таки, как оказалось, зацепившихся в памяти. И теперь, как кусочки смальты, сложившиеся в ясную, но, увы, безрадостную картину.

Екатерина Алексеевна мерно ходила по комнате, заложив руки за спину. От входной двери до невысокого серванта с белым чешским фарфором шагов десять, поворот, от серванта до двери еще десять шагов, поворот... Простое физическое действие стимулировало процесс мышления, равномерность движений успокаивала. Итак, что же произошло? Она узнала, что ее надежды на гармоничную, полную взаимной любви и уважения семейную жизнь очередной раз потерпели крах. Очередной раз. Значит, ничего нового и непредвиденного не произошло. То, что она оказалась неподготовленной к такому развитию событий, не делает ей чести. Кто бы подумал, в ее годы настолько потерять голову. Что ж, он действительно хорош и умен. И чертовски расчетлив. Однако, несмотря на связь с другой женщиной — как там, Верой Петровной, что ли, впрочем, это неважно, — к ней лично он относился во время их свиданий со всей любовью и страстью, на которую, видимо, вообще способен. Все-таки она не девочка, и в состоянии определить, как ее в данную минуту воспринимает мужчина. То, что он просчитал все выгоды от их брака и приложил массу сил для его достижения, безусловно, коробит, но... Да что там, просто рвет ей душу! Но это пройдет. Пройдет, как проходит все временное и не главное. Главное — это то, что у нее есть дочь. Ее девочка. Ее Светик. Ну надо же, Екатерина Алексеевна с изумлением покачала головой, как тонко чувствует ребенок любую фальшь. Она с самого начала не приняла Фарбина. Кстати, что же теперь делать?

Прежде всего уничтожить письмо. Екатерина Алексеевна подошла к столу, на котором все еще лежали листки бумаги, и начала аккуратно, методично рвать их. Порвала — сложила, порвала — сложила, порвала — сложила. Когда клочки бумаги стали совсем крошечными и перестали рваться, положила на стол, тщательно перемешала, и только после этого выбросила в корзину. Понимание, что она уже начала действовать, как всегда успокаивало. Теперь самое главное — никто никогда не должен узнать об этом письме. Впрочем, может быть и не так. Когда Светлана станет старше, надо рассказать ей всю эту грустную историю с неудавшимся браком. Это может стать для девочки предостережением от возможных ошибок.

А собственно говоря, почему неудавшимся? В глазах всех, разумеется, кроме тех немногих, кто знает всю эту историю с Верой Петровной, их брак — символ почти идеального союза. Пусть внешне все остается по-прежнему. Она не собирается становиться посмешищем для всех. Да и положение замужней женщины определенным образом укрепляет ее политические позиции. Женщина ее возраста и положения должна быть замужем. Вот она и замужем. Даже Николаю она не скажет о том, что знает о его связи. Не надо запутывать и так непростые теперь для нее отношения. Просто будет жить, не оглядываясь на прошлое и не надеясь на будущее. Эта страница человеческой жизни для нее закрыта. Неожиданно глаза стали горячими, а к горлу подступил твердый комок. Екатерина Алексеевна поняла, что еще секунда, и она заплачет, зарыдает над своей такой нескладной, такой горькой женской судьбой. Что, сколько бы она ни умничала, правда все равно останется такой же отвратительно безнадежной. Она с силой сжала кулаки, так, что ногти вонзились в ладони, с трудом судорожно сглотнула несколько раз. Тягостный ком тоски опустился от горла куда-то в глубину и застрял там, тяжелый и болезненный. Быстро подняла вверх глаза, чтобы из них не вылились жгущие ее, слепящие слезы. Ну уж нет, она не будет плакать. Она никогда не будет плакать. Несколько раз глубоко вздохнула, чувствуя, как высыхают предательские слезы. Вот и все. Надо ложиться спать. Завтра на работу.

Глава 12

Все так же поочередно мелькали за окном черные голые деревья и желтые конусы фонарей со сверкающими искрами то ли дождя, то ли снега. В этой усыпляющей равномерности было что-то притягательное, завораживающее. Машина тихо урчала и покачивалась. Тепло, уютно, хорошо. Неспешно. Раньше переезды приводили Екатерину Алексеевну почти в бешенство. Было смертельно жаль бессмысленно, как ей казалось, потерянного в дороге времени, которого и так всегда не хватало. Но сегодня спешить было некуда. И незачем. Она ощущала, что провалилась в прореху бытия, выпала в другое измерение, где нет ни времени, ни последовательности событий. Одна бесконечно длинная секунда, в которой шелестят по шоссе шины и пробегают фонари и деревья, сливаясь в размытые полосы света и темноты. Екатерина Алексеевна придвинулась ближе к окну — какое великолепное разнообразие черного цвета. Глухой мрак переулков, шевелящаяся тьма теней под деревьями, антрацитовый блеск мокрого асфальта, бездонные провалы темных окон... А за светящимися окнами представилась ей другая, простая и добрая жизнь. Старые буфеты со стеклянными фонарями, комоды со скрипучими ящиками, пузатые гардеробы с кривоватыми зеркалами, венские стулья с вышитыми подушечками на сиденьях... И круглый стол, накрытый белой кружевной скатертью, связанной крючком. Беззаботные и спокойные люди разговаривают о чем-то домашнем и смеются. Недоступные никому, никаким иссушающим душу страстям. И чем свирепее будут биться другие на дороге, ведущей вверх, тем теплее и уютнее будет в их доме. Ничто не сможет разрушить их тихой, радостной жизни.

— *Ты завидуешь им?* — сочувственно спросил ее Грациани.

— *Нет*, — не сразу ответила она. — *Мне всегда казалось, что я не смогла бы жить такой жизнью. Но сегодня я подумала, что, наверное, в этой другой жизни есть нечто, о чем можно тосковать, нечто недоступное и, может оттого, особенно желанное. Покой. Может быть, это та самая свобода, которую я добивалась, которую отстаивала всю свою жизнь?*

— *Безусловно, это свобода. Свободный выбор человека, нашедшего свое место в жизни и потому отказавшегося от дальнейшей борьбы. Разве ты не нашла свое место?*

— *Видимо, нет. Но я нашла свой путь. Я тоже неким образом свободна. Я могу идти по нему до конца.*

— *И каков же он?*

— *Путь? Или конец пути?* — засмеялась Екатерина Алексеевна.

— *Конец пути.*

— *Чуть позже. Чуть позже я скажу тебе.*

— *Когда человек задумывается о конце пути, он, как правило, вспоминает и оценивает свою жизнь. Ты когда-нибудь думала об этом?*

— *Думала. И совсем недавно.*

— *Неужели ты всерьез рассуждала о конце пути?*

— *Да нет. Просто невольно перебрала в памяти, что мне удалось сделать в жизни. Все вышло совершенно случайно...*

Это воскресенье Екатерина Алексеевна собиралась полностью посвятить Маришке — внучка вместе с балетной школой Большого театра, в которой училась вот уже три года, собиралась на гастроли в Америку. Та не очень-то переживала по поводу своего отъезда, но Светлана страшно нервничала, впервые отправляя ребенка так далеко, да еще и на целый месяц. Надо было поддержать дочь и отвезти внучку в аэропорт. Хотя понятно, что Маришка будет под постоянным неусыпным контролем, все-таки душа болела за нее.

С утра пораньше Екатерина Алексеевна сделала, как всегда, гимнастику и массаж. Что бы ни происходило, от этих утренних ритуалов она не отступала никогда. Легко позавтракала и, наказав домработнице не готовить нынче обед, так как весь день ее не будет, вышла на улицу. Утро было холодное, и она поежилась в легком плащике. Ну да ничего, в машине не замерзнет.

— Здравствуйте, Екатерина Алексеевна. — Водитель распахнул дверцу.

— Доброе утро, Андрей Александрович. Как дела? Удалось положить в больницу Анастасию Павловну?

— Спасибо. После вашего звонка все проблемы сразу же решились. Даже палата одноместная нашлась. Мама просила передать вам свою благодарность.

— Ну и замечательно. Сейчас едем на Кутузовский, а в половине второго в «Шереметьево».

Екатерина Алексеевна привычно расположилась в машине и, откинувшись на спинку сидения, равнодушно следила за пробегающими за окном домами, деревьями, машинами. Утро в городе было по-воскресному лишено суетливости и спешки. Впрочем, честно говоря, ее совершенно не интересовало то, что происходит в городе. Мысли лениво кружились вокруг предстоящего отъезда внучки.

С ума сойти! Маришка уже выезжает на гастроли. Как быстро летит время... Кажется, еще совсем недавно Светланка выступала в Доме ученых — и вот, пожалуйста, Маришка. Собственно говоря, все правильно, жизнь идет, дети выросли, теперь очередь внукам завоевывать мир. Им досталась другая, удобная и безопасная жизнь. Но, по сути, все осталось как прежде: только сильный и целеустремленный достигнет чего-то значимого. Все равно надо бороться. У Марины сильный характер. Это хорошо. Она пробьется. Интересно, будет ли она вспоминать свою бабку.

Екатерина Алексеевна поежилась: слово «бабка» неприятно резануло ее. Впрочем, то, что она бабушка, не делает еще ее старой. Или слабосильной. У нее пока хватает упорства и характера не только держаться на плаву, но и держать свою судьбу в собственных руках. Она чувствовала себя отдохнувшей, свежей и совершенно молодой. Екатерина Алексеевна посмотрела на свои гладкие, ухоженные, с аккуратным маникюром руки и невольно улыбнулась — все-таки приятно ощущать себя молодой и красивой. Но все требует усилий и постоянной работы. Она никогда не позволяла себе расслабляться и всегда тщательно следила не только за внешним видом, но и за состоянием своего здоровья. Кстати, надо бы в понедельник заехать в поликлинику, пора провериться у дантиста и окулиста — лучше предупредить возможные неприятности, чем потом расхлебывать последствия своей лени и небрежности. Она терпеть не могла ленивых и небрежных людей, может быть, поэтому так основательно воспитывала отсутствие этих черт в своих девочках. Марина, несмотря на свой юный возраст, была на редкость целеустремлённой. Наверное, она уже собрала все необходимое в дорогу...

Машина остановилась у подъезда, и водитель предупредительно открыл дверцу. Екатерина Алексеевна, не задерживаясь, прошла в подъезд, кивком головы поздоровалась с консьержкой за стеклом и вызвала лифт. Едва тот остановился, дверь квартиры распахнулась и на пороге появилась Светлана с каким-то растерянным лицом.

— Мамулечка, здравствуй. Заходи скорее — я совершенно запуталась, что собирать в дорогу.

— Здравствуй, Светик. Не волнуйся так, мы все успеем. Как Маришка?

— Она совершенно не участвует в сборах, будто бы это не она уезжает. Собрала еще вчера кое-что и считает, что этого будет достаточно на месяц.

— Может быть, она и права — не стоит набирать много вещей.

— Что-то я сомневаюсь, что она будет стирать себе вещи там!

— Ну куда же она денется? Все равно что-то придется стирать. Кстати, ты мыло ей положила?

— Ох, мама, раздевайся, пожалуйста. Мы совсем с ума сошли. Так и будем в прихожей все обсуждать...

— А что Марина-то делает?

— Сидит с утра в своей комнате и что-то клеит.

Екатерина Алексеевна, отдав Светлане плащ, прошла в гостиную, где на большом круглом столе стоял раскрытый, наполовину собранный чемодан, а на креслах и стульях были разложены вещи, приготовленные к укладке. Окинула взглядом предотъездный беспорядок и, усмехнувшись, открыла дверь в комнату Марины. Девочка сидела на полу, разложив вокруг журналы, газеты, вырезки из них, и сосредоточенно что-то вклеивала в большой альбом.

— Доброе утро, Мариночка.

— Доброе утро, бабушка. — Девочка встала и подошла поцеловать ее.

— Ты уже собралась в дорогу?

— Да. Все, что нужно, я уже сложила в чемодан. Правда, мама считает, что этого мало, и продолжает еще что-то собирать. Думаю, тебе надо вмешаться, а то она мне весь шкаф в чемодан натолкает.

— Как ты говоришь! Что значит натолкает? Можно подумать, что она о себе беспокоится. Ехать-то тебе, дорогая. И жить там целый месяц. А чем, собственно говоря, ты сейчас занимаешься?

— Знаешь, я уже давно собиралась сделать альбом про тебя. Сначала мама собирала газеты и журналы, в которых писали о тебе, потом я тоже начала это делать, но все валялось кучей, а теперь я решила все разобрать и вклеить в альбом, а то растеряется.

— Ты, конечно, молодец, но лучше бы ты выбрала какое-нибудь другое время для этого. Впрочем, спасибо, мне приятно, что ты проявляешь интерес к моей работе. Давай сейчас оставим все, как есть, а когда ты приедешь, у тебя будет время все закончить. Хорошо?

— Ну, ладно...

— Иди к маме, и еще раз проверьте, все ли вы сложили в чемодан. Помни, ты будешь вне дома целый месяц — нужно взять одежду на все случаи жизни.

— Хорошо.

Девочка послушно вышла из комнаты, а Екатерина Алексеевна, нагнувшись, взяла стопку уже вырезанных статей и заметок. С любопытством перелистывая их, она с удивлением обнаружила, что писали о ее работе действительно много.

Конечно, она читала в свое время всю эту периодику и ревниво следила за всеми упоминаниями своих дел и своей фамилии. Но по прошествии времени все это, естественно, забылось, и теперь, бегло просматривая публикации, она вдруг поняла, насколько поверхностным было изображение событий — голая констатация фактов. Разумеется, писали ведь не о ней, а о событии. Имя ее часто и не упомянуто вовсе. А теперь навсегда ушло то, что было для нее и о ней самым главным. Екатерина Алексеевна листала газетные и журнальные статьи, и память выхватывала для нее какие-то особо драматические или трогательные моменты.

Возрожден Московский международный кинофестиваль, построено новое здание МХАТа на Тверском бульваре, учрежден Международный конкурс артистов балета, Театр оперетты и Театр имени Моссовета получили новые помещения, построены здание Библиотеки иностранной литературы, здание хранилища Библиотеки имени Ленина в Химках и здание цирка на проспекте Вернадского, учреждены и построены Театр на Таганке и Детский музыкальный театр Натальи Сац, учрежден Международный конкурс имени Чайковского. (Какую же битву ей пришлось выдержать, чтобы Первое место вопреки всем идеологическим установкам получил американский пианист Ван Клиберн. И это там, на одном из конкурсов, бельгийская королева Фабиана сказала: «Я была бы счастлива сделать для своей страны то, что сделала для своей госпожа Фурцева».) Анна Сорина преподнесла в дар Третьяковской галерее часть своей ценнейшей коллекции, Марк Шагал подарил Пушкинскому музею 75 своих литографий. (Это ее друзья, эмигранты из России, дарили через нее свои коллекции. Марк, после того как ей все-таки удалось организовать выставку в России, плакал, целовал ей руки и говорил, что только она понимает душу «маленького Шагальчика».) «Мона Лиза» Леонардо да Винчи несколько дней в Пушкинском музее в Москве по дороге из Японии во Францию (надо было уговорить заплатить огромную страховку, изготовить пуленепробиваемую витрину — она разбилась по дороге с Украины, пришлось в спешном порядке заказывать новую). Фильм «Мужчина и женщина» (сколько хитрости и изворотливости проявила она, чтобы он появился на экранах страны). Поездка с делегацией в Англию (на прощание она получила от королевы подарок — портрет с надписью «Екатерине от Елизаветы»)...

— Мама, — в комнату заглянула Светлана, — Марина не хочет брать теплый костюм!

— Сейчас разберемся, — Екатерина Алексеевна аккуратно положила стопку статей на письменный стол внучки и вышла в гостиную. — В чем дело?

— Бабушка, сейчас лето. — Маришка насупила бровки. — Ну зачем таскать с собой на край земли ненужные вещи?

— Девочка, ты плохо подумала. — Екатерина Алексеевна погладила по голове упрямицу. — И летом может быть холодная погода. Ты простынешь и не сможешь выступать. Представляешь, как тебе будет обидно?

— Ну, не знаю... Ладно. — Маришка положила костюм в чемодан. — Может быть, ты и права.

— Девочки, — Екатерина Алексеевна взглянула на часы, — пора на выход. Застегивайте чемодан. Надеюсь, теплый костюм — это последнее, что вы должны были в него положить?

— Просто не знаю. — Светлана судорожно закрывала чемодан и страдальчески смотрела на мать. — Хотя я уже две недели назад начала составлять список необходимых вещей, мне все кажется, что мы забыли что-то очень важное!

— Не паникуй. Все будет в порядке! Одевайтесь.

В машине все успокоились и, задумавшись каждый о своем, молчаливо смотрели в окна. Маришка мечтательно вздыхала, видимо, представляя себе долгие американские каникулы. Светлана, сердито насупив брови, все перебирала в памяти, что она положила дочери в чемодан. Екатерина Алексеевна, вспоминая объемистую стопку газетных вырезок, думала о том, что она не зря топтала эту землю, что понимают или нет люди, как много она для них сделала, все равно они пользуются плодами ее труда, и мысль эта согревает ее и мирит в какой-то степени с теми бесконечными нападками со стороны руководства, которые сопровождают ее все последние годы.

Почему-то вспомнилась давняя история с выставкой современных художников в Манеже. Тогда какой-то доброхот настучал Храпову о том, что выставленные картины сильно отличаются от узаконенного направления в искусстве — соцреализм принимался всегда как единственное и непререкаемое течение. Кто его знает, кого хотели подставить — ее или самого Храпова, полагая не без основания, что он будет вести себя, как слон в посудной лавке. Ей позвонили, когда Храпов прошел уже большую часть экспозиции, и она, прилетев без промедления в Манеж, застала его орущего, с красным и будто бы распухшим от бешенства лицом. Хотя с тех пор прошло уже много лет, и методы начальственных разносов сильно изменились, но суть осталась прежней — она, как и тогда, практически не могла позволить без опаски поддержать что-то новое и перспективное в искусстве.

Сердце ее опять болезненно сжалось от обиды и раздражения. А может быть, еще и от страха — как долго может продолжаться это шаткое балансирование между ее желаниями, пониманием сути своей работы и требованиями сиюминутной политической обстановки, о которой все время напоминают ей в ЦК. Когда-то она промахнется, просчитается, и ее выбросят, как отработанный, никому не нужный материал. Сколько раз она видела падение, казалось бы, прочно сидящих на своих местах людей. И не все они были столь плохи, как изображалось это для непосвященных. Многие были толковыми, порядочными и знающими специалистами. И тем не менее это не спасло их.

Машина остановилась у главного подъезда аэропорта. Войдя в здание, они сразу увидели большую шумную группу учеников балетной школы и их родителей, возбужденно переговаривающихся и смеющихся, проверяющих в последний раз свои сумки и чемоданы. Шум стоял страшный, и педагоги никак не могли сосчитать своих питомцев, постоянно перебегающих с места на место и галдящих от радостного предвкушения своей наивно предполагаемой свободы.

— Минутку внимания! — Екатерина Алексеевна несколько раз хлопнула в ладоши, привлекая к себе внимание. — Товарищи родители, соберитесь, пожалуйста, справа от меня. Дети — по левую сторону от меня. Быстренько встали в строй! Без вещей. Просто встаньте в линейку. Товарищи преподаватели, сверьте присутствующих по спискам.

— Спасибо, Екатерина Алексеевна. — Благодарные наставники занялись детьми, а родители, оставшись без своих чад, приумолкли и тоже собрались встревоженной компактной стайкой.

Разобравшись с детьми и удостоверившись, что все на месте, педагоги в последний раз отпустили детей попрощаться с родителями и забрать свои вещи. Маришка с раскрасневшимся лицом и уже отсутствующим взглядом торопливо поцеловала мать и бабушку и уже собралась вывернуться из их рук, но Екатерина Алексеевна остановила ее.

— Подожди минутку, — наклонилась она над внучкой.

— Ну что, бабушка? — нетерпеливо спросила та.

— Я даю тебе с собой сто долларов на фрукты, но, так как их нельзя провозить через границу, я спрячу тебе в косичку. — Екатерина Алексеевна, повернувшись ко всем спиной и закрыв собой внучку, быстро просунула ей в волосы свернутую в трубочку купюру. — Не забудь, как только сядете в самолет, вытащить и положить их в кошелек, а то потеряешь.

— Спасибо, бабушка. — Маришка поцеловала Екатерину Алексеевну и Светлану, подхватила свой довольно объемистый чемодан и потащила его к уже собравшейся вместе группе детей.

За полчаса дети прошли контроль и, помахав на прощание своим встревоженным родителям, вместе с педагогами прошли на посадку. Екатерина Алексеевна и Света дождались, пока самолет поднимется в воздух, и только тогда, с чувством внезапного одиночества и тоски, печально пошли к машине.

— Не расстраивайся, — Екатерина Алексеевна успокаивающе похлопала ладонью по руке Светланы, — все будет хорошо. Девочка уже совсем большая, да и присмотр за ней будет самый пристальный, уж будь уверена. Внучку министра не оставят без внимания...

Глава 13

Машина замедлила ход и плавно затормозила у светофора. На широком проспекте автомобили, остановившись на красный свет, выстроились в линию близко друг от друга. За окнами виднелись смутные в ночной темноте силуэты водителей и пассажиров. В машине справа люди, наверное, болтали и явно смеялись чему-то. Слева сквозь дождевые дорожки видно было старика, с отрешенным спокойствием наблюдавшего за происходящим. Прильнув к стеклу, Екатерина Алексеевна с внезапным интересом вгляделась в его морщинистое лицо. Вот он, дожив до столь преклонных лет, нашел, видимо, скрытое в нашей жизни особое знание. Иначе лицо его не было бы так покойно. Но эта мудрость не принесла ему счастья. Иначе глаза его не были бы столь печальны. Екатерина Алексеевна снова откинулась на спинку сидения. Да и что такое — счастье?

— *Ты никогда не была счастлива?* — удивленно спросил Грациани.

— *Конечно, была,* — засмеялась Екатерина Алексеевна. — *Я была счастлива много раз. И каждый раз это было разное счастье. Счастье достижения очередной вершины. Счастье борьбы. Счастье победы. Счастье ощущения свободы. Но оно всегда через какое-то время начинало подтаивать, растворяться и наконец исчезало совсем. Потом вспыхивало и согревало снова. Уже другое. Но такое же недолговечное. А существует ли счастье, которое сопровождает тебя всю жизнь? Не знаю...* — Она задумалась. — *Впрочем, я лукавлю. Я знаю по крайней мере два, нет — три больших чувства, которые, возникнув однажды, уже не покидали меня никогда. Я счастлива, что испытала их и не растеряла в своей погоне за свободой.*

— *И?*

— *Это счастье любить свою дочь, свою внучку и счастье любить тебя, Антонио. Счастье — это любовь. Мне кажется, я не просто головой это поняла, а ощутила каждой клеточкой тела, чем-то, что спрятано глубоко внутри моей души. Кроме Светика и Мариши, ты лучшее, что было у меня в жизни.* — Екатерина Алексеевна долго молчала. — *Знаешь, я ведь всегда боялась, что не смогу стать защитой для своего ребенка, не смогу одна дать все, что получают дети в семье. В моем стремлении выйти замуж, кроме естественного желания найти близкого человека, быть рядом с ним, все время теплилась надежда найти для дочери настоящего отца. Только в моей любви к тебе не было никаких надежд. Я всегда знала, что она обречена и не имеет будущего. Но, может быть, именно это обстоятельство делало ее такой светлой.*

— *И все-таки жаль...*

— *Не сожалей, Антонио. Десять лет, с тех пор, как мы увиделись с тобой впервые, я все время ощущала твое внимание и любовь. Разве это чувство делало тебя несчастным?*

— *Конечно, нет! Я помню каждую минуту, проведенную рядом с тобой. И так хорошо помню день, когда увидел тебя первый раз.*

Кабинет Грациани с широкими венецианскими окнами весь залит солнечным светом. Одно окно раскрыто, и легкий ветерок чуть раздувает белую туаль. Высокие потолки с лепниной увеличивают пространство большой комнаты, и вся она напоена светом и покоем. На бежевых стенах большие портреты великих оперных артистов в гриме и театральных костюмах. У стены с десяток стульев с витыми ножками и высокими спинками и резной шкаф красного дерева со старинными и современными книгами, стопками пластинок и разными безделушками, видимо, подаренными Грациани в разное время разными людьми. В углу небольшой кабинетный рояль со стопкой нот на нем. В центре комнаты круглый низкий столик и несколько кресел вокруг него. Сам Грациани сидит лицом к входной двери за массивным письменным столом у стены между окнами. На столе тяжелый бронзовый чернильный прибор и две стопки бумаги. Грациани берет документ из одной стопки, просматривает его, ставит подпись или пишет какое-то краткое распоряжение и откладывает в другую стопку. В комнате тихо, только слышен бронзовый отсчет секунд стоящих на полу огромных старинных часов. В дверь легонько постучали, и вошла секретарь — красивая темноволосая девушка с крупными выразительными чертами лица.

— Синьор Грациани, — закрыв за собой дверь, говорит негромко девушка, — из вестибюля сообщили, что делегация из Москвы уже поднимается к вам. Будут какие-нибудь особые распоряжения?

— Сколько их человек?

— Шестеро вместе с переводчиком.

— Поставьте на журнальный стол пару бутылок воды и дюжину стаканов. Этим и ограничим наше радушие. — Грациани взял очередной документ и склонился над ним, давая понять секретарю, что на этом и закончены его особые распоряжения.

Девушка вышла, тихо прикрыв за собой дверь. Грациани еще какое-то время занимался документами, и только когда вновь вошла секретарь и доложила о приходе гостей, отложил ручку, встал и вышел на середину кабинета. Открыв обе створки широкой двери, секретарь пропустила группу однообразно одетых людей. Мужчины в серых костюмах и белых рубашках с невзрачными галстуками, женщины в черных костюмах и белых блузочках, слава богу, хоть с разными воротничками. Грациани даже немного растерялся, к кому обращаться. Потом, усмехнувшись про себя, заговорил, глядя в середину группы.

— Бесконечно рад видеть вас, госпожа министр, в стенах самого прекрасного театра Италии. Мы весьма польщены вашим визитом. Надеюсь, ваше пребывание здесь будет плодотворным и доставит вам истинное удовольствие.

Все то время, пока он говорил, глаза его внимательно наблюдали за происходящим в группе. Чуть повернувшись в сторону одной из дам, тихо заговорил на русском языке один из мужчин (так, это переводчик). Белокурая женщина с серыми в голубизну огромными глазами немного склонила голову в сторону переводчика, внимательно слушая его, и не спускала глаз с Грациани (а вот и наша госпожа министр). Грациани широко улыбнулся и шагнул вперед. При ближайшем рассмотрении оказалось, что госпожа министр сливается с сопровождавшей ее дамой только по цвету костюма. И ткань, и покрой выдавали прекрасный вкус, и он как-то особенно изящно облегал ее стройную фигурку. Госпожа министр сделала шаг навстречу и, слегка улыбнувшись, удивительно элегантным движением подала руку для поцелуя. Грациани поймал себя на том, что с удовольствием держит в руке ее легкие прохладные пальцы, и, с трудом оторвав взгляд от лица, склонился в поцелуе, не забыв удивиться этой негаданной элегантности.

— Я тоже рада нашей встрече, — приятным грудным голосом начала говорить эта странная женщина, — а будет ли она плодотворной, зависит только от вас, господин Грациани.

— Прошу вас, госпожа министр. — Хозяин широким жестом пригласил гостью к столу. — Рассаживайтесь господа. Джина, — позвал он секретаря, — принесите нашим гостям кофе.

Пока невозмутимая девушка хлопотала, разнося гостям крошечные чашечки с ароматным напитком, Грациани внимательно разглядывал свою визави. Тонкое лицо, в котором читались и ум, и ощущение своей женской привлекательности, и какое-то пережитое страдание. И никакой замкнутости, которой пугали его друзья, знакомые с русскими. Перед ним сидела уверенная в себе европейская женщина. Очень красивая европейская женщина — поправил сам себя Грациани. Он поймал себя на том, что не может оторвать от нее взгляд. Это уже неприлично. И все-таки смотрел, забыв про свой кофе. Изящным движением госпожа министр отпила глоток из своей чашки и поставила ее на стол. Грациани с ужасом уловил на дне ее глаз искорку иронии.

— Кофе великолепный, — произнесла она мягко, — но, во-первых, мне хотелось бы, чтобы вы, если это вас не затруднит, обращались ко мне не столь официально.

— Разумеется. Разумеется, госпожа Фурцева. Буду счастлив. — И Грациани вдруг почувствовал, что он действительно счастлив, на полшага сократив расстояние между собой и этой так поразившей его женщиной.

— Во-вторых, мне бы хотелось обсудить с вами две очень важные для меня проблемы.

— Я слушаю вас со всем доступным мне вниманием. — И опять Грациани поймал себя на мысли, что, произнося эту формальную фразу, действительно как-то особенно сосредоточился и даже подался вперед.

— Вы, конечно, знаете, что двое наших солистов практически в частном порядке берут уроки мастерства у вашей примы. Не могли бы мы договориться о плановых, официальных стажировках наших певцов в вашем театре? — И госпожа Фурцева, не встречая сопротивления, глубоко заглянула в глаза своего собеседника.

— Это не представляет особого труда, — с несвойственной для него готовностью откликнулся Грациани. — Составьте график желательных для вас выездов и список профессиональных требований, а мы здесь, исходя из ваших данных, подготовим свои предложения. На все согласования должно уйти около месяца.

— Благодарю вас. И теперь последнее. И «Ла Скала», и Большой театр много и плодотворно гастролируют по всему миру. Но никогда ваш театр не был в Москве, а наш — в Милане. Публика в этих городах воспитана на прекрасной оперной музыке и пении в блестящем исполнении оркестров и артистов своих театров. Отчего бы нам не провести обменные гастроли двух национальных театров и не расширить представление наших великих народов о великом искусстве?

— Это прекрасная идея, — произнес неожиданно для себя Грациани.

Буквально неделю назад, обсуждая на дирекции возможные адреса гастролей театра на следующий год, именно Грациани разнес высказанную кем-то идею поездки в Москву. «Надо быть совсем безумным, чтобы связаться с тоталитарным политическим режимом!» — довольно резко оборвал он тогда выступавшего. И вот теперь, глядя в распахнутые навстречу его взгляду серо-голубые глаза этой русской, он, как загипнотизированный, опять повторил:

— Это прекрасная идея, госпожа Фурцева.

— Я понимаю, для согласования всех деталей такого огромного по масштабам мероприятия потребуется значительное время и усилия большого количества профессионалов. Но если бы мы с вами сейчас подписали договор о намерениях, уже завтра разработчики обеих сторон могли бы начать подготовку взаимных требований. Тогда при должном старании они бы могли проделать всю подготовительную работу за полгода, и мы успели бы скорректировать наши гастрольные планы. — Госпожа министр сидела в своем кресле, казалось, все такая же раскрепощенная и уверенная в себе. Она была полна решимости любыми способами вынудить этого самоуверенного и властного человека, как охарактеризовали его итальянские чиновники, предваряя советами ее визит к Грациани, пойти ей навстречу.

— Но на подготовку такого договора может уйти два-три дня, — несколько растерянно ответил Грациани.

— Мы подготовили проект договора, и если он вас устроит, мы сможем все-таки подписать его сегодня. — И Грациани вдруг увидел, как на ее точеной шее чуть выше белого воротничка проступила и забилась тонкая голубая жилка.

— Госпожа Фурцева! — воскликнул окончательно уже растерявшийся Грациани. — Но я должен просмотреть договор сам и показать его нашим юристам. На это потребуется определенное время!

— Ах, господин Грациани, — весело и совершенно непринужденно рассмеялась госпожа министр, — во-первых, это договор всего лишь о намерениях, во-вторых, при вашем умении решать проблемы и при квалификации ваших юристов на ознакомление с этим коротким практически стандартным документом и его возможную корректировку у вас уйдет минут двадцать-тридцать. Если вы будете так добры угостить нас еще чашечкой вашего восхитительного кофе, это время не покажется нам долгим.

— Разумеется, разумеется, — пробормотал совершенно сбитый с толку хозяин.

Не мог же Грациани отказать даме в чашечке кофе. Но, приказав Джине принести гостям еще кофе, он понял, что буквально вынужден взять у госпожи Фурцевой протянутый ею договор. Он прекрасно понимал, что этот договор свяжет его серьезными обязательствами. Однако он так же хорошо понимал, что не только хочет подписать этот договор, но хочет подписать его именно сегодня. Чтобы сделать приятное этой женщине, под власть которой каким-то непостижимым образом успел попасть. Чтобы быть уверенным, что их знакомство не прервется вдруг неожиданным и нестерпимым для него образом. Вызвав юриста и отдав ему первый экземпляр договора, Грациани положил на стол перед собой дубликат.

Екатерина Алексеевна прекрасно отдавала себе отчет в том, что практически требует от директора театра нарушения всех принятых норм переговоров, но она так же понимала — не подпиши они сегодня этот договор, могут вмешаться какие-то политические соображения, возникнуть непредвиденные обстоятельства, и весь ее выношенный и продуманный план рухнет. Ее женская интуиция подсказывала ей, что этот красивый статный мужчина заинтересован ею. Более того, она ощутила, как между ними проскочила некая искра и возникло нечто, объединившее их. И она без стеснения пользовалась этим возникшим так неожиданно чувством. Пока Грациани, собрав всю свою волю и профессионализм, со всем возможным в такой ситуации вниманием читал предложенный документ, она с каким-то новым или, быть может, просто забытым интересом рассматривала его. Высокий лоб, большие ясные глаза, в которых читался ясный и ироничный ум, крупный правильной формы нос (такие профили чеканили на древнеримских монетах), чувственный изгиб губ, властный подбородок, выдающий человека с сильной волей. Он, безусловно, очень красив. И совершенно невероятно обаятелен. Мало того, он обладал той редкой мужской харизмой, которая заставляла всех женщин в присутствии такого мужчины быть еще более женственными. Екатерина Алексеевна подумала, что и она не смогла избежать общей участи этих гипотетических женщин. Она чувствовала, как сияют ее глаза, прозрачным румянцем покрываются щеки, открываются во влажной зовущей улыбке обычно строгие губы. Она вся открывалась ему навстречу и видела, ощущала кожей, что и он весь устремлен к ней. Просто поразительно, какую молодую сильную, не к месту и не ко времени, жажду жизни разбудил в ней этот удивительный человек.

Екатерина Алексеевна вдруг со всей очевидностью и какой-то кристальной ясностью поняла, что эта формальная, столь важная для нее со служебной точки зрения встреча подарила ей самое волнующее и захватывающее ощущение в жизни. Кажется, она никогда не была столь захвачена вихрем взаимного интереса и влечения. На какую-то долю секунды в ней мелькнула вполне разумная мысль взять себя в руки и оборвать, пока еще можно, все эти нити, токи, путы, или как там еще их называют. Но в следующее мгновение Грациани поднял голову, и они встретились глазами. Екатерина Алексеевна качнулась назад — такой силы и яростной воли прочитала она в его глазах мысль о невозможности что-нибудь уже изменить. Сознательным усилием она опустила глаза.

— Надеюсь, господин Грациани, документ отвечает принятым в таких случаях нормам, и ни у вас, ни у вашей юридической службы нет по нему замечаний, — нарочито спокойным голосом произнесла она.

— Замечаний действительно нет, госпожа Фурцева. Договор составлен с соблюдением всех необходимых формальностей. — Грациани тихо обменялся двумя фразами со своим юристом. — Мы готовы подписать договор о намерениях провести в следующем сезоне обменные гастроли наших театров.

Но только они вдвоем понимали: этот договор с неотвратимой силой связал две высокие договаривающиеся стороны еще и нерасторжимостью их тайных уз.

— Я благодарю вас, господин Грациани, за вашу добрую волю в решении столь непростых вопросов, — вставая, произнесла Екатерина Алексеевна и протянула руку немедленно поднявшемуся вместе с ней Грациани. — Надеюсь, — слегка запнувшись, продолжила она, — эта наша встреча не будет последней.

— Я не просто очень надеюсь на это, — глядя прямо в глаза, ответил он, может быть, крепче, чем требовали обстоятельства, сжимая ей руку, — я готов приложить все усилия, чтобы увидеть вас вновь прямо сегодня. Вечером в театре идет «Аида», и, если ваше время позволяет, быть может, вы захотите посетить спектакль? — спросил Грациани, за привычной для уха окружающих галантностью, столь свойственной итальянцам, пряча все свое истинное страстное нетерпение, и затаил дыхание в ожидании ответа.

— Буду рада послушать «Аиду». Это одна из моих любимых опер, — вежливо произнесла Екатерина Алексеевна и мягко освободила свою ладонь из руки забывшегося Грациани.

— В таком случае я не прощаюсь с вами, госпожа Фурцева?

— До вечера, господин Грациани, — ответила Екатерина Алексеевна совершенно спокойно, чувствуя, как легко и сладко трепещет ее сердце.

— Я приготовлю вам ложу, быть может, вы захотите кого-нибудь пригласить.

— Думаю, я приеду со своей дочерью.

— Надеюсь, вы представите меня ей?

— С большим удовольствием, господин Грациани.

Так, за этим легким, казалось бы, абсолютно непринужденным диалогом, в связи с участием переводчика занявшем довольно долгое время, они в тайне от окружающих их людей только им понятным языком договорились о своем первом свидании. И понимание этого наполнило их таким ликованием, что оба они улыбнулись друг другу сияющими глазами и одновременно опустили их, как будто боясь, что переполнявшее их чувство может хлынуть наружу.

После секундного замешательства Грациани прошел к двери и широко распахнул ее перед двинувшейся за ним делегацией. Гости, раскланиваясь с хозяином, уже почти вышли в приемную, когда замешкавшийся было Грациани догнал их и с почти неразличимой для постороннего уха просительной ноткой произнес, обращаясь к Екатерине Алексеевне:

— Если госпожа Фурцева позволит, я хотел бы проводить ее до машины.

— В этом нет нужды, господин Грациани, но мне приятно будет пройти по театру в сопровождении хозяина, — засмеялась Екатерина Алексеевна, с трудом скрывая свою действительную радость.

— Позвольте вашу руку. — Грациани, забыв о церемониях, предложил ей свою, понимая, что некоторое нарушение правил если и удивит окружающих, то не вызовет никаких подозрений. Зато он сможет еще раз коснуться руки этой ставшей совершенно необходимой для него женщины.

Екатерина Алексеевна приняла протянутую руку и, опираясь на нее почти невесомо, пошла рядом с Грациани сначала по темно-вишневому ковру широкого коридора, потом по огромной светлого мрамора лестнице. Они шли молча, упиваясь ощущением близости друг друга, не в состоянии что-либо связно подумать и произнести, превратившись только в две касающиеся руки, которые соединились настолько, что сквозь них горячими толчками пробивалась общая для них кровь. Только подойдя к машине, Грациани с трудом и сожалением взял себя в руки. Целуя на прощание ее пальцы, он с изумлением поймал себя на мысли, что отдал бы всю свою прошлую, а может быть, и будущую жизнь за возможность, закрыв глаза, просто потереться щекой об эту теплую ладошку. Но, откашлявшись, чтобы вернуть себе ощущение реальности, только склонился в поклоне и произнес чуть осевшим, словно со сна, голосом:

— До вечера, госпожа Фурцева.

— До вечера, господин Грациани.

Екатерина Алексеевна произнесла эту обыденную формулу прощания с ноткой утешения. Она прекрасно поняла, что чувствует Грациани, будто он сам все ей сказал. Да он и сказал ей все это меняющимися обертонами голоса, жаром руки, сиянием глаз. Какие у него выразительные глаза. Неужели никто ничего не заподозрил? Запоздалое чувство опасности заставило ее заговорить с сопровождавшими ее людьми особенно ровным и деловым голосом о дальнейшей разработке подписанного так скоропалительно договора. Внешне равнодушно выслушала она и поздравления по поводу успешно проведенных переговоров. Хотя поздравления эти были ей не просто приятны. Она как к должному относилась к тому, что еще до ее официального рапорта в Москву успеют доложить о проведенной работе. Такова практика. Тем лучше. Недоброжелатели вынуждены будут принять ее в роли победительницы! Опустившись на сидение машины, Екатерина Алексеевна не удержалась и тихонько засмеялась, представив, какие лица будут у некоторых ее знакомцев.

Глава 14

— *И это все, что чувствовала ты сразу после нашей первой встречи?* — потрясенно спросил ее упавшим голосом Грациани. Он смотрел ей в лицо, стараясь разглядеть в полутьме машины выражение ее глаз.

Автомобиль опять остановился на перекрестке, и красный фонарь светофора залил салон пугающе тревожным светом. Порывом ветра на лобовое стекло обрушило шквал проливного дождя, и багровые полосы заструились по уставшему лицу Екатерины Алексеевны, мешая разобрать смену чувств и настроений. Она ласково и снисходительно посмотрела в только ей видимое лицо Грациани.

— *Нет, Антонио. Нет. Это были две-три пустые мыслишки наспех. Я ведь всегда сначала думала о работе. Так я устроена. Но как только я оказалась вне досягаемости для чужих взглядов, я отпустила себя и позволила мыслям побежать так, как просила этого душа. Я горела, я просто ощущала, как горит мое лицо, как жар спускается по шее к груди, как нестерпимым огнем вспыхнули мои руки. Я задыхалась, и сердце мое билось так часто, что мне пришлось расстегнуть пуговку на блузке и несколько раз глубоко вздохнуть, чтобы вернуть себе способность равномерно дышать и хоть как-то думать. Я даже подула на свои ладони. Меня трясло то ли от страха, то ли просто от непереносимого возбуждения, и я никак не могла собраться с мыслями. Они скакали с чудовищной скоростью, и у меня не получалось задержаться ни на одной. Все-таки это был страх. Ни за что, ни за что не хотела я снова переживать бессмысленные обжигающие взлеты любви, зная, что за ними неизбежно последуют черные падения, еще более страшные, чем всегда. Да и с какой стати я вообще взяла, придумала всю эту чушь! Какая любовь?! Что может меня в моем возрасте связывать с этим чужим, чужим во всех отношениях человеком? Мы не можем обменяться одним-единственным словом. Мы говорим, думаем и чувствуем на разных языках! Как я могла все это придумать и во все это поверить. Со мной что-то не в порядке. Я перестала адекватно воспринимать действительность. Что, что такого он сказал, чтобы я могла истолковать иначе?.. Да все, подумал кто-то другой во мне. Ни одно слово не было произнесено без второго, подспудного смысла. А если это правда?.. Меня снова затрясло от ужаса. Зачем мне все это нужно?! Хочу домой, в Москву, далеко. Чтобы больше никогда не видеть, никогда не слышать, никогда не думать. Но под всеми этими несущимися стремительным потоком мыслями кто-то глухой к этой сумятице, кто-то бездумный и безгласный все ближе подкрадывался к моему колотящемуся сердцу. Я слышала, я ощущала его приближение. И вот, наконец, он подобрался совсем близко и тихо, но неотвратимо сжал мое сердце. И сердце мое остановилось. Я поняла, я поняла, что никуда мне не деться. Я все равно пойду в театр. Я должна его увидеть, заглянуть ему в глаза. Просто для того, чтобы убедиться, что я все придумала, — пришла мне в голову ясная спасительная мысль. Конечно! Просто чтобы освободиться от этого наваждения. Сердце мое забилось ровно и спокойно. Я громко и облегченно вздохнула. Все так замечательно — я пойду в театр со Светланой, мы получим невероятное удовольствие от спектакля, и я излечусь от этой лихорадки. И все будет как всегда. Как всегда...*

— *И все было как всегда?*

— *И все было как никогда.*

Екатерина Алексеевна зашла в гостиничный номер, предварительно расправив сознательным движением мышц лицо и примерив легкую, ни к чему не обязывающую улыбку. Впрочем, как оказалось, она напрасно хлопотала: дочери в номере не было. На столе в гостиной лежала записка: «Мамуля, я в баре на первом этаже. Буду в пять».

Екатерина Алексеевна вдруг почувствовала, что она ужасно устала. Просто непереносимо устала. Вялыми движениями сняла костюм и, неся его в руке, медленно пошла в свою спальню. Сил не было. Будто из нее выпустили воздух. Весь. Села на кровать, потом, так же прижимая к себе костюм, легла безвольно на бок и закрыла глаза. В голове, как заезженная пластинка, крутилась одна и та же фраза: буду в пять... буду в пять... буду в пять... Наверное, она задремала, потому что очнулась, как от толчка, и почувствовала, что продрогла. В номере было тепло, но Екатерину Алексеевну бил озноб. Она ощутила, что ее просто снедает жажда деятельности. Вскочила, поправила постель, повесила костюм на плечики и убрала в платяной шкаф, разделась догола, сложила белье и почти бегом пролетела в ванную комнату. Стоя под теплым душем, оттаивала, согревалась, блаженствовала. До чего же замечательно, до чего же замечательно. Услышала, как в номер вошла дочь. Весело прокричала:

— Светик, я в душе, закажи чай.

Выбралась из ванной, растерлась досуха полотенцем, слушая, как дочь по телефону заказывает чай в номер, и, накинув длинный халат, румяная, с сияющими глазами вышла в гостиную. Света подошла к матери и поцеловала в подставленную щеку, хотела отойти, потом взглянула ей в лицо внимательнее и засмеялась.

— Мамуля, что это с тобой? Вся светишься, будто тебя с утра где-то подменили.

— Да нет, не так кардинально, — засмеялась в ответ. — Просто порадовали. Одевайся в вечернее платье, едем слушать «Аиду». — И закружила по комнате, напевая низким голосом: — Радаме-е-е-с! Радаме-е-е-с!

В дверь легонько постучали, вошел стюард с чаем. Дамы состроили серьезное выражение на лицах, но, дождавшись его ухода, принялись смеяться и шалить, будто две школьницы. В сюжете «Аиды» не было ничего смешного. Это совершенно трагическая история. Аида, дочь эфиопского царя Амонасро, пленница фараона Египта, и Амнерис, дочь фараона, любят Радамеса, начальника дворцовой стражи и предводителя египетских войск в войне с эфиопами. А Радамес любит Аиду и мечтает освободить ее. Отец Аиды заставляет дочь выведать у возлюбленного, какой дорогой пойдут египетские войска, и сам подслушивает разговор влюбленных. Ничего не подозревающий Радамес все рассказывает ей. Узнав, что стал невольным предателем, Радамес отдает себя в руки верховного жреца Рамфиса. По приговору жрецов Радамес должен быть заживо погребен в подземелье храма. Аида перед казнью прячется в подземелье, чтобы разделить участь возлюбленного. И хотя они много раз слушали эту оперу и прекрасно знали ее грустный сюжет, сегодня им было так хорошо в предвкушении вечера, что абсолютно все в этом мире представлялось им забавным и восхитительно радостным. Отчего-то было нестерпимо смешно, когда они дуэтом, напыжившись, пели, изображая хор жрецов: Радаме-е-е-с!

Потом, наскоро выпив чай, стали надевать вечерние платья, подбирать украшения, причесываться и накладывать макияж. А так как все это требовало сосредоточенности и внимания, стали необыкновенно серьезными и вдумчивыми. Они даже не разговаривали, полностью отдавшись приготовлениям к выходу. Позвонили снизу и сообщили, что машина для госпожи Фурцевой пришла. Сердце бухнуло и замерло. Екатерина Алексеевна вдруг поняла, что все это время старательно прятала от себя мысль о встрече с Грациани. И вот она едет к нему. Ее даже затошнило слегка. Пришлось несколько раз глубоко вздохнуть, чтобы комок, подступивший к горлу, вернулся на свое место в желудок. Капелька духов за уши и на сгиб кистей рук, и, накинув на плечи меховой палантин, Екатерина Алексеевна вышла вслед за дочерью из номера.

Сидя в машине, они смеялись без умолку просто оттого, что им выдался такой замечательный вечер, что они едут слушать «Аиду», что они просто могут быть вместе. Последнее удавалось не так уж часто. Светлана изредка внимательно вглядывалась в лицо матери, она давно не видела ее такой беззаботной, помолодевшей и светлой. Но рассказы матери о визите и подписании договора, над которыми они так весело потешались, не давали Светлане сосредоточиться на своем удивлении, а потом она и совсем о нем забыла.

Машина остановилась у помпезного входа в театр. Вокруг хлопали дверцы машин, и все новые пары в вечерних туалетах проходили в высокие проемы огромного портала театра. В центральной арке лицом к подходящей публике, изредка раскланиваясь и целуя дамам ручки, стоял высокий мужчина во фраке. Крупные выразительные черты его лица как нельзя более соответствовали всей торжественности этого театрального вечера. Увидев выходящую из машины Фурцеву, мужчина легко подошел и, поцеловав протянутую ею руку, что-то с серьезной страстностью произнес на итальянском языке. Затем засмеялся и, обернувшись, помахал призывно молодому человеку, стоящему чуть поодаль. Тот не замедлил подойти и, шаркнув ножкой, на прекрасном русском поприветствовал прибывших дам.

— Добрый вечер, синьора Фурцева. Меня зовут Марчелло, и сегодня, по просьбе синьора Грациани, я буду, если вы не возражаете, вашим переводчиком.

— Добрый вечер, Марчелло. Буду рада, если вы составите компанию мне и моей дочери. Ее зовут Светлана.

— Я готов вечно сопровождать такую прекрасную синьору и такую красивую синьорину, — с южной страстью выпалил экспансивный юноша, не спуская восторженного взгляда со Светланы. Однако едва заговорил Грациани, стал серьезным и переводил его слова с чувством глубокого уважения к говорящему.

— Добрый вечер, госпожа Фурцева. Но этот вечер с вашим прибытием стал не просто добрым, он стал совершенно волшебным. Я бесконечно счастлив вновь видеть вас. — Грациани склонил голову и, когда вновь посмотрел на Екатерину Алексеевну, его взгляд совершенно отчетливо наделил каждое слово формального приветствия абсолютно адекватным смыслом.

— Добрый вечер, господин Грациани. Поверьте, мы с дочерью весьма признательны за ваше любезное приглашение. Дорогая, позволь представить тебе директора театра господина Грациани. Господин Грациани, позвольте представить вам мою дочь Светлану. — Екатерина

Алексеевна говорила сосредоточенно и почти без выражения. Ей казалось, что если она позволит себе хоть какое-то чувство, она не справится с собой и все услышат в ее голосе все переполнявшее ее смятение.

— Светлана, вы позволите мне называть вас так?

— Разумеется, господин Грациани. — Света хотела продолжить какой-нибудь вежливой банальностью, но с чуткостью очень близкого матери человека немедленно ощутила то напряжение, которое окутывало эту банальную, казалось бы, встречу двух практически незнакомых друг с другом людей. Она замерла, вглядываясь в лицо Грациани, и, не веря своим глазам, прочитала по его глубокому и растерянному взгляду истинную причину этой напряженности.

— Вы так же прекрасны, как ваша мать, — продолжал тем временем Грациани, и Света опять прекрасно поняла, что за его словами кроется куда более сложное чувство, чем простая вежливость. — Мне доставит истинное удовольствие провести этот вечер в вашем обществе. Если вы позволите Марчелло предложить вам руку, а госпожа Фурцева позволит сделать это мне, мы могли бы пройти в приготовленную для вас ложу.

Света протянула руку засиявшему Марчелло, и тот повел ее к высоким дверям. Он что-то бойко говорил, но Светлана почти не слушала его. Ей потребовалась вся выдержка, на какую она была способна, чтобы не обернуться и не посмотреть на свою мать и Грациани. Не может быть! Не может быть! Света вспомнила с новым пониманием светящуюся красоту матери, когда она вышла к ней из душа. Так вот что произошло днем! Неужели это возможно?

Света хорошо знала это восхитительное ощущение полета, захватывающей дух высоты, упоительного счастья. Она сама недавно пережила все это с Игорем. И она бесконечно сочувствовала матери, зная, каким тяжелым душным грузом лежит на ее душе беспросветность супружества с Фарбиным. Екатерина Алексеевна всегда была откровенна с дочерью. Они, как близкие подруги, доверяли друг другу самые потаенные свои мысли и чувства. Света без памяти любила мать, восхищалась ею и считала, что та незаслуженно обделена настоящим, высоким, достойным ее чувством. Рядом с матерью, считала Света, должен обязательно когда-нибудь появиться такой же необыкновенный, как она сама, мужчина.

Грациани, конечно, человек незаурядный, рассуждала потрясенная увиденным Света. Иначе он просто никогда не достиг бы своего нынешнего положения и того безусловного влияния в артистической среде, которым так достойно и даже величественно пользовался. Уже одно это привлекало к нему внимание и наделяло определенным шармом. Но Света к тому же была буквально покорена его мужественной и такой чувственной красотой зрелого, много пережившего мужчины. Грациани умен, красив, прекрасно воспитан, выдержан, элегантен. Да что там — он просто великолепен. Но все его достоинства стократно увеличивались, освещенные еще и тем внутренним огнем, который, вне всякого сомнения, загорался в нем, стоило появиться матери рядом с ним. Но мама! Как же она была увлечена им, если не поделилась сразу же новыми впечатлениями. Света и это тоже понимала, исходя из своего недавнего счастливого опыта. Я ни разу не посмотрю на них, дала себе слово Светлана. Такое запоздалое чувство, да еще при их общественном положении, без сомнения, должно быть пугливо. Впрочем, если оно столь стремительно, как мне кажется, скорее всего, они меня просто не заметят.

Екатерина Алексеевна шла по коридору, чувствуя, как жарко пульсирует все ее тело, согретое близостью идущего рядом с ней мужчины. Он держался очень прямо, глядя перед собой, но она прекрасно понимала, что видит он только ее. И это понимание делало ее не просто счастливой. Она ощущала свою красоту, как драгоценный камень в обрамлении его восхищения.

В просторной глубокой ложе, куда по просьбе Екатерины Алексеевны они сразу же прошли, никого не было. Грациани закрыл за ними дверь и, пройдя вперед, отодвинул стоящее у самого барьерчика кресло с высокой резной спинкой. Екатерина Алексеевна в благодарность за вежливую услугу чуть-чуть наклонила голову и опустилась на придвинутое сиденье. Хозяин подождал, когда Марчелло усадит в кресло Светлану, и сел совсем рядом и чуть сзади Екатерины Алексеевны, так, что его лицо оказалось в опасной близости от лица его гостьи. Екатерина Алексеевна почувствовала, как загорелась ее щека, обращенная к Грациани. Будто бы что-то раскаленное, от чего исходит неистовый жар, направленный прямо на нее, ощущала она присутствие Грациани. Она боялась пошевельнуться и с пристальным, нарочитым вниманием оглядывала расстилающийся у нее прямо перед глазами роскошный театральный зал.

Он понемногу, не спеша заполнялся одетой в дорогие вечерние туалеты публикой. Пахло, как всегда в театрах, хорошими духами, шоколадом и чем-то неуловимым (может быть, пылью кулис?), отчего возникало праздничное, волнующее нетерпение. Негромкое шарканье ног, глухой гомон многих голосов, приглушенное пиликанье инструментов, которые настраивали музыканты, сидя в оркестровой яме. По тому, как раскланивались, пропуская друг друга, зрители в партере, чувствовалось, что публика в основном не случайная. Собрались меломаны, позволяющие себе довольно часто это дорогое удовольствие. Огромное зеркало сцены закрыто величественным, но пока еще не освещенным бархатным занавесом.

Екатерине Алексеевне почти удалось отвлечь себя от ощущения близости Грациани, хотя верхняя часть обращенного к нему уха горела так, что ей было даже больно и хотелось его потереть. Светлана и Марчелло, сидящие чуть правее, оживленно о чем-то говорили, но смысл их разговора ускользал от нее. Может быть, оттого, что в ушах шумело, как если бы к ним поднесли большие морские раковины. Краешек уха защемило уж совсем нестерпимо, и Екатерина Алексеевна, как бы невзначай поправляя прядь волос, провела по нему ладонью. Это слегка привело ее в чувство, она рассердилась на всю эту странную сцену, на свое не менее странное поведение, и ей сразу стало легче. Повернув голову и собираясь сказать первую попавшуюся на язык банальную фразу, она неожиданно натолкнулась на сверкающий, почти отрешенный взгляд сидящего рядом с ней мужчины и утонула в его расширенных зрачках. Какое-то мгновение они с абсолютно одинаковым выражением (как с ужасом поняла Екатерина Алексеевна) в упор смотрели друг на друга. Потом медленно, очень медленно, безжизненно, как автомат, она отвернулась от него, так и не произнеся ни слова. В груди у нее стало пусто, зал потемнел и поплыл куда-то в сторону, пальцы заледенели, и она с отчаяньем поняла, что просто не выдержит такого нервного напряжения. Ей захотелось вскочить, отбросить кресло и, отталкивая своих, конечно ничего не понимающих спутников, опрометью броситься вон из ложи, бегом по лестнице, за дверь и дальше, дальше, дальше... Бежать, пока у нее хватит сил, от этого затягивающего ее омута.

Она вцепилась руками в подлокотники кресла и зажмурила глаза. Сколько она так просидела, она бы не могла сказать. Но через минуту или через час она вздрогнула от прикосновения и, открыв широко глаза, отстраненно наблюдала, как Грациани бережно поднял ее ставшую безвольной руку и тепло и ласково прижался к ней щекой. Она оторопела на мгновение, потом, не выпуская ее руки, он поднял голову, и она столкнулась с его каким-то беззащитно-детским взглядом. Совершенно рефлекторно Екатерина Алексеевна повернула руку ладонью вверх, и ее пальцы утонули в его такой большой и уютной ладони. Какую-то немыслимо длинную минуту они сидели так, крепко взявшись за руки, как испуганные дети, ищущие утешения друг в друге. Потом он, не отводя глаз, улыбнулся ей светло и облегченно и убрал свою руку. Екатерина Алексеевна, будто бы это было в порядке вещей, ободряюще улыбнулась ему и, отвернувшись, стала смотреть в заполненный и оттого уже довольно шумный зал. Прошло еще какое-то время, прежде чем до нее стало доходить, что же, собственно, произошло. Но прежде чем она сумела по-настоящему удивиться или хоть как-то разобраться в своей смятенной и согретой благодарностью душе, в зале все изменилось. Погасли люстры, огромные театральные юпитеры осветили сцену и переливающийся в их лучах бархат занавеса, музыкальные инструменты на мгновение смолкли, и вот уже музыканты застучали смычками по пюпитрам. Над дирижерским пультом поднялся дирижер во фраке, раскланялся с аплодирующей публикой и, повернувшись к невидимому оркестру, приветственно постучал дирижерской палочкой по пюпитру.

Еще мгновение — и со взмахом дирижерской палочки все еще покашливающий зал поглотил разгорающийся звук оркестра. Хрупкая, прозрачная мелодия скрипок гармонично и легко слилась с абсолютно открытой душой Екатерины Алексеевны и поднимала ее все выше и выше, пока все, что случилось, все, что пугало, не развеялось и не стало казаться светлым и таким же прозрачным, как сама музыка. Екатерина Алексеевна облегченно перевела дыхание и благодарно отдалась этому чистому и ласковому покою. Вдруг подумалось, что в жизни ее наступили иные, совершенно праздничные времена. Что впереди счастливая и простая жизнь, полная добра и откровенности. И едва она успела поверить во все, что напели скрипки ее смятенной душе, сквозь серебристые их голоса все явственнее стала пробиваться неумолимая, грозная мелодия жрецов, заставляя в неясном предчувствии беды сжиматься сердце. Она все ширилась, все росла, пока не захватила весь оркестр, пока не обрушилась всей своей мощью на совершенно беззащитную душу. Екатерина Алексеевна напряглась, сжала перед собой руки в надежде стать жестче, пропустить над собой разрушительный удар. У нее заломило виски, упрямо и вызывающе сжался рот. Она наклонила голову, будто пытаясь противостоять этому шквалу, этой безымянной силе. Музыка поглотила ее настолько, что она совершенно потеряла ощущение реальности.

Не сразу она ощутила, а, ощутив, не сразу поняла, чья это дружественная рука тепло и утешающе сжала предплечье ее руки. Гипноз музыки как-то задрожал, заколебался, и Екатерина Алексеевна с трудом вынырнула из глубин его власти в зал театра, в ложу, и, непонимающе оглянувшись, увидела встревоженные глаза Грациани. Он, видимо, почувствовал ее душевное состояние и поспешил придти к ней на помощь. Она с трудом расцепила побелевшие пальцы и, все еще находясь под впечатлением пережитого, успокаивающе легко прикоснулась к его руке, давая понять, что с ней все в порядке. Сердце ее залила волна нежности и благодарности. Сидящий рядом с ней мужчина ощущал мир так же, как она, только он был сильнее и тверже ее. На него можно было рассчитывать в трудную минуту. Он мог быть защитой. Он был верным и близким. Только через минуту, когда ее руки уже лежали на подлокотниках кресла, Екатерина Алексеевна, окончательно придя в себя, вспомнила, кто, собственно говоря, сидит рядом с ней, и вообще все, что происходит с ней сегодня вечером. Она испуганно метнула взгляд в сторону Светланы, но та, казалось, была полностью поглощена музыкой, так же как и сидящий рядом с ней Марчелло.

Меж тем увертюра закончилась, и зал взорвался аплодисментами. Все в ложе аплодировали вместе с залом и переглядывались блестящими глазами в поисках сочувствия пережитому. Никто не обмолвился ни словом, но общее ощущения счастья от прекрасной музыки сблизило всех и объединило. Оркестр начал вступление, тяжелый занавес дрогнул и медленно разошелся, открывая пространство сцены. Избрание Радамеса, красочное, сверкающее и переливающееся, сменилось широкой, согретой искренним чувством мелодией его романса. Нежные реплики солирующих деревянных духовых инструментов приближали музыку к звучанию человеческого голоса, делали ее родной и близкой. Тревожное чувство, едва не поглотившее Екатерину Алексеевну, развеялось, уступив место мирному, уравновешенному ощущению покоя. Музыка сегодня захватывала ее больше, чем когда-либо. Смятение, в которое повергли ее столь бурно развивающиеся отношения с Грациани, совершенно лишило ее сопротивляемости, и музыка оказалась могущественнее ее слабых душевных сил. Ее настроение и самоощущение полностью зависели от развития темы и звучащих мелодий. Впрочем, она едва ли отдавала себе в этом отчет. Послушно следуя за музыкой, она разделяла тревогу, которая слышалась в терцете Амнерис, Радамеса и Аиды, и с трудом выбиралась из сумрачного настроения, будто твердела душой, поддаваясь ритмам торжественного марша. Порывистые, взволнованные мелодии большого монолога Аиды заставляли трепетать сердце и уноситься душой вместе с просветленной ее молитвой.

Вторая картина, напоенная восточным колоритом, с заунывной молитвой, сопровождаемой арфами, с причудливой по рисунку мелодией священного танца позволила Екатерине Алексеевне душевно отдохнуть от тех контрастирующих по настроению состояний, в которые ввергала ее захватывающая без остатка музыка. Она даже покосилась краешком глаза на Грациани, но увидела лишь кисть его крупной руки с длинными пальцами, легко и как-то картинно лежащую на его колене. Поднять глаза выше она не смогла, но сердце ее сжалось от чувственного ощущения этой красивой, ухоженной руки. Ей все нравилось в нем, все возбуждало и заставляло сладко замирать сердце. Мысль, что он сидит рядом, так близко, привела ее очередной раз в трепет и заставила незаметно и будто бы выпрямляясь в кресле, сладко выгнуться. Нет, она определенно ничего не могла с собой поделать, капризно подумала она и сама удивилась этой странной внутренней интонации. Даже как-то смутилась. И это смущение ее неожиданно обрадовало. Словно в ней просыпались забытые, но такие приятные движения души.

Энергичные призывы Рамфиса, на которые откликнулся героический хор жрецов, снова изменил ее настроение и течение мыслей. Она почувствовала прилив сил и торжественное понимание радостной неизбежности их любви. Весь второй акт Екатерина Алексеевна скорее разделяла настроение горделивых и властных мелодий Амнерис, чем скорбных, смятенных реплик Аиды. Даже одиночество и отчаянье, звучащие в проникновенной мольбе Аиды, не изменили ее душевного состояния. Грандиозная сцена народного ликования с хором-маршем народа, гимном жрецов и танцем с драгоценностями слилась в ней с торжествующим ощущением своей женской силы.

Она невольно выпрямилась и смело оглянулась на Грациани. Тот сидел так же прямо, с широко открытыми глазами, не моргая, уставившись куда-то вверх на колосники. На щеках его горел слабый, но вполне различимый румянец, а на губах блуждала самоуверенная улыбка. Екатерине Алексеевне стало нестерпимо смешно, она поняла, что, следуя за музыкой, они оба реагируют на нее одинаково и оба переживают сходные чувства. Не скрываясь, она засмеялась, продолжая смотреть на Грациани. Он сморгнул от неожиданности, перевел взгляд на нее и вдруг понял, что она прочитала его настроение, его чувства. Легкая тень досады на себя промелькнула в его глазах, но очень быстро она сменилась смущением. И это тоже не осталось незамеченным обоими. Екатерина Алексеевна, не опуская глаз, дотронулась пальцами до его лежащей на колене руки. Он перевернул ее ладонью вверх и крепко перехватил ее пальцы. Они с улыбкой взаимопонимания секунду смотрели в глаза друг другу и потом, спохватившись, оба перевели взгляд на Светлану. Им обоим показалось, что за мгновение до этого Света отвела от них взгляд. Но это не смутило ни его, ни ее. Напротив, они оба с ощущением дозволенности сжали руки, и только улыбнувшись друг другу, разжали их. Екатерина Алексеевна положила руку на подлокотник кресла и с теплым чувством единения их всех втроем перевела взгляд на сцену. Ей приятна была мысль о том, что Светлана стала невольным свидетелем их с Грациани близости. Продолжая про себя улыбаться, она полностью с наслаждением отдалась спектаклю.

Радамес открывает тайну продвижения египетских войск и, с появлением Амонасро понимающий, что стал невольным предателем, отдает себя в руки Рамфиса. Но откликается по-настоящему Екатерина Алексеевна только на триумфальный марш — славу победителю. В ее душе тоже звучал марш победы. Почему и кого над кем, Екатерина Алексеевна даже не задумывалась. Просто в ней звучала эта музыка. Ее не смогла погасить даже горестная мелодия дуэта Аиды и Радамеса.

Занавес закрылся под гром аплодисментов, и зал расцвел под светом огромной люстры. Все, будто проснувшись, секунду сидели еще без движения. Потом стали вставать, передвигаться по залу, выходить в фойе. В ложе тоже очнулись от наваждения. Екатерина Алексеевна встала одновременно со Светланой, мужчины поднялись и отодвинули их кресла, освобождая проход. Все почувствовали легкую неловкость, словно застали друг друга за чем-то интимным. Музыка обнажила душу каждого, и они еще не успели скрыться в привычных раковинах. Наверное, именно от смущения, а вернее, от желания скрыть его все заговорили одновременно. Замолчали, выжидательно глядя друг на друга, и, не дождавшись, кто нарушит это молчание, засмеялись. Смех, как всегда, разрядил обстановку. Грациани что-то коротко сказал Марчелло, и тот преисполнился чувством ответственности и заботы.

— Если синьора и синьорина желают, я с удовольствием провожу их в дамскую комнату.

— Это было бы замечательно, — немедленно откликнулась Светлана, — ты пойдешь, мамуля?

— Нет, ступайте вдвоем, — ответила Екатерина Алексеевна и в ту же минуту пожалела об этом, сообразив, что остается с Грациани наедине. — Впрочем, пожалуй, и я пройдусь.

Екатерина Алексеевна кивнула Грациани и первой вышла в распахнутую им дверь. Теперь уже она жалела, что не воспользовалась возможностью побыть с Грациани несколько минут с глазу на глаз. Наверное, Света хотела помочь им, а она не сумела воспользоваться этой помощью. Рассердившись было на свою неловкость, Екатерина Алексеевна нахмурилась, но, встретив внимательный, все понимающий взгляд Светланы, легко и благодарно рассмеялась. Она взяла дочь под руку и прижала ее локоть к себе.

— Это самый потрясающий спектакль в моей жизни, — призналась она ей шепотом.

— Я так за тебя рада, — так же шепотом ответила ей Светлана.

Вернувшись, они застали Грациани, осторожно разливающего шампанское в бокалы на маленьком столике в глубине ложи. Он поднял голову и приветливо улыбнулся им, говоря что-то низким своим глубоким голосом. Марчелло немедленно приступил к исполнению своих обязанностей переводчика.

— Хорошая музыка пьянит и бодрит, как шампанское, но это вовсе не повод отказаться от него самого.

— Спасибо, господин Грациани. — Глядя ему в глаза, Екатерина Алексеевна взяла бокал из его руки и невольно коснулась его пальцев.

Они оба слегка вздрогнули, будто между ними проскочил электрический разряд. Может, оттого, что это случилось не в первый раз, а может, оттого, что оба почему-то почувствовали себя вправе не особенно скрываться от молодых людей, они задержали это прикосновение и, заглянув друг другу в глаза, легко засмеялись. Грациани взял свободную руку Екатерины Алексеевны и, склонившись, поцеловал ее. Потом подал бокал Светлане и тоже, как бы подчеркивая невинность первого, склонился в поцелуе и над ее рукой. Это никого не обмануло, и все рассмеялись, объединенные этой легкой амурной тайной. Грациани и Марчелло тоже взяли по бокалу.

— За самую прекрасную музыку на свете, — Грациани говорил, будто шутя, — за ту музыку, что звучит в душе каждого.

— Тем более что музыка эта и в самом деле прекрасна, — поддержала его бесстрашно Екатерина Алексеевна.

Грациани вопросительно и серьезно посмотрел ей в глаза, и Екатерина Алексеевна, утвердительно кивнув головой, не отвела взгляд.

— Марчелло, — обратилась к переводчику Светлана и, продолжая говорить, отошла с бокалом к барьерчику, — вы, наверное, часто бываете в опере?

— О, не так часто, прекрасная синьорина. — Марчелло был вынужден последовать за ней, хотя и беспомощно обернулся на Грациани. Тот благословил его кивком головы, и радостный Марчелло окончательно потерял интерес к тому, что происходит с самим Грациани.

Екатерина Алексеевна, впрочем, как и Грациани, прекрасно поняла и по достоинству оценила маневр Светланы. Они оба еще мгновение наблюдали за беседующими молодыми людьми, но потом все-таки с некоторой долей смущения перевели взгляд друг на друга. Оставленные без внимания, они будто бы растерялись и не сразу сумели воспользоваться предоставленной им свободой. Наконец Грациани улыбнулся и подал руку Екатерине Алексеевне. Она, также улыбаясь, вложила свои пальцы в теплую его ладонь.

Они стояли так друг против друга, держась за руки, как школьники, теперь ничуть не смущенные странностью своей позы, забыв на мгновение, где они. Весь мир утонул для них в глазах любимого человека. Но прежде чем они успели осознать всю смелость своего порыва, в зале начал гаснуть свет, и Марчелло, обернувшись, что-то сказал Грациани извиняющимся голосом. Грациани засмеялся и, поцеловав еще раз руку Екатерине Алексеевне, провел ее к креслу у барьерчика. Пока все усаживались на свои места, свет окончательно погас, и под аплодисменты зрительного зала началось оркестровое вступление к третьему акту.

Сердце Екатерины Алексеевны как-то запоздало забилось и затрепетало в унисон звучащей музыке. Но от чистого и нежного строя инструментов, передающего поэтическую картину южной ночи, оно успокоилось, и ей вдруг стало радостно и тепло. Душа открылась навстречу музыке, и она запела про себя вместе с Аидой свой любимый романс «Небо лазурное и воздух чистый». Казалось, что она понимает итальянский язык исполнительницы, что она уже понимает этот чудесный язык любви, что она различает звуки человеческого голоса в безмятежном наигрыше гобоя. Она так отдалась этому манящему звуку, так потянулась навстречу обманному покою, что не заметила, как начальная мелодия сменилась бурной, воинственной музыкой проклятья Амонасро. Сердце ее сжалось и болезненно забилось, вторя печальному напеву тоскующей Аиды.

Странные и противоречивые мысли кружились и путались в голове Екатерины Алексеевны: жажда любви и понимание безнадежности этого так внезапно обрушившегося чувства. Болезненное ощущение близкой утраты и страх внезапно проснуться и обнаружить, что все это ей только привиделось. Трагическая мелодия дуэта Амнерис и Радамеса сплелась в ней с ощущением близкой потери и какой-то кары, которая должна, обязана обрушиться на нее совсем скоро. Бесстрастные голоса жрецов, доносящиеся из подземелья, скомкали ее тихую радость и превратили в тревогу. Грозно звучит хор приговора Радамесу и ей, забывшей обо всем на свете. Сломленная и смирившаяся Екатерина Алексеевна, совершенно попавшая в зависимость от течения мелодии, опустила голову на руку, лежащую на барьере. Реальность отступила, и музыка, полностью поглотившая ее, наполнила ее душу страхом и отчаяньем. Просветленные, воздушные мелодии последнего дуэта Аиды и Радамеса не вернули ей уверенности, но мягко и бережно подхватили ее смятенную душу, научили смирению, подарили ей надежду. Она подняла голову и полными слез глазами смотрела на сцену, не видя ни прекрасных декораций, ни замечательных певцов, чьи голоса так властно распоряжались ее душевными движениями. Казалось, она слилась с их чистыми голосами, уводившими от жестокой реальности этого мира, обещавшими иную, светлую и радостную жизнь.

Голоса замерли, угасла музыка, а зачарованный зал все еще сидел безмолвно, без движения. И только через какое-то мгновение, будто одновременно очнувшись, все сорвались со своих мест и с криками «браво» принялись аплодировать, благодарные за подаренное блаженство. Сидящие в ложе, подхваченные общим порывом, тоже, забыв обо всем, не щадили своих ладоней. Аплодисменты не стихали, вызывая артистов на поклон все снова и снова.

Постепенно все в ложе пришли в себя после пережитого и будто вернулись на землю. Светлана порывисто обняла мать, потом обернулась к Марчелло.

— Скажите господину Грациани, что я бесконечно благодарна ему за сегодняшний вечер и он всегда может рассчитывать на мою любую ответную услугу, — несколько самонадеянно произнесла она.

— Кто знает, — серьезно ответил ей Грациани, — быть может, мне действительно понадобится ваша помощь. Не забудьте тогда о вашем обещании.

— Примите и от меня слова признательности, — тихо проговорила уже пришедшая в себя Екатерина Алексеевна. Она сознательно подбирала слова, понимая, что все сказанное будет иметь сейчас двойной смысл. — Ваш театр достоин всяческой похвалы.

— Я готов согласиться с оценкой «Ла Скала», — Грациани прекрасно понял прозвучавшую холодную отповедь и теперь пытался разуверить свою гостью, объясниться с ней, — но меня сегодняшний вечер сделал поистине счастливым не потому, что актеры прекрасно справились со своими партиями. Я благодарен судьбе за возможность, за счастье быть рядом с вами.

— Не знаю, за что вы благодарите судьбу, господин Грациани, — засмеялась Екатерина Алексеевна, тронутая его искренностью, — сегодняшний вечер исключительно ваша заслуга.

— Я благодарю судьбу за ваше согласие провести его вместе со мной.

— Но этот чудесный вечер тем не менее закончился.

— Да, да, конечно. — Грациани прошел в глубь ложи и открыл дверь перед своими гостьями.

Уже стоя перед открытой дверцей машины, Грациани поцеловал протянутую Екатериной Алексеевной руку и, чуть задержав ее, заглянул в глаза.

— Поверьте, сегодняшний вечер был самым счастливым в моей жизни, и я сохраню в памяти каждое его мгновение.

— До свидания, господин Грациани, — Екатерина Алексеевна не спешила отнять руку и наслаждалась последними минутами их близости. — Я надеюсь, что очень скоро мы снова увидимся.

— До свидания, господин Грациани. До свидания Марчелло. — Светлана помахала им рукой уже из машины.

— До свидания, госпожа Фурцева. Я приложу все усилия, чтобы это случилось как можно скорее. До свидания, Светлана. — Грациани поклонился и захлопнул за ними дверцу.

Екатерина Алексеевна и Светлана ехали в гостиницу молча, погрузившись каждая в свои мысли. Только уже в номере, остановившись посреди комнаты, Екатерина Алексеевна сказала задумчиво: «Я всегда любила "Аиду"».

Глава 15

— *Я всегда любил «Аиду», но после того вечера, когда я слушал ее, сидя рядом с тобой, я уже ни разу не пропустил ни одного спектакля,* — так же задумчиво произнес Грациани, глядя прямо перед собой. — *Теперь я понимаю: я хотел повторить пережитые ощущения. Наши души были так открыты, так беззащитны в тот вечер, что музыка достигла самых глубин, задела самые тонкие струны.*

Екатерина Алексеевна с горящими щеками, вся согретая этими воспоминаниями, сидела, откинувшись на спинку сидения, улыбаясь растроганно и смущенно.

— *Антонио,* — позвала она все так же смотрящего прямо пред собой Грациани.

— *Да, дорогая,* — с готовностью откликнулся он и повернулся к ней в ожидании.

— *Знаешь, Антонио, мне кажется, я никогда не была так молода, как в тот вечер. Так молода и так доверчива.*

— *Я понимаю тебя. Ведь я испытал то же, что и ты. Быть доверчивым в двадцать лет легко и естественно. Мы же были уже не молоды, и доверчивость не входила в число наших добродетелей. Может быть, именно поэтому мы и ощущали музыку столь пронзительно. И она открыла нам правду о нас.*

Расставшись с Грациани, Екатерина Алексеевна всю ночь пролежала с открытыми глазами. И все вспоминала, все вспоминала с замиранием сердца каждый его взгляд, каждое прикосновение. И чем ближе было к утру, тем нереальнее представлялось ей все произошедшее, пока не стало казаться, что все это плод ее фантазии, а Грациани был просто вежлив, предупредителен и галантен, как и положено воспитанному итальянцу в его положении. Она почувствовала себя смешной, а когда увидела в зеркале свое серое и безжизненное лицо, то просто впала в бешенство. Светлана еще спала, а Екатерина Алексеевна в своей комнате с исступлением делала зарядку, пока не почувствовала, что горячая кровь побежала по жилам. Контрастный душ и растереться полотенцем так, чтобы загорелась кожа. Теперь она была готова начать новую жизнь, в которой нет места вымыслам и сказкам.

И в эту минуту постучали в дверь номера. Екатерина Алексеевна вышла из душа в халате и открыла дверь, совершенно спокойная и готовая к какому-то разумному или по крайней мере реальному действию и общению. Первое, что она увидела, был немыслимо прекрасный букет нежно-розовых роз. Потом из-за него выглянула улыбающаяся мордашка юного коридорного, и он что-то весело сказал по-итальянски. Екатерина Алексеевна отступила в сторону, и он внес это сверкающее чудо в гостиную. Не веря своим глазам, она смотрела, как он, продолжая лопотать, ставит цветы в вазу и, раскланиваясь, уходит. Оставшись одна, она все еще стояла, не спуская глаз с цветов.

— Мама, это от Грациани? — Света вышла из своей комнаты незаметно, и Екатерина Алексеевна вздрогнула от неожиданности, услышав ее голос. — Какая красота! Вы были вчера, как эти розы. Такими же прекрасными и нежными. Как жаль, что мы уезжаем сегодня! Ты возьмешь букет с собой? Нельзя же бросить в номере такую красоту. Да и Грациани может обидеться. — Не глядя на мать, она подошла к столу и зарылась лицом в розовую пену цветов.

— Посмотрим. А пока мне надо одеваться, — ответила Екатерина Алексеевна, поспешно скрываясь в своей спальне.

Она так благодарна была своей девочке за то, что своим чириканьем та дала ей время прийти в себя.

— Знаешь, Антонио, твои цветы перечеркнули в одну секунду все мои ночные страхи. Спасибо тебе. Ты не просто сделал реальным прошлый вечер, ты вернул мне веру в себя. Я ощутила себя такой прекрасной, какой только может быть любимая и любящая женщина. И это ощущение заставило меня гордо выпрямиться. Ты как будто бы услышал мои ночные страхи и поспешил их развеять. И когда вечером, стоя на трапе самолета с букетом твоих цветов, я оглянулась, чтобы помахать рукой провожающим, я увидела за их спинами тебя. И я послала тебе воздушный поцелуй. Света потом страшно потешалась, представляя в лицах, как удивились провожающие меня чиновники, приняв это на свой счет!

Екатерина Алексеевна засмеялась своим серебристым смехом, который и в молодости радовал ее друзей. Видимо, она сделала это слишком громко, потому что водитель удивленно и внимательно посмотрел на нее в зеркальце заднего вида. Екатерина Алексеевна улыбнулась ему ободряюще, и он снова сосредоточился на дороге.

Грациани смотрел на ее утомленное и осунувшееся лицо с болью и сожалением. Каким молодым и светлым был ее смех, когда она забывалась и погружалась в воспоминания. И ему хотелось подольше удержать ее там, в прекрасных днях их любви.

— *После спектакля, проводив тебя, я не мог заснуть, ходил как неприкаянный по дому, выпил бутылку вина, но это меня нисколько не успокоило, и, как только наступило утро, отправился в цветочный магазин. Мне хотелось прийти к тебе, но я понимал, что это было бы крайне странно для окружающих, а вот присланный мной букет мог бы проникнуть в твой номер и остаться там. Да и просто мне хотелось сделать что-то приятное для тебя. Красные розы показались мне слишком грубыми, белые не могли выразить моего отношения к тебе. Я отправился в другой магазин и увидел там нежно-розовое облако огромных цветов — вот это было как раз то, что нужно. Честно признаться, я еле удержался, чтобы не купить все розы, какие были в магазине, но опять подумал, что это было бы с недоумением воспринято окружающими. И тогда я впервые понял, в какой чудовищной зависимости от мира мы живем. Но это нисколько не испугало меня — что значит чужое мнение по сравнению с возможностью любить тебя, даже не особо надеясь на твое ответное чувство. Я был счастлив, ощущая, как ожила, как трепещет моя душа. Я был счастлив. Вечером, узнав, каким рейсом ты улетаешь, я помчался в аэропорт, надеясь увидеть тебя еще раз хоть издали. Когда ты обернулась на трапе и, прижимая к себе букет моих роз, послала мне воздушный поцелуй, я был не просто в восторге, я был потрясен твоим жестом. Я готов был зарыдать. Ты оказалась честнее и смелее меня. Ты была великолепна. Если бы я мог, я полетел бы за тобой следующим рейсом.*

— Но ты прилетел в Москву через месяц.

— *Ровно столько понадобилось, чтобы подготовить первую ступень документов по гастролям. Я сам*

принимал участие в их разработке, чтобы ускорить
этот процесс.

В кабинете Фурцевой идет совещание по подготовке
гастролей Большого театра в Милане. Екатерина Алексеевна собранна и внешне совершенно спокойна.

— Александр Анатольевич, — обращается она к ди-
ректору театра Чурсину, который сидит, обложившись
бумагами, — почему вы считаете, что мы не можем взять
«Хованщину» пятым спектаклем?

— Декорации слишком велики и в не очень хорошем
состоянии. Для того чтобы везти их в Милан, потребуется не столько реставрация, сколько почти полная пере-
делка.

— Ну так в чем же дело? Что нам мешает обновить
их?

— Деньги. Деньги и время.

— Деньги я вам дам. Ну а со временем вам придется
разбираться самим.

— Но мы могли бы еще пару сезонов отработать
в этих декорациях!

— Но потом все-таки придется их менять?

Зазвонил телефон, и Екатерина Алексеевна взяла
трубку. Выслушала и, сказав спасибо, положила трубку
на место.

— Ну вот, товарищи, Грациани уже подлетает к Москве. Пока мы его встретим, пока приедем из аэропорта,
пока устроим — уже будет вечер, а завтра с утра давайте соберемся в десять и прикинем начерно, что у нас по-
лучается. Александр Анатольевич, у вас еще полдня, чтобы внести предложения по «Хованщине». Я специально
не беру вас в аэропорт.

— Екатерина Алексеевна, но мы просто не успеем!

— Начерно. Начерно. Просто чтобы представить об-
щую картину. Потом у вас будет еще время уточнить детали. Все свободны. Да, не забудьте завтра прихватить
несколько распечаток плана зала. По билетам тоже пого-
ворим. До свидания, товарищи.

Чурсин что-то ворчит себе под нос, собирает вместе с сотрудниками бумаги, и они уходят, прощаясь в дверях.

— До свидания, Екатерина Алексеевна.

— Всего доброго, Екатерина Алексеевна.

— До свидания, Екатерина Алексеевна.

Но Екатерина Алексеевна уже не слышит их. Собрав бумаги со своего стола и аккуратно постукивая собранную стопку, чтобы выровнять края, она задумчиво смотрит в окно.

Ей хотелось бы встретить Грациани с букетом розовых роз. Она даже заказала их. Но чувство осторожности подсказывало, что не надо бы дразнить гусей и привлекать особое внимание к себе именно в связи с приездом итальянского гостя. Встала, прошлась по кабинету, остановилась у стола и, наклонившись над цветами, вдохнула их дурманящий аромат. Сразу ожили воспоминания о вечере в театре, о глазах с расширенными зрачками, о теплой большой ладони. По коже пробежали мурашки. Екатерина Алексеевна передернула плечами. Да черт с ними со всеми! В конце концов, никто ей в этом не указ. Она сама решает, к кому и как относиться. Не то чтобы она готова была рискнуть головой или карьерой, но никто ничего и не заподозрит. Просто она с нетерпением ждет очень важного гостя, от которого зависит, поедет ли Большой в Милан. Так что в качестве легкого подхалимажа отчего бы ей и не встретить его с букетом цветов. А какие — это дело вкуса. Пусть у кого-то сложится мнение, что со вкусом у нее есть проблемы. Екатерина Алексеевна засмеялась. Это не очень большая плата за возможность увидеть его лицо, когда взгляд его упадет на розовые розы. Она предвкушала, она уже ощущала его близость, запах его туалетной воды, видела его крупный рот с четко очерченными губами. И, здороваясь, он пожмет ей руку... Екатерину Алексеевну забила мелкая внутренняя дрожь, будто что-то легко завибрировало глубоко внутри, а на поверхность так и не вышло. Она снова засмеялась счастливо и нервно. Скоро. Совсем скоро.

В машине, сидя сзади водителя и положив, будто невзначай, руку на лежащий букет, Екатерина Алексеевна, может быть, слишком возбужденно обсуждает со своим замом Сергеем Александровичем Дмитриевым, сидящим впереди, программу пребывания Грациани в Москве. Он прилетает всего на три дня. И программа должна быть насыщенной во всех отношениях. Она приятно поежилась. Она замечательно придумала, как ей остаться с ним наедине хоть ненадолго. Гениально и просто. Они будут слушать «Аиду». Как прошлый раз. А переводчика она специально забыла заказать. Могут же и у нее быть срывы в организации! Засмеялась про себя, чувствуя, как задрожало ее горло. Екатерине Алексеевне казалось, что едут они непозволительно медленно. Вдруг она испугалась, что они опоздают. Взглянула на часы. Нет, едут по графику. Надо взять себя в руки, а то она допустит какую-нибудь промашку и все-таки привлечет к себе ненужное внимание.

«Шереметьево», как всегда, встретило гулкой пустотой просторных, лишенных уюта залов, неспешными стайками спокойных хорошо одетых пассажиров, ревом взлетающих самолетов и безжизненными голосами объявлений о посадке на немногочисленные рейсы и прилете очередного борта. Они, конечно, не опоздали. Одновременно подошла вторая машина, в которой прибыли заведующий отделом театров и переводчик.

Самолет сел вовремя, и где-то минут через двадцать в стеклянных дверях показались первые пассажиры. Грациани шел одним из последних. Взгляд его был напряжен, и сжимающая ручку небольшого чемоданчика рука побелела от совершенно ненужного усилия. Через мгновение он увидел букет розовых роз, и глаза его непроизвольно расширились. Не веря себе, он внимательно вгляделся в лица встречающих, и неожиданно на скулах у него проступил румянец. Екатерина Алексеевна рассмеялась радостно и облегченно. Она только сейчас поняла, как нервничала, ожидая увидеть его первую реакцию. Грациани смутился окончательно. Подошел быстро и так же быстро заговорил. Переводчик едва успевал за ним. Впрочем, ничего существенного Грациани не сообщил — так, обычная вежливая речь об удовольствии увидеть Москву и отдельно, глядя в глаза, такая же внешне просто галантная тирада об удовольствии снова видеть госпожу Фурцеву. Но Екатерина Алексеевна прекрасно увидела в глубине его глаз радостную и, может быть, даже слегка безумную искорку истинного, откровенного чувства счастья и такого же, как у нее, облегчения. Ей стало тепло от мысли, что и он так же нервничал перед встречей с ней. Протянув руку для пожатия, Екатерина Алексеевна на долю секунды испугалась, что Грациани поцелует ее. Это было бы некстати и совершенно неуместно. Но тот пожал ей руку, все так же глядя в лицо и улыбаясь уголками чуть прищуренных глаз. Они одновременно отвели глаза, и Грациани уже пожимал руки другим встречающим.

— Позвольте представить вам, господин Грациани, моего заместителя господина Дмитриева и господина Ходько, заведующего отделом театров министерства. Ваш переводчик, господин Петров, будет сопровождать вас всюду во время вашего визита.

В свою машину Екатерина Алексеевна, естественно, пригласила Грациани и переводчика. В большом представительском ЗИМе переводчик, сидя между Фурцевой и Грациани, по большому счету скорее мешал им, чем помогал беседовать. Но с этим неудобством пришлось смириться. По крайней мере, они могли смотреть друг на друга.

Снег в этом году лег рано и обильно. Его высокие и чистые за городом сугробы, сверкающие в лучах заходящего солнца бриллиантовой искрой, поражали Грациани своим великолепием, и он неустанно восхищался этой чисто русской картиной. Пока ехали по городу, Сергей Александрович с удовольствием исполнял роль гида. К «Националю» подъехали уже затемно.

— Владислав Сергеевич, — позвала Екатерина Алексеевна переводчика, — проводите господина Грациани в номер, чтобы он мог оставить свои вещи, и спускайтесь в малый зал на втором этаже. Мы пройдем сразу туда.

Обычно Екатерина Алексеевна не интересовалась, чем и как будут угощать очередного гостя, и, в зависимости от его статуса, этим занимался Сергей Александрович Дмитриев или перепоручал кому-то из помощников. Но на этот раз она обсудила заранее с Сергеем Александровичем, что подадут к столу. Оглядев накрытый стол, она отдала шубу немедленно подошедшему метрдотелю и прошла в дамскую комнату.

Стоя перед огромным зеркалом, Екатерина Алексеевна внимательно и придирчиво рассматривала свое лицо. Дотронулась кончиками пальцев до уголков глаз — нет, морщинок почти не видно, только когда улыбается. Несколько раз улыбнулась сама себе разными улыбками и осталась довольна тем, что увидела. Глаза блестят, тонкая кожа порозовела от возбуждения. Она засмеялась, как мурлыкающая кошка, у которой только вибрирует что-то глубоко внутри. Отошла на несколько шагов и вполоборота оглядела себя с головы до ног. Черно-фиолетовый английский костюм выгодно подчеркивал ее гибкую фигуру. Бледно-лиловая крепдешиновая блузка удачно гармонировала с цветом костюма, а ее воротник, заканчивающийся пышным бантом, мягко лежавшим на груди, придавал строгости костюма особую пикантность и женственность. Юбка в полколена не скрывала ее стройные ноги, несмотря на мороз обутые в черные лодочки на высоченной шпильке. Еще раз оглядела себя — от пышных светлых волос до кончиков туфель — и снова засмеялась тихонько. Нет, она сегодня определенно как-то особенно хороша. И понимание этого будто зажгло в ней внутреннее освещение. Вскинула подбородок и почти танцующей походкой вышла в зал.

При ее появлении мужчины поднялись из-за стола, и в их рядах наметился небольшой переполох — каждый пытался быть галантнее другого. Но Дмитриев, оказавшийся ближе к стулу Екатерины Алексеевны, победил в этой маленькой схватке и усадил ее напротив Грациани.

— Сегодня, господин Грациани, мы дадим вам отдохнуть и совсем не будем говорить о работе, — Екатерина Алексеевна еще раз оглядела стол. — Так как вы первый раз у нас в Союзе, мы немножко познакомим вас с нашей кухней.

— Благодарю вас. Я так мало знаю о России, что буду счастлив этому уроку, — вежливо ответил гость.

— Сначала разберемся с напитками, — Сергей Александрович потер руки и, отослав жестом стоящего рядом официанта, сам наполнил бокал Екатерины Алексеевны. — Даме мы предложим ее любимое грузинское вино «Цинандали», а мы с господином Грациани позволим себе по стопочке «Столичной».

— Закусывать русскую водку принято маринованными лесными грибами — вот они в салатнике, или малосольными огурчиками. — Екатерина Алексеевна с удовольствием исполняла роль рачительной хозяйки. — Скорее всего, таких грибов вы не пробовали, да и огурцы у нас засаливают не так, как в Италии.

— За ваш приезд, господин Грациани. — Сергей Александрович поднял свою рюмку и, дождавшись, когда гость сделает то же самое, отсалютовал ему.

— О, — Грациани, выпив водку, немного задохнулся, но, быстро подцепив на вилку маринованный грибок, поправил положение, — ваша водка по крепости родная сестра нашей граппы.

— Лучшее, что изобрело человечество, имеет аналоги повсеместно, — засмеялся Сергей Александрович. — Это доказывает, что созидательная мысль развивается всюду параллельно.

— Однако признаюсь, я не большой ценитель крепких напитков. — Грациани смущенно развел руками. — Мне, как итальянцу, все-таки ближе вино.

— Что ж, — Сергей Александрович добавил немного вина даме и налил полный бокал гостю, — в таком случае у вас есть возможность попробовать наши вина.

— Я очень люблю дегустировать вино. — Грациани поднял бокал на уровень глаз и посмотрел его на просвет, потом покачал вино и понюхал. — У него прекрасный чистый цвет и тонкий приятный аромат.

— А что вы скажете о вкусе? — Сергей Александрович с неподдельным интересом наблюдал за гостем.

— Замечательно. Замечательное легкое вино. — Отпив маленький глоточек и подержав вино во рту, Грациани удивленно приподнял брови. — Оно может составить конкуренцию нашим винам.

— Вы так удивлены, а между тем наши вина действительно не хуже, а часто лучше многих европейских. — Екатерина Алексеевна отпила немного вина и, поставив бокал на стол, стала накладывать в свою тарелку закуску, попутно комментируя все, к чему она прикасалась. — Попробуйте этот прозрачный балык из осетрины, его привезли из Астрахани. Черную икру осетровых рыб вы, конечно, знаете, мы ее активно экспортируем. А эта красная рыба — чавыча семужного посола с Дальнего Востока. Вряд ли вам приходилось ее пробовать. Красная икра чавычи чуть мельче и темнее икры лосося, но значительно нежнее и мягче на вкус.

— Меня все удивляет за этим столом, — Грациани, внимательно слушавший, немного уже пришел в себя, чувствовал себя значительно увереннее и говорил теперь серьезно, глядя в глаза своей визави. — Даже то, что я, казалось, немного знал, поражает меня новыми своими гранями.

— Не забывайте о вине. «Цинандали» идеально подходит к рыбным закускам. — Сердце Екатерины Алексеевны екнуло, она вся как-то поджалась и быстро взглянула на Сергея Александровича. Но тот был абсолютно невозмутим, и она поняла, что последняя реплика Грациани, совершенно очевидно предназначенная лично ей, не показалась странной ни ее заму, ни переводчику.

— Нет ничего приятнее, чем угощать гостя незнакомыми ему деликатесами, — Сергей Александрович и сам отдавал должное угощенью. — Вообще гастрономическая тема, пожалуй, самая приятная в любой беседе, вы не находите?

— Я охотно согласился бы с вами, — Грациани немного подался вперед и, отвечая как будто бы на реплику Сергея Александровича, настойчиво глядел в глаза Екатерины Алексеевны, — но с недавнего времени есть тема, которая тревожит меня значительно больше. Эта тема человеческих взаимоотношений, тема любви.

— Ну, это предмет для обсуждения в среде молодежи и серьезных исследований наших литераторов, — Сергей Александрович благодушно покрутил перед собой зажатой в руке рюмкой и засмеялся. — В моем возрасте эта тема как-то отошла на второй план.

— Не зарекайтесь, господин Дмитриев, — Грациани перевел взгляд на него, но оставался все так же серьезен, — я старше вас, однако неожиданная встреча месяц назад перевернула всю мою жизнь.

— Э-э-э... Как говорят наши классики, любви все возрасты покорны, — несколько опешил Сергей Александрович от такой нежданной откровенности гостя.

— Нет ничего в жизни важнее хорошего вина и прекрасной женщины, — Грациани перевел взгляд на Екатерину Алексеевну и отсалютовал ей бокалом, — поэтому будет справедливо выпить бокал этого восхитительного вина за еще более восхитительную даму.

— С огромным удовольствием присоединюсь к вам рюмочкой водки, — подхватил обрадованный Сергей Александрович, которому показалось, что они уходят от странной темы, и тоже отсалютовал Екатерине Алексеевне.

— Господин Грациани, — Екатерина Алексеевна, которая прекрасно поняла, что тему еще не сменили, постаралась сделать это сама, — прежде чем мы перейдем к мясным закускам, попробуйте, пожалуйста, еще одно замечательное грузинское вино. На этот раз красное — «Хванчкара».

— Я не большой любитель вин, — Сергей Александрович налил в другой бокал нового вина, — но «Хванчкара» — продукт действительно выдающийся.

— Какой удивительный цвет у этого вина. — Грациани с удовольствием рассмотрел его на просвет, потом с таким же удовольствием принюхался к нему. — Запах густой, насыщенный. И с совершенно незнакомыми оттенками.

— Вряд ли вам приходилось его пробовать. — Сергей Александрович был горд, что они сумели удивить итальянца.

— Это вино не только составит конкуренцию лучшим винам Италии, но может оказаться абсолютным победителем! — воскликнул Грациани, отпив крошечный глоточек.

— Отдав должное вину, не забудьте попробовать эту белую буженину, — Екатерина Алексеевна указала кончиком своего ножа на блюдо.

— А это подарок дальневосточной тайги, — Сергей Александрович положил на свою тарелку изрядный кусок мяса. — Не смотрите, что оно такого темного цвета, это нежнейший окорок из медвежатины. Блюдо достаточно редкое и у нас.

— Это мясо медведя? — переспросил совершенно потрясенный гость.

— Да, да. Причем обратите внимание, — Сергей Александрович с улыбкой наблюдал, как гость осторожно отрезает себе маленький кусочек, — какой нежный аромат у этого мяса. Кроме специфического запаха дичины, который, конечно, хорошо вам знаком, легкий привкус каких-то трав. И ничего больше. Нам повезло, это ягодный медведь, он не ел рыбы. А часто после большой рыбалки, которую устраивают себе медведи, когда по рекам поднимается для нереста лосось, мясо их оказывается подпорчено рыбным запахом.

— Вы даже не можете себе представить, — прожевав не без удовольствия кусочек медвежатины, Грациани весело засмеялся, — как будут завидовать мне мои друзья-гурманы, когда я расскажу им, что пробовал в России мясо медведя.

— Как раз могу, я ведь уже говорил, что и у нас это довольно редкое блюдо. — Дмитриев баловался охотой и знал толк в дичине.

— Теперь, распробовав вкус мяса в чистом виде, попробуйте его с нашим старинным соусом, или приправой, — называйте, как хотите, — Екатерина Алексеевна показала на закрытый крышкой маленький соусник. — Это хрен, но будьте осторожны: он значительно крепче нашей водки.

— Какой пикантный, свежий вкус, — судя по тому, что, отведав кусочек медвежатины с хреном, гость еще раз наведался в соусник, приправа ему определенно понравилась.

— На горячее нам подадут блюдо, — Екатерина Алексеевна была счастлива, что Грациани увлекся обсуждением деликатесов, — которое вообще без хрена не едят.

— Поросенок под хреном, — Сергей Александрович подал знак метрдотелю, что можно подавать горячее, — блюдо чисто русской кухни, но думаю, вам это понравиться.

— Мне нравится все, что видят здесь мои глаза, — Грациани с улыбкой посмотрел на Екатерину Алексеевну, — мои ожидания меня не обманули.

— Ну, когда речь идет о гастрономических радостях, правильнее было бы сказать: все, что попало ко мне в рот, — хохотнул Сергей Александрович.

— Конечно, если мы говорим о гастрономических радостях, — засмеялся Грациани.

— А разве мы не о них говорим? — удивился сбитый с толку Сергей Александрович.

— Вообще-то я это в более широком смысле, — опять засмеялся Грациани.

— Ну, разве что... — Сергей Александрович внимательно посмотрел на гостя, отчего у Екатерины Алексеевны сердце ушло в пятки.

— Однако вот и наш поросенок под хреном, — обрадовалась она не столько смене блюд, сколько возможности сменить в очередной раз тему.

— Да-с, молочный поросенок — блюдо самое что ни на есть русское, — Сергей Александрович задумчиво наблюдал, как официант нарезает на тонкие ломтики принесенного поросенка и раскладывает его по тарелкам.

— Господин Грациани, — Екатерина Алексеевна, видя эту его задумчивость, поспешила продолжить разговор, — а какое блюдо вашей кухни можно назвать самым итальянским?

— Ну, это совсем просто, — ответил за гостя Сергей Александрович, чем бесконечно обрадовал Екатерину Алексеевну, которая поняла, что последний все-таки отвлекся от своих, как ей казалось, опасных мыслей. — Конечно, макароны!

— О, итальянцы любят хорошо поесть и умеют приготовить себе удовольствие. — Грациани и сам почувствовал, что чуть было не перешел границы дозволенного, и теперь говорил оживленно и глядя только на Сергея Александровича. — У нас очень разнообразная кухня. Когда вы приедете в Италию, я с удовольствием устрою для вас знакомство с ней.

— Ловлю вас на слове, — Сергей Александрович попробовал поросенка и с видом знатока удовлетворенно покивал головой. — Однако, совершенно восхитительное блюдо! Многие считают его жирным, но это не так. Мясо молочного поросенка совсем лишено жира — так, мягкая шкурка да нежные хрящики.

— Действительно, очень тонкое и необычное блюдо. Русская кухня полна сюрпризов, — Грациани попробовал поросенка и теперь с удовольствием запил его «Хванчкарой».

— Екатерина Алексеевна, что ж вы ничего не едите? — Сергей Александрович забеспокоился, все ли он делает правильно.

— Для меня это слишком обильный ужин, — успокоила его Екатерина Алексеевна. — Я бы уже с удовольствием выпила чаю. Мы здесь, в Москве, большие любители чая. Впрочем, быть может, наш гость захочет выпить кофе?

— Благодарю вас. — Грациани пытался загладить свою опрометчивую вольность. — Я хочу научиться вести себя так, как принято здесь, в Москве, поэтому вместе со всеми буду пить чай.

— Ну что ж, чай так чай, — Сергей Александрович подал знак официантам убрать со стола.

— Чай для нас продукт, полностью импортируемый. Но тем не менее толк мы в нем знаем. Мы закупаем и цейлонский, и индийский чай. Чаще пьют его в чистом виде, но иногда заваривают с мятой или чабрецом. Впрочем, это на любителя. — Екатерина Алексеевна, рассказывая о чае и понимая, что вечер подходит к завершению, немного расслабилась от того напряжения, в котором провела весь вечер.

— Мы тоже пьем чай, часто добавляя пряные травы. — Грациани поддерживал разговор совершенно с невинными интонациями, но взгляд его, завороженно застывший на лице Екатерины Алексеевны, совершенно не соответствовал тому, о чем он говорил. И это несоответствие настолько бросалось в глаза, что Екатерина Алексеевна снова почувствовала беспокойство.

— Наши конфеты очень отличаются от тех, к вкусу которых вы привыкли. — Екатерина Алексеевна указала на вазу с конфетами. — Однако «Трюфели» и «Грильяж» должны, как мне кажется, понравиться вам.

— Я, честно говоря, предпочитаю «Мишку». — Сергей Александрович развернул конфету и с удовольствием положил ее в рот.

— О, я очень люблю горький шоколад. — Грациани послушно попробовал «Трюфель» и теперь запивал его крепким чаем. — Госпожа Фурцева оказалась совершенно права, ваш «Трюфель» мне понравился так же, как и все, чем меня сегодня угощали. Ваша кухня исключительно разнообразна и во всех проявлениях великолепна. Еще раз повторюсь, но считаю себя обязанным ответить при случае такой же дегустацией итальянских блюд.

— Будем надеяться, что у нас будет возможность оценить их. — Екатерина Алексеевна дотронулась накрахмаленной салфеткой до уголка губ и положила ее на стол, давая понять, что трапеза окончена. — Сегодня у господина Грациани был тяжелый день, а завтра нас всех ждет серьезная работа, так что будет разумным отправиться всем на покой.

Она поднялась из-за стола, и Сергей Александрович поспешил отодвинуть ее стул. Все раскланялись.

Грациани, целуя на прощание руку Екатерине Алексеевне, все-таки не удержался от якобы дежурного комплимента.

— Уверен, что ваш день был не менее насыщен, чем мой, но вы свежи и прекрасны, как утренняя роза, — произнес он, глядя ей в глаза.

— Это оттого, что я рада видеть вас в Москве, — Екатерина Алексеевна сделала едва заметную паузу, наслаждаясь волнением Грациани, которое проступило на его щеках чуть заметным румянцем, — и предвкушаю нашу завтрашнюю встречу в уверенности, что мы сможем найти решение всех проблем.

Все опять церемонно раскланялись.

Екатерина Алексеевна в сопровождении Сергея Александровича направилась к выходу, а Грациани с переводчиком — в номер.

У входа в гостиницу на свету, не торопясь, кружились крупные хлопья снега. Вокруг все сверкало и переливалось чистым многоцветным ковром. Было явно меньше десяти градусов, а в безветрии казалось еще теплее. По проезжей части, черной от раскатанного подтаявшего снега, осторожно спускались по улице Горького в сторону Кремля редкие заснеженные машины. После замкнутого помещения ресторана дышалось легко. Хотелось пройтись пешком, но, во-первых, было уже поздно, а во-вторых, на Екатерине Алексеевне были туфельки на каблуках, в которых даже в такую чудную погоду по улице все равно идти было нельзя. Задержалась у машины, вдыхая пряный от морозца воздух, и со вздохом сожаления села на заднее сидение. Сергей Александрович, тоже молчаливый и разнеженный сказочной погодой, захлопнул за ней дверцу и сел на переднее сидение.

— Ну что ж, завтра в бой, — довольно уныло произнес он, вдруг поняв, что устал, и что в бой идти явно не хочется.

— Что-то мне говорит, что бой будет не кровавым, — Екатерина Алексеевна хохотнула, вспоминая завороженный взгляд Грациани.

Она повела плечами, ощущая только приятное возбуждение вместо ожидаемого утомления, которое, казалось бы, должно было появиться в конце такого длинного и бурного дня. Если честно, призналась она сама себе, возбуждение было следствием не только присутствия Грациани, но и предвкушения завтрашней серьезной и кропотливой работы. Она любила решать сложные задачи. Это была такая захватывающая игра, в которой побеждал тот, кто быстрее соображал, владел наиболее полной информацией, мог оперировать большим количеством понятий, мог распоряжаться человеческими ресурсами и значительными финансовыми средствами. У нее было все. У нее была власть, позволяющая ей играть в эти игры с удовольствием, и даже, можно сказать, с упоением. А теперь еще эта безумная страсть, закрутившая ее и Грациани в такой путаный клубок, который, казалось бы, невозможно расплести никогда. Да и надо ли его распутывать? Это же просто замечательно, что их отношения как будто зависли на первой ступени и в силу самых различных обстоятельств не могут двинуться дальше. Раньше она спешила всегда и во всем и только теперь вдруг поняла, что можно получать удовольствие от процесса.

Екатерина Алексеевна опять сладко повела плечами. Чудесный день ждет ее завтра — чудесная работа и чудесный Грациани, который будет смотреть на нее восторженными глазами и с удовольствием помогать распутывать все проблемы. Нет, жизнь определенно удалась. Она очнулась от своих приятных размышлений, только когда машина остановилась у ее подъезда. Сергей Александрович вышел и открыл дверцу для Екатерины Алексеевны. Пару минут они постояли, наслаждаясь морозным и каким-то хрустящим воздухом, потом распрощались, и Дмитриев уехал.

Екатерина Алексеевна все не могла заставить себя войти в подъезд. Притоптывая и похлопывая туфелькой о туфельку, стояла она на тротуаре, совсем одна в этом плывущем в снегу городе. Разноцветные окна светились на фоне потерявших контур домов и тоже, казалось, уплывали в мерцающую, волшебную ночь. Деревья, все облепленные мягкими белыми хлопьями, праздничные и пушистые. Екатерина Алексеевна запрокинула голову и простояла так еще немного, ощущая, как на ее теплой коже тают снежинки и стекают по лицу тонкими щекочущими капельками. Она счастливо улыбалась, безмятежно наслаждаясь покоем и отрешенностью ото всех дел и забот, и только почувствовав, что ноги ее окончательно застыли, с сожалением, медленно побрела к подъезду.

Глава 16

Утром, едва проснувшись и еще не открыв глаза, она ощутила себя бесконечно счастливой. Испугалась вдруг, что это ощущение растает, если она откроет глаза, и, зажмурившись, пыталась зацепиться за ускользающую мысль, которая, как ей казалось, и несла в себе это ощущение. Потом внезапно сердце ее подпрыгнуло и забилось «Гра-ци-а-ни»! Весь вчерашний день вспомнился как-то сразу со всеми маленькими понятными только ей и Грациани нежностями. «Меня волнует и тревожит тема любви»... «Встреча, которая произошла месяц назад, перевернула всю мою жизнь»... «Меня радует все, что видят мои глаза»... «Вы свежи и прекрасны, как утренняя роза»... Екатерина Алексеевна открыла глаза и, глядя на разгорающееся голубизной чистое небо за окном, засмеялась, замурлыкала тихонько, потягиваясь в постели. Потом блаженно замерла, расслабившись. Вдруг она вспомнила, какой день ждет ее сегодня. Ее захлестнула жажда деятельности и, откинув одеяло, она вскочила на ноги, полная сил и предвкушения радости. Быстренько

переоделась в спортивный костюм и, открыв в трениро-
вочной комнате окно навстречу едва наметившемуся
солнечному рассвету, принялась за ежедневную гимнастику.

Она выполняла наклоны, приседания, растяжки, полностью выкладываясь, не спеша, наслаждаясь самим движением, с ощущением блаженства до упора растягивая
и сжимая каждую мышцу. Казалось, она может весь день
провести в этом упоительном нарастающем потоке без-
мерного счастья. Через час, нисколько не устав, чувствуя
только, каким ловким и молодым стало ее тело, Екатерина Алексеевна, сделав несколько глубоких вдохов и вы-
дохов, закрыла окно.

Массажистка, уже пришедшая и напившаяся чаю
с горничной Натальей Степановной, вошла, потирая руки, чтобы хорошо их прогреть перед сеансом. Екатерина
Алексеевна легла на массажный стол и с блаженной
улыбкой закрыла глаза. Она так расслабилась, что ма-
лейшее движение массажистки без усилия заставляло ее
тело качаться и будто переливаться внутри упругой
и теплой кожи. Екатерина Алексеевна старалась не про-
пускать гимнастику и массаж никогда. За редчайшим ис-
ключением. Сегодня ей показалось, что сеанс был слишком коротким. Она готова была лежать так без мысли,
без чувства времени, утопая в чисто физическом ощущении счастья бесконечно. Но, разнеженная, все-таки осторожно села и, спустив со вздохом ноги со стола, отправилась в ванную. Долго стояла под горячим душем, потом
переключила на холодный, и только ощутив, что кожу
стянуло, выключила воду. Растерлась жестким полотенцем и с удовольствием длинными тягучими движениями
стала оглаживать себя, втирая пахнущий ландышем крем
из большого матового флакона, который привезла из
Италии. Даже эта последняя маленькая деталь — то, что
крем итальянский, — приобретала сегодня особый, вол-
нующий смысл, дополняла ее ощущение счастья новыми
гранями. Она любила свое тело и любила ухаживать за
ним. И сегодня, разглядывая себя в большом зеркале, она

даже больше, чем обычно, была внимательна и придирчива. Провела руками по груди, по бедрам, покрутилась, изгибаясь и вытягивая шею. Нет, она была в полном порядке. В абсолютно полном порядке.

Екатерина Алексеевна, вполголоса напевая «Утро туманное», совершенно не подходящий к случаю романс, накинула белый махровый халат и пошла на кухню с ощущением, что это прекрасное утро будет длиться вечно. Поздоровалась с Натальей Степановной, неспешно, все еще мурлыча себе под нос, уселась за стол. Намазала небольшой хлебец апельсиновым джемом, налила себе в чашку свежего чая и принялась завтракать. Откусывая по маленькому кусочку, старательно прожевывала, смакуя чуть горьковатый вкус джема и наслаждаясь хрустом хлебца, не торопясь, запивала не крепким, но терпким и душистым цейлонским чаем.

Время остановилось, и каждая минута превратилась в самодостаточную величину. Все, что сегодня делала Екатерина Алексеевна, было наполнено каким-то особым тайным значением, неведомым ей самой, но требующим уважения и, может быть, даже поклонения. Она выполняла весь утренний ритуал не для того чтобы, а потому что это было важно само по себе. И эта мысль не показалась ей смешной или странной. Каждая минута человеческой жизни важна, так как она неповторима, драгоценна. Как она раньше не понимала этого? Нужно было прожить такую длинную бурную жизнь, и только встретив Грациани, вдруг научиться ценить ее. Почему? Ведь, собственно говоря, они даже не обменялись ни одним словом впрямую. Так, несколько фраз с подтекстом, понятным только им двоим. Откуда же это ощущение единения с ним? Что такое человеческие взаимоотношения? На чем они основаны? Почему она так счастлива, как не была счастлива никогда? Как он смог изменить ее отношение к жизни? Как-то же ему удалось научить ее жить не впопыхах, а блаженствовать каждую минуту бытия. Впрочем, трезво рассудила Екатерина Алексеевна, быть может, это влияние момента. Но очень разумное и благотворное влияние. Как бы то ни было, ощущение счастья, праздничного возбуждения и, как ни странно, душевного покоя связано сейчас для нее с этим человеком. Даже сам факт его присутствия — нет, не в Москве, а в ее жизни вообще — делал эту жизнь значимей. Наверное, сила его натуры пробивает какую-то брешь в материальном мире, и она, впервые поддавшись чужому влиянию, сливаясь с ним, начинает смотреть на себя его глазами. Не исключено... Хотя и довольно туманное объяснение. Впрочем, опять остановила она себя, нужны ли вообще какие-нибудь объяснения? Что за неуместная жажда бесконечного анализа! Изучить — проанализировать — сделать выводы — принять решение. В этой бессознательной, но железной закономерности выражен весь ее характер. Может быть, впервые ей на самом деле не хотелось анализировать и делать выводы. А меньше всего хотелось принимать решения. Тем более что, если задуматься, никакое принятие решений просто невозможно. Их отношения не могут вылиться ни во что, скажем так, материальное. Они изначально бесперспективны. Не исключено, что именно это и делало их такими волнующими. Радость в чистом виде. Так что все эти рассуждения на самом деле не имеют никакого значения. Самое главное — она счастлива. Безмерно счастлива.

Екатерина Алексеевна еще раз полюбовалась ощущением своего полного умиротворения и отправилась в спальню, где ее ждала самая приятная часть ежеутренних сборов — выбор туалета.

Иногда Екатерина Алексеевна подсмеивалась над собой, говоря, что ее серьезное отношение к туалетам — компенсация за мужской склад ума. Но на самом деле она прекрасно понимала, что даже эта, казалось бы, исключительно женская страсть служила всего лишь еще одним инструментом ее личной борьбы за свободу. Увы, ее туалеты были не целью, а только средством. Она любила повторять и дочери, и теперь внучке: надо быть сильной — значит, дисциплинированной во всем. А серьезное, осмысленное отношение к внешнему виду дисциплинирует. Ну, и если уж быть до конца честной с самой собой, эта страсть доставляла к тому же и немало удовольствия. Екатерина Алексеевна прекрасно помнила еще те времена, когда она сама шила себе практически всю одежду. И была, подумала она с гордостью, всегда одета с выдумкой и со вкусом. Потом появились деньги, и она могла позволить себе шить платья и пальто у портних. Уже став членом Политбюро, она получила возможность заказывать туалеты в ателье на Кутузовском в 24-м доме, где одевалось руководство страны и где все еще продолжает это делать. Сама же она с подачи своей подруги Нади Левже вот уже лет пять как освоила парижские модные салоны, и после недолгих колебаний остановилась на Ланвене. Теперь она одевалась только у него и выгодно, надо признаться, отличалась ото всей московской верхушки. Она это понимала и поддерживала реноме модницы. С одной стороны, это давало определенные преимущества при выездах за границу: ее там охотно принимали как европейскую женщину, с другой — всегда надо самой выбирать и предоставлять какой-то повод для досужего обсуждения, а этот повод, пожалуй, самый невинный.

Открыв платяной шкаф, Екатерина Алексеевна задумалась, глядя на аккуратно развешанные и приготовленные к выходу туалеты. Грациани еще не знает, что ее любимый цвет синий, и этот цвет не успел стать для него привычным, поэтому можем позволить себе что-нибудь любимое и уже известное всем. Но не ему. А одеваться мы будем, естественно, для Грациани. Екатерина Алексеевна задумчиво помахала рукой над висящими в шкафу плечиками и после некоторого раздумья сняла один из туалетов. Подержала на весу перед глазами, повернула к свету, немножко покрутила перед собой. Василькового цвета костюм с жакетом в талию из тончайшей шерсти был бы слишком строг, если бы не легкие воланы на рукавах в три четверти и вокруг довольно открытого выреза. Пожалуй, это то, что подходит к случаю: строго и в то же время необычайно женственно. Приложила к себе и покрутилась перед зеркалом. Глаза и волосы сразу же впитали синий цвет и преобразили ее тонкое лицо с прозрачной кожей, сделав его еще более нежным и загадочным. Очень хорошо.

Отложив костюм на кровать, Екатерина Алексеевна надела кружевное черное французское белье и взяла с трюмо флакон французских же духов «Арпеж» с мягким волнующим ароматом, которые предпочитала всем остальным. Дотронулась совсем слегка до сгибов на руках, потом за ушами и чуть-чуть побольше до ложбинки на груди. Помахала пробочкой у себя перед носом и, закрыв глаза, глубоко вдохнула приводящий ее в состояние праздничного возбуждения аромат. Открыла глаза и заглянула в них, совсем приблизив лицо к зеркалу. Там бродил голубой зовущий туман. Тихонечко засмеялась, закрыла флакон и поставила его на трюмо. Потом села на пуфик и уже совершенно серьезно занялась прической. Пушистые волосы, легко и привычно закрученные и прижатые шпильками, улеглись мягким ореолом вокруг лица. Выпрямив спину, покрутила головой. Шарман. Немного туши на ресницы и легкий мазок прозрачной помады. Так, просто чуть-чуть оттенить и без того яркие сегодня глаза и губы. Осторожно, чтобы не испортить прическу, надела костюм, достала синие лаковые лодочки на высокой шпильке и, надев их, встала перед зеркалом в полный рост. Придирчиво осмотрела себя, поворачиваясь и так и эдак, повела плечами, сама себе надменно поклонилась одной головой. Подняла картинно руку и дотронулась до волос почти прозрачными пальцами. Волан, как она и ожидала, легко соскользнул, обнажив руку почти до локтя и подчеркнув и без того тонкое запястье. Теперь она была совершенно готова к выходу. Взглянула на часы: пора выходить.

И тут ее вдруг буквально затрясло от волнения. Она вся вспыхнула, яркий румянец выступил на щеках и даже прокрался на шею. Екатерина Алексеевна с испугом поняла, что спокойствие ее и умиротворение, которыми она так опрометчиво и безмятежно любовалась все утро, были только кажущимися, и вот теперь, когда она наконец использовала все возможности оттянуть время перед встречей с Грациани, безнадежно рухнули. Она трясущимися руками кое-как собрала сумочку. Уже прощаясь в прихожей с Натальей Степановной и надевая шубку, Екатерина Алексеевна никак не могла собраться с мыслями, ей все время казалось, что она что-то забыла. Что-то очень важное. В лифте она даже решила было вернуться, но так и не вспомнила зачем.

Помахав приветственно рукой сидящей в своей конторке вахтерше, Екатерина Алексеевна отворила тяжелую дверь подъезда и замерла на блистающем в первых лучах солнца, засыпанном ночным снегом тротуаре. Морозный воздух остудил ее пылающее лицо, защекотал в носу и, проникнув в легкие, будто бы слегка смирил ее безумное волнение. Она немного постояла, разглядывая с изумлением сверкающие снегом деревья, прекрасные и неожиданные, как подарок, приготовленный судьбой лично для нее. Какой замечательный, какой великолепный день разгорался в путанице московских улиц. Восхитительное, блаженное чувство любви ко всему и ко всем зрело в ее груди и готово было выплеснуться наружу. Екатерина Алексеевна засмеялась безмятежно и беззастенчиво. Молодой человек в черной куртке и лохматой шапке, перебегающий улицу по хрупкому снежку, удивленно оглянулся на нее. Екатерина Алексеевна помахала ему рукой и засмеялась совсем громко, когда он от неожиданности поскользнулся и чуть не упал. Тот, оглядываясь, надулся, нахмурился, но, вглядевшись в ее румяное и счастливое лицо, засмеялся и уже с другой стороны улицы тоже помахал ей рукой. Чудесный, чудесный день!

Водитель стоял у машины, распахнув дверцу, и тоже смеялся, захваченный ее настроением. Она пробежалась до машины, скользя в своих туфельках, и, подлетев, уцепилась за протянутую руку.

— Доброе утро, Екатерина Алексеевна. Какой сегодня чудесный день, — сказал он, будто подслушав ее.

— Да, да. Именно чудесный! — Екатерина Алексеевна села в машину и, едва она тронулась, блаженно вздохнула и стала думать о том, что ее ждет.

Вот сейчас, буквально через полчаса, она войдет в свой большой светлый кабинет, где будут ждать ее приятные ей люди, вместе с которыми она будет заниматься интересной, понятной до мелочей работой, а напротив нее будет сидеть Грациани. Сердце ее сжалось от предвкушения встречи с ним. Даже голова немного закружилась. И они будут заняты общим делом, требующим внимания и сосредоточенности. Будут серьезны и сдержанны, но внутри и он, и она, ощущая присутствие друг друга, будут бесконечно счастливы. Какой чудесный день ждет ее сегодня!..

Весь день прошел именно так, как она и ожидала. Закончили обсуждение в четыре часа и, возбужденные удачным течением переговоров, в том же составе опять поехали ужинать в ресторан, но на этот раз в «Москву». Поужинали наскоро, все время продолжая разговор, начатый в кабинете. Расстались, чтобы переодеться и немного отдохнуть, и договорились, что переводчик привезет Грациани в Большой прямо к спектаклю. Дмитриева Екатерина Алексеевна в театр не пригласила, да он, надо признаться, и не очень-то рвался.

Она ехала домой, чувствуя необременительную усталость и с удовольствием припоминая какие-то мелочи сегодняшнего дня, которые ласкали ее то ли женское, то ли чисто деловое тщеславие. Переговоры шли легко, с заметным желанием сторон идти на уступки. Екатерина Алексеевна самодовольно улыбалась, вспоминая, как без задержки, почти мгновенно решала она встающие перед ними проблемы. Все-таки до чего же приятно ощущение собственного могущества! Она даже не чувствовала стеснения, называя про себя вещи своими именами. Ей казалось, что в таком состоянии подъема, когда мозг работает почти как машина, не дающая сбоев, она может работать круглые сутки, не утомляясь, не чувствуя раздражения. И Грациани! Какое блаженство, подняв глаза от бумаг, лежащих перед ней на столе, вдруг наткнуться на его какой-то удивленный и восхищенный взгляд. Сердце сладко замирало на секунду, но это не расхолаживало, не отвлекало, а наоборот, подстегивало способность анализировать и находить оптимальное решение очередной проблемы. Это как игра в лаун-теннис, которой она в последнее время увлеклась всерьез, когда играешь с сильным противником не на поражение, а развлекаясь, с единственной целью — как можно дольше продержать мяч на площадке. Проблема, как мяч, зависает над тобой на долю секунды, мгновенная концентрация, и мозг, как хорошо натянутая ракетка, отбивает уже готовый ответ. Мяч — удар, мяч — удар. Грациани сильный противник. За весь день ни он, ни она ни разу не упустили мяч, ни одна проблема не зависла, не упала на площадку нерешенной.

Екатерина Алексеевна потянулась и, расслабившись, откинула голову на спинку сидения. Замечательно! Счастливый день. А вечером… У нее стянуло кожу, и по всему телу пробежала легкая дрожь. Вечером они будут одни в ложе. В голове зазвучали почему-то не праздничные колокола, которые были бы вполне уместны к случаю, а глухие, угрожающие голоса жрецов: «Ра-да-ме-е-с! Ра-да-ме-е-с!» Но они не пугали ее, а тщетно предостерегали от чего-то, что она все равно сделает, совершит. Что? Она не знала этого, но ждала с замиранием сердца, с пересохшими губами.

Водитель лихо затормозил у подъезда. Екатерина Алексеевна, коротко взглянув на часы, сказала ему, что будет через сорок минут, и быстро вышла, не дав тому возможность открыть для нее дверь. Скорым шагом дошла до подъезда, пролетела фойе, лифт тащился непозволительно медленно. Она стояла в нем, опершись о стенку, и раздраженно постукивала ноготками по металлической панели. Наконец дверь открылась, и через секунду она уже была дома. Сбросила шубку на руки подоспевшей Наталье Степановне, скинула, не останавливаясь, туфли. На ходу, легко подпрыгивая на одной ноге, сняла с себя костюм, бросила его в гостиной на диван. В спальне быстренько освободилась от белья и, пройдя в ванную, надела шапочку и включила на всю мощность душ. Не то чтобы она сознательно спешила, но буквально распиравшая ее энергия душила, искала выхода. Стоя под теплыми, бьющими по телу острыми струйками, она чувствовала, как постепенно затихает лихорадочное возбуждение, как замирает в ней ощущение внутреннего бега. Несколько раз ее передернуло — видимо, нервная система сбрасывала лишнее напряжение.

Минут через десять кожа разогрелась, мышцы расслабились, и Екатерина Алексеевна, умывшись, выключила воду и уже спокойно, не спеша, стала обтираться пушистым полотенцем. Взяла немного крема на руки и слегка пробежалась по телу ладонями. Накинула, не запахиваясь, халат и прошла в спальню, на ходу крикнув Наталье Степановне, чтобы та приготовила стакан черносмородинового сока. Открыла шкаф и задумалась на секунду, что же надеть. Впрочем, она прекрасно это знала. Конечно, сине-фиолетовое муаровое вечернее платье, в котором она была в «Ла Скала» с Грациани. И хотя, с одной стороны, было не совсем прилично дважды надевать один и тот же туалет по одному и тому же случаю в одной и той же компании, с другой — в этом-то и была вся прелесть. Екатерина Алексеевна представила, какое лицо будет у Грациани, когда он увидит ее в этом платье! Она засмеялась про себя и, достав плечики с платьем из шкафа, осторожно положила его на кровать. Отошла на два шага, полюбовалась переливами ткани и вдруг замерла, пораженная неожиданной мыслью.

Как странно, ведь они видятся всего-то третий день: тогда, в Милане, они провели быстрые переговоры, а вечер — в театре, и сейчас день они провели в переговорах и закончат его в театре. Нет, они еще мельком виделись в аэропорту, когда она улетала из Италии. А в этот раз все началось в аэропорту. Потом ужин в «Национале». И все. А у нее ощущение, будто прошла целая жизнь, будто они знакомы много лет. Она знала все об этом человеке! А что, собственно, она о нем знала? Ей вдруг стало страшно. Ну, не сумасшедшая ли она? С какой стати она пребывает в такой эйфории? И чему она радуется, как ребенок, не ведающий ни прошлого, ни будущего? Она сжала зубы и вскинула голову, раздраженная одновременно и своим легкомыслием, и тем, что непрошеные мысли выдернули ее из радостного благодушия. В конце концов, она обязана сопровождать гостя и обеспечивать культурную программу для него. Так что нечего тут рассуждать и разбираться.

Рывком она сбросила халат, надела трусики и бюстгальтер на тоненьких лямках, колготки и достала из шкафа черные замшевые туфли. Безрадостно надела платье, туфли, поправила прическу и автоматически надушилась. С хмурым лицом прошла в кухню, отпила немного сока и вышла в прихожую. Взяла в руки шубу и, взглянув на часы, обнаружила, что она собралась раньше времени. Это почему-то окончательно ее расстроило. Она вернулась в гостиную, села в кресло с шубой в руках и бессмысленно уставилась на большие напольные часы, стоящие в углу и равномерно, как секирой, размахивающие маятником. Ужасно. Ей ужасно не хотелось идти в театр. Она сама безнадежно испортила себе настроение и теперь никак не могла взять себя в руки, найти какое-то разумное объяснение своему раздражению и даже тоске.

Что же произошло? Ну не знает она его, ну и дальше-то что? Можно подумать, что ее силой выдают замуж! Она хмыкнула от неожиданного поворота мысли. Действительно, что за повод удариться в такое отчаяние? Уж не боится ли она этой встречи, которую так предвкушала? Она почувствовала, как загорелись у нее щеки. Этого еще только недоставало! Тоже мне, девочка-подросток. Зло вскочила, накинула шубу и быстро вышла из квартиры. Захлопнув с грохотом дверь, остановилась, пораженная собственной выходкой. Однако надо все-таки взять себя в руки. Застегнулась аккуратно и, принципиально не спеша, вошла в подошедший лифт. Внизу остановилась у вахтерши, поинтересовалась здоровьем, делами.

Вышла из подъезда, подождала, когда увидевший ее водитель выйдет из машины и откроет ей дверь. Села на заднее сидение и подобрала ноги. Как-то ее зазнобило. Нет, она определенно боится увидеться с Грациани наедине, как запланировала, и оттого все ее метания и дурное настроение. Странно, как выкручивается сознание из им же самим и устроенных ловушек. Ведь еще полчаса назад она была бодра и весела, а сейчас поникла, глаза, наверное, потухшие, и лицо обвисло. Ей это надо? Ну что терзать себя попусту? Все равно ведь сейчас она увидит его и… А пусть все будет, как будет. Ее немного отпустило.

За окном пробегали почерневшие, потерявшие свой утренний белый и пушистый ореол деревья. Чурсина она не предупредила, что будет вечером в театре, так что он, не ожидая важных гостей и утомившись за сегодняшний день от напряжения, в котором пребывал все время переговоров, скорее всего уже ушел, а его зама она невежливо не пригласит в ложу. Переводчику она еще за обедом сказала, что вечером он может быть свободен. Так что никто не помешает им с Грациани вести свой безмолвный разговор. Пусть он сам выбирается из трудного положения, в которое попал, не ведая того, из-за ее дурного настроения.

Водитель привычно остановил машину у 16-го подъезда, и Екатерина Алексеевна, раздевшись внизу и предупредив, что ждет гостя, поднялась прямо в директорскую ложу — ей хотелось побыть одной. Никто, естественно, не задал ей ни одного вопроса. В зале уже горела большая люстра, и немногочисленные пока зрители утопали в море вишневого бархата и позолоты. Оркестранты в своей яме тихонько пиликали вразнобой, и ее, как всегда в театре, захватила атмосфера предпраздничного ожидания. Волнение потихонечку разгоралось в ней, но все еще подпорченное недавней вспышкой душевного разлада. Какая-то чудесная и бесконечно мудрая мысль посетила ее сегодня утром… Да, о бесперспективности развития ее отношений с Грациани. Они могут провести много прекраснейших, упоительных минут, часов, находясь рядом, — и не быть вместе. Радоваться предстоящим свиданиям — но никогда не шагнуть дальше тайной влюбленности. Утром эта мысль даже вдохновляла ее и радовала. Впрочем, и сейчас она казалась ей вполне разумной. Хотя и немного раздражала. Чертов характер бунтовал, не признавая полумер и полурешений.

Сзади абсолютно беззвучно открылась дверь, только потоком теплого воздуха привлекая к себе внимание. Екатерина Алексеевна напряглась и обернулась, ожидая увидеть Грациани.

— Екатерина Алексеевна, что же вы не предупредили, что собираетесь приехать в театр? — Чурсин был явно встревожен.

— Не хотелось беспокоить вас, — с трудом управляя голосом, нашлась она, чувствуя, как разочарование буквально обрушилось на нее, и только сейчас осознав, с каким нетерпением вопреки своему раздерганному душевному состоянию она ждала свидания с Грациани.

— Я чуть было уже не ушел, хорошо, дежурная успела меня перехватить, — все еще не мог успокоиться тот.

— Александр Анатольевич, да вы идите домой, день был такой тяжелый, а вам еще надо к завтрашнему готовиться, — сделала Екатерина Алексеевна попытку спровадить его, понимая заранее, что она обречена на неудачу.

— Да что вы! Мало ли что. Министр в театре, а директор пошел домой, это кому рассказать, — хохотнул он, уже придя в себя.

— Добрый вечер, — в дверях стояли Грациани и переводчик, незаметно вошедшие в ложу.

— Добрый вечер, господин Грациани. Добрый вечер, Владислав Сергеевич, — Екатерина Алексеевна даже как будто испугалась, увидев Грациани так неожиданно.

— Екатерина Алексеевна, — переводчик прекрасно помнил, что его обещали отпустить на вечер, но готов был принести себя в жертву, — если нужно, я могу остаться.

— Это было бы замечательно, — смирилась та, понимая, что, во-первых, при Чурсине все равно не получилось бы уединения, во-вторых, было бы трудно объяснить последнему, почему, собственно говоря, гость остался без переводчика.

— Екатерина Алексеевна, быть может, чаю или кофе? — Чурсину хотелось выглядеть хорошим хозяином.

— Благодарю, ничего, — Екатерина Алексеевна коротко взглянула на Грациани, который с интересом разглядывал уже полностью заполненный публикой зрительный зал.

— Господин Грациани, как вам нравится зрительская часть? — Чурсин тоже наблюдал за гостем.

— Великолепно. Просто великолепно. — Грациани энергично закивал головой. — Мне давно хотелось побывать в Большом театре, и я абсолютно счастлив, что наконец моя мечта осуществилась.

— Завтра мы, конечно, не успеем, но послезавтра, с разрешения Екатерины Алексеевны, я готов провести самую подробную экскурсию по всей закулисной части. — Чурсин хотел сказать еще что-то, но погас свет, и зал уже приветствовал дирижера.

Захваченные увертюрой, все замерли и какое-то время полностью отдавались звучанию музыки. Только когда роскошная сцена избрания Радамеса в первой картине достигла своего апогея, Екатерина Алексеевна, чуть повернувшись, взглянула на Грациани. Тот сидел, слегка склонив голову, и будто исподлобья смотрел на сцену. Казалось, он совершенно поглощен спектаклем, но, почувствовав взгляд Екатерины Алексеевны, повернулся в ее сторону. Секунду или две они в упор смотрели друг на друга широко открытыми глазами, стремительно погружаясь в темный водоворот расширенных зрачков. Чурсин с другой стороны от Грациани и переводчик, сидящий чуть сзади от него, будто притянутые вихрем энергии этого водоворота, тоже повернулись в их сторону. Екатерина Алексеевна с трудом отвела глаза и невидяще уставилась на сцену. Внутри у нее все дрожало, и она не сразу справилась с прерывающимся дыханием. Она даже не сразу испугалась. Только через какое-то время у нее в ушах перестало шуметь, и она услышала прекрасную мелодию светлой молитвы Аиды. Она даже увлеклась на мгновение течением мелодии, но в следующую минуту вдруг осознала, как выглядела вся эта мизансцена в ложе. Вот тут-то она наконец испугалась. Не хватало еще, ко всему прочему, этих проблем. Впрочем, все переглядывания заняли всего несколько секунд, и скорее всего сейчас свидетели раздумывают, не померещилось ли им. Теперь главное не засуетиться и удержаться от желания проверить, какое впечатление на них произвела вся эта картина. Екатерина Алексеевна, выпрямив спину и чуть вскинув подбородок, не отрывала взгляда от сцены. Она просидела так первых два акта.

Когда отзвучал полный тоски и отчаяния дуэт Аиды и Радамеса, и зрительный зал разразился аплодисментами и криками «браво!», а Екатерина Алексеевна со светской сдержанностью несколько раз негромко похлопала сложенными лодочкой ладонями, только тогда она оторвала, будто нехотя, взгляд от сцены и посмотрела на своих соседей по ложе. Даже если у кого-то и были какие-нибудь недоумения или подозрения, к этому времени все они рассеялись и забылись. Только выразительные большие глаза Грациани были сумрачны и печальны. В антракте Чурсин заказал шампанского, и все выпили немного. Екатерина Алексеевна, отпив пару глотков, отставила свой бокал, но была необычайно весела. Ее, казалось, забавляли остроумные рассказы Чурсина о трудностях постановки «Аиды», но на самом деле она еле сдерживала неуместный, в общем-то, смех, который вскипал в ней при взгляде на трагически опущенные уголки рта Грациани. И в то же время ей было ужасно жалко его, но она ничего не могла сделать, чтобы утешить.

Екатерина Алексеевна очень любила полное очарования оркестровое вступление к третьему акту. Она, как всегда, поддалась его прозрачному звучанию и даже забылась слегка, следуя за безмятежными напевами любимого ею романса Аиды. Но потом мысли ее незаметно оторвались от развития сюжета, и, хотя слух все еще был в плену звучащих голосов, сама она пыталась разобраться в сумятице мыслей и настроений, которую вызывал в ней сидящий рядом Грациани, чей жесткий профиль она могла бы увидеть, если бы немного скосила в темноте глаза.

Все недавние мысли, так расстроившие ее, ушли куда-то, и осталось только теплое радостное понимание необыкновенной близости с этим большим, умевшим так по-детски огорчаться человеком. Нежность затопила ее. Нежность и доверие, безмятежная уверенность в его ясно ощущаемой силе, которая никогда не будет направлена против нее и которая никогда не оставит ее без защиты. Не то чтобы она представляла какие-нибудь конкретные ситуации, в которых могла бы проявиться его добрая воля по отношению к ней. Нет, скорее это была бессознательная уверенность в своей безопасности, которой в последнее время, что тут скрывать, совершенно не было. На вершинах власти никто не может чувствовать себя в безопасности. Уж кто-кто, а она-то это прекрасно знала. Не то чтобы помнила каждую секунду — от этого можно было бы весьма скоро свихнуться, — просто все время была начеку, была готова к отражению каких-то гипотетических неприятностей. Все время была в позе самообороны. К этому привыкаешь и даже как будто перестаешь замечать. И только на секунду расслабившись, по сравнению с этим новым состоянием вдруг ощущаешь, как ты все-таки устала. Грациани давал ей совершенно необъяснимым образом чувство покоя, уверенности. Нет смысла анализировать эту его способность или ее возможный самообман. Это нельзя проверить, да она и не хотела проверять. Зачем? В конце концов, она, мягко говоря, не девочка, ждущая подарков от судьбы. Она привыкла сама распоряжаться своей судьбой. И ничего не изменилось. Просто у нее появилась возможность прислониться к сильному и доброму плечу, закрыть глаза и немного передохнуть. Совсем немного. Может быть, только одно мгновение. А дальше все вернется на свои места, и надо будет жить дальше. Зачем же портить это мгновение самоанализом и вечными рефлексиями? Ей хорошо рядом с ним, при мысли о нем — это главное. Она опять вспомнила его сумрачное лицо и почувствовала вдруг угрызения совести. Она думает все время только о себе. Но ведь он, судя по всему, нуждается в ней едва ли не больше, чем она в нем.

Екатерина Алексеевна все-таки скосила глаза и пригляделась к выражению лица Грациани, который сидел, чуть сгорбившись в кресле, и слушал, казалось, впитывал глухую угрозу, звучащую в голосах жрецов: «Ра-да-ме-е-с!» Его левая рука легко и расслабленно лежала на барьере, но правая, с ее стороны лежащая на колене со стиснутыми в кулак пальцами, смутной тревогой белела на темной ткани вечернего костюма. Сердце Екатерины Алексеевны внезапно сжалось от любви и сочувствия к этому совершенно незнакомому и такому близкому ей человеку. Не раздумывая и совершенно не скрываясь, она протянула свою левую руку, обращенную к нему, и осторожно и бережно накрыла ладонью его судорожно стиснутый кулак. Грациани едва заметно вздрогнул, выпрямился и, чуть повернув голову, посмотрел не в лицо ей, а на ее руку, лежащую поверх его теперь расслабившейся руки. Его лицо, в которое она уже открыто посмотрела, внешне почти не изменило своего выражения, только немного разгладилась глубокая складка, что пролегла от носа к уголкам рта, но он счастливо улыбался всем своим существом, и она чувствовала это так же хорошо, как если бы это улыбалась она сама. Осторожно убрав свою руку, Екатерина Алексеевна положила ее на барьер и уже до конца спектакля не поворачивалась в сторону Грациани и ничем не давала почувствовать, что видит его или помнит о его присутствии. К счастью, ее демарш оказался никем не замечен. Спектакль закончился, и публика, выразив свой восторг долгими овациями, стала покидать зал.

Чурсин заинтересованно спрашивал у гостя о его впечатлениях, и тот с удовольствием рассыпал похвалы. Несколько раз Екатерина Алексеевна встретилась глазами с Грациани, но ни разу ни один из них не сделал попытку задержать этот взгляд.

Только прощаясь у машины, они на мгновение, недостаточное, чтобы окружающие заострили на этом внимание, но вполне ощутимое для них самих, заглянули в серьезные глаза друг друга и оба нашли там подтверждение своей близости.

Следующие два дня все работали над проектом с утра до ночи. Екатерина Алексеевна как-то отдалилась и была погружена в себя. Грациани рассчитывал, что у него будет возможность хотя бы как всегда завуалированно сказать ей на прощание о своих чувствах и надеждах по дороге в аэропорт, но Екатерина Алексеевна не поехала его провожать. Правда, расставаясь вечером в министерстве на третий, последний, день его визита, она, как показалось ему, выглянула на мгновение из своей жесткой скорлупы.

— Господин Грациани, эти три дня были очень трудными и насыщенными тяжелой, но плодотворной работой. Я благодарю вас за понимание. — Она сжала его протянутую для прощания руку. — Надеюсь, что мы по возможности быстро завершим проработку документов, начатую совместно, и мой визит к вам не заставит себя ждать.

— Я с нетерпением буду ожидать продолжения наших отношений. — Грациани быстро сформулировал ответ таким образом, чтобы все-таки сказать ей о том, что его волновало.

— Я тоже, — с улыбкой ответила она ему.

Глава 17

Машину на повороте немного занесло на ледяном крошеве, и водитель резко закрутил руль в обратном направлении. Она немного поюлила и опять пошла, спокойно рассекая косые потоки дождя со снегом вперемешку. Екатерина Алексеевна, словно проснувшись, с недоумением смотрела некоторое время в залитое потоками воды окно автомобиля. Ночное ненастье даже отсюда, из машины, пугало ледяной безысходностью и бесприютностью. Мягко освещенный изнутри троллейбус, что встретился по дороге, казалось, был единственным прибежищем для людей. Екатерина Алексеевна вдруг с завистью представила теплый салон троллейбуса, не тесно заполненный поздними пассажирами с простыми и понятными лицами, в которых отражались их заботы и усталость. Но они были объединены общим своим путешествием, общей своей жизнью. Они были не одиноки.

Екатерина Алексеевна откинулась на спинку сидения и закрыла глаза. Потом будто встрепенулась и взглянула быстро на почти невидимого Грациани, сидящего у другой дверцы на расстоянии вытянутой руки. И чем дольше она смотрела на него, тем четче и яснее становились его черты. Наконец она разглядела даже две глубокие морщины, сбегавшие от крыльев его носа к уголкам жестких губ.

— *Я так и не понял тогда, почему вдруг стала такой тонкой ниточка, связывающая нас,* — печально произнес грациани. — *Если бы ты только знала, как я страдал.*

— *Я все время чувствовала твой взгляд, ищущий и все более грустный,* — Екатерина Алексеевна понимающе покивала головой, — *но не могла ответить тебе.*

— *Да, ты была так сдержанна со мной весь тот визит в Москву. Ужин в день приезда и следующий день — первый день переговоров — были праздничными и радостными, а потом будто бы опустился занавес. Я не мог понять, что случилось. Сначала винил себя за несдержанность, потом просто впал в тоску. Работа, которая объединяла нас с тобой и радовала меня, превратилась в рутину. И я больно пережил то, что ты не поехала проводить меня. Но я утешал себя мыслью, что ты* просто не хотела привлекать излишнего внимания к моей персоне.

— Я была взвинчена, расстроена. Мое руководство было против таких обширных и глубоких связей между театрами. Меня обвинили в самодеятельности, в превышении власти. Но механизм уже был запущен, мы с тобой далеко продвинулись в разработке, и я не только не хотела, но уже и не могла свернуть наши планы. Когда ты улетел, и все как-то успокоилось, я так жалела, что служебные заботы помешали мне быть рядом с тобой просто женщиной.

— Но все-таки на мои слова — я буду ждать продолжения наших отношений, ты ответила — я тоже. И как же я ждал твоего приезда в Милан. Я знал, что он будет недолгим, но мне хотелось каким-то образом продлить нашу связь даже тогда, когда ты уедешь. Я решил сделать тебе подарок, который будет в разлуке напоминать тебе обо мне. И это мог быть только недорогой сувенир, который я мог бы вручить тебе на глазах у непосвященных в нашу тайну людей. Я долго думал, что бы это могло быть. Бродил по магазинам и разглядывал всякие безделушки, в которые мог бы вложить иной, понятный только нам с тобой смысл. Я так ходил каждый день. Ходил и представлял себе то одну, то другую вещицу в твоих руках. Мне хотелось, чтобы ты поняла — это подарок не высокому чиновнику, посетившему мою страну, а прекрасной женщине, пришедшей на свидание ко мне — Антонио Грациани. Так я проводил все свое свободное время и был счастлив, будто проводил его вместе с тобой.

— Я ведь тоже ждала встречи с тобой. И чем ближе подходил день моего отъезда в Италию, тем неспокойнее становилось у меня на сердце. Но, сказать по правде, я все-таки ни разу не усомнилась в том, что ты ждешь меня. Моя душа рвалась к тебе. Когда же настал этот день, и я уже сидела в самолете, меня просто трясло от волнения. Что-то пытался мне рассказывать Чурсин, сидящий рядом, но я не слышала его. Я пы-

*талась читать какие-то журналы, но ничего не видела
и не понимала. Мне приходилось снова и снова начи-
нать какую-то статью, но я так и не смогла понять,
о чем идет в ней речь. И вдруг я представила, как себя
чувствовал ты, подлетая к Москве. Мне стало ужасно
смешно, и я даже немного успокоилась.*

— *А я все-таки придумал, что смогу подарить тебе. Я был счастлив и считал часы и минуты до твоего
приезда. Но главное, я заказал букет розовых роз и,
стоя с ним в аэропорту, представлял, как себя чувствовала ты, встречая меня.*

Они оба тихонько засмеялись, глядя друг на друга
в полутьме машины. Снег налипал на стекла, и тут же его
смывал дождь. Но вечер уже не казался им ни тягостным,
ни грустным. То красные, то зеленые кривые изломы, от-
блески светофоров, мимо которых они проезжали, дро-
бились и расплывались на их лицах, нанося клоунский
грим. Они дополняли сейчас воспоминания друг друга
и были счастливы снова пережить те минуты своего волнения и ожидания.

— *Когда я выходила из самолета, я остановилась
на мгновение на верхней ступеньке трапа и, посмотрев вниз, сразу же увидела большой букет розовых роз.
Я не могла разглядеть в толпе встречающих, кто его
держал. Но я знала, что это можешь быть только ты.
И я спускалась по трапу, шла как королева, которой
оказали самые немыслимые почести. Я была очень счастлива.*

— *Весь тот твой приезд мы работали как сумас-
шедшие, с утра до глубокой ночи. Думаю, мы оба понимали, что провести эти обменные гастроли надо так,
чтобы никому не пришло в голову, что не они на самом
деле то главное, ради чего мы с тобой встречались, что
было важнее самих гастролей. Мы даже не отдыхали ни
минуты.*

— *Но это были радостные дни. Я ощущала тебя
каждую минуту рядом с собой. Даже не задерживаясь на
этой мысли, просто была счастлива.*

— И только вечером третьего, последнего, дня твоего визита, когда стало ясно, что мы все как будто успели, я вытащил из стола зеркальце в серебряной оправе... Помнишь? Госпожа Фурцева, я приготовил для вас маленький сувенир. Когда вы будете смотреться в это зеркало, представьте себе, что это я, Антонио Грациани, смотрю на вас, через границы и расстояния. А я всегда вижу вас улыбающейся и счастливой. Помнишь?

— И я всегда, глядя в это зеркало, невольно улыбалась и видела себя твоими глазами — улыбающуюся и счастливую...

— А ты ощущала себя счастливой в той жизни без меня?

— Трудно ответить однозначно... Наверное, человек может сказать о себе — я счастлив, но это короткое мгновение, которое, скорее всего, сменится другим мгновением, в котором он почувствует себя несчастным. Я была счастлива с дочерью, с внучкой. Я была счастлива, когда у меня хорошо шли дела на работе, когда я могла кому-то конкретно помочь. Иногда я вообще казалась себе всемогущей и мудрой, и вот тогда была действительно счастлива. Но сегодня, оглядываясь на прожитую жизнь, я уже не всегда могу однозначно оценить свои прошлые поступки. Скорее всего, я довольно часто была не права. Особенно тогда, когда брала на себя ответственность за чужую судьбу. А я часто это делала... Мы руководили огромной страной и были уверены, что лучше других знаем, как нужно жить каждому отдельному человеку, чтобы всем вместе достичь всеобщего счастья...

— Почему ты замолчала?

— Счастье не бывает всеобщим. Оно у каждого свое. Так же, как и несчастье. Но чтобы понять это, надо было прожить целую жизнь.

— Ты чувствуешь свою вину перед кем-то конкретно?

— Не знаю... Вина ли это? Я даже не уверена в том, что совершила ошибку. И от того, что я не могу понять, я не могу забыть...

Глава 18

Екатерина Алексеевна стояла у дверей кабинета, поглаживая по плечу невысокую чуть сгорбленную старую даму, в которой, судя по вычурному и мало подходящему для ее возраста туалету, легко можно было узнать бывшую актрису.

— Спасибо вам, душенька, — старушка промокнула кружевным платочком заплаканные глаза, — у меня вся надежда была только на вас.

— Не беспокойтесь больше ни о чем. Завтра я позвоню и устрою стр-рашный разнос. — Екатерина Алексеевна сделала «страшное» лицо, отчего старушка тихонько захихикала. — Не думаю, что после этого у кого-то возникнет снова желание притеснять вас. Всего вам доброго, и еще раз повторю — не беспокойтесь. До свидания.

— До свидания. — Старая дама облегченно вздохнула и, по возможности расправив сутулые плечики, вышла из кабинета.

Екатерина Алексеевна закрыла за ней дверь и вернулась к столу. Открыла ежедневник и взглянула, что там ее ждет дальше. «16.30. Ивашенко». Она нахмурилась. Разговор предстоит нелегкий и неприятный. Но она сама вызвала Александра сегодня к себе. Нажала кнопку селектора.

— Лидия Семеновна, накройте, пожалуйста, в комнате отдыха чай на двоих. Конфет, печенья — ну, что-нибудь вкусного.

Встала и подошла к окну. Отодвинув занавеску, стояла так, глядя в никуда, задумавшись. Что такое эта незадавшаяся семейная жизнь? Если бы, кроме нее, в жизни ничего не было, это было бы абсолютное крушение. И она знала множество примеров таких несчастий. Но для того, чья жизнь заполнена другими интересами? Можно ли разорвать ставшие в тягость отношения и попасть, таким образом, в череду неприятных и вызывающих нездоровый интерес окружающих событий, или необходимо принести эту сторону своей жизни в жертву более значимому своему предназначению? Вот она однажды решила для себя это раз и навсегда. Ну, не получилось семейного счастья. Что ж, достаточно того, что она изображает, и довольно успешно, надо сказать, видимость семейного благополучия. И ее это вполне устраивает. По крайней мере, она поддерживает реноме замужней женщины и не дает никому повода копаться в своих семейных отношениях и разбираться в своей личной жизни. Она на виду, и ее положение обязывает ее быть, хотя бы внешне, безупречной во всех отношениях. Это ее долг. И она его выполняет. Екатерина Алексеевна слышала, как ходила за ее спиной секретарша, но не поворачивалась и все так же упрямо и раздраженно смотрела в окно.

— Екатерина Алексеевна, к вам Александр Петрович Ивашенко.

Резко развернувшись от окна навстречу гостю, она дождалась, когда он сам подошел к ней, и протянула руку для поцелуя, как всегда делала, когда они оставались одни.

— Здравствуйте, Екатерина Алексеевна.

— Здравствуйте, Саша. Рада вас видеть. Я не оторвала вас от репетиций?

— Ну, и у меня должен быть отдых.

— Вот и чудесно. Давайте вместе отдохнем за чашечкой чая и поболтаем.

Они прошли в комнату отдыха, где уже был накрыт стол. Удобно расположились вокруг невысокого стола в креслах, и Екатерина Алексеевна налила в терракотовые немецкие чашки красный цейлонский чай. Она разглядывала своего визави не таясь, с доброй улыбкой радушной хозяйки. Худой, бледный, с вечно взлохмаченными редкими волосами, ничем не примечательный. И тем не менее в глазах всего мира великий музыкант, гений. Его жену тоже называют примой, звездой. Музыкант и певица — красивая звездная пара.

— Саша, даже не знаю с чего начать...

— А вы, Екатерина Алексеевна, прямо с начала и начните.

— Да начало-то уж больно безрадостное.

— Ну, уж какое есть.

— Что ж. Вчера у меня была Татьяна и сказала, что вы хотите с ней развестись.

— Это только наше с ней дело!

— Напрасно вы так взвились. Во-первых, Татьяна пришла ко мне просто по-дружески, как женщина к женщине, и это ее право. Во-вторых, если бы вы оба были слесарями на заводе, и то начальство, партком, профком обязательно бы вмешались. А вы звезды первой величины, лицо нашей культуры, вы не принадлежите себе.

— Каждый человек принадлежит прежде всего сам себе.

— Разве ваша жизнь не принадлежит музыке?

— Это другое!

— Нет. Мы все принадлежим не сами себе, а чему-то большему, чем мы сами. Мы чему-то служим, чему-то большему, чем удовлетворению своих мелких человеческих радостей.

— Но простые человеческие радости тоже важны. Без них невозможно никакое великое служение, о котором вы говорите!

— Неправда. Это говорят безвольные, безответственные люди, чтобы оправдать для себя свою слабость.

— Ну кому какое дело до того, как и с кем я живу дома?

— Каждый, кого судьба вынесла на всеобщее обозрение, невольно становится примером для подражания. На него ориентируются те, кто в тени, кто слабее, кто моложе. И это надо помнить всегда.

— Но я-то как раз и не хочу об этом помнить. Я принадлежу только себе и своей музыке.

— Вы больше не принадлежите себе безраздельно. Вы принадлежите своей стране, ее людям, которые следят за каждым вашим шагом. Они не только слушают, как и что вы играете, они хотят походить на вас. Вы их кумир. И вы ответственны перед ними. Вы должны учить их прекрасному. Во всем. Вы понимаете, Саша?

— Нелепый какой-то у нас разговор выходит, Екатерина Алексеевна. У нас разное отношение и к музыке, и к жизни. Я вовсе не считаю, что я обязан своей музыкой чему-то кого-то учить.

— Да это от вас уже не зависит. Хотите вы или не хотите, искусство все равно учит человека чему-то. Но его влияние может быть возвышающим или разрушающим. И как бы вы ни старались скрыть от себя и других свою внутреннюю дезориентацию, все равно это прорвется наружу, найдет отражение в том, что вы делаете. Вы будете разрушаться сами и будете разрушать все, к чему прикоснетесь. Вы погибнете как музыкант.

— Но мы с Татьяной не можем жить вместе! Она как раз и разрушает меня. Ее страсть к накопительству приводит меня в бешенство, дезорганизует меня!

— Надо уметь прощать друг другу недостатки. Таня рассказывала мне, что в семейной жизни вы тоже не абсолютно идеальны, но она же находит в себе силы мириться с вами. Отчего же вы не считаете нужным прощать ей ее недостатки? Что за высокомерие!

— Это не высокомерие. Это понимание, что я не могу жить так, как она.

— Саша, никто и не требует от вас, что бы вы жили так, как Татьяна. Живите так, как считаете нужным. Но соблюдайте при этом правила приличия. Вы живете не на острове, вы живете среди людей. Так что будьте любезны жить не по своим личным законам, а по законам того общества, в котором вы живете.

— Но никто не отменил пока права развестись, если семейная жизнь не сложилась.

— Однако общество не просто неодобрительно относится к разрушению брака, оно активно стоит на его страже. Тем более, когда это относится к людям, чей моральный облик, в силу их положения, должен быть эталоном для всех остальных. Саша, вы должны понимать, и я вынуждена вам это напомнить, что при определении вашей концертной деятельности мы будем обязаны принимать во внимание и это обстоятельство.

— Что вы этим хотите сказать?

— Вы прекрасно знаете, что для выезда за границу у вас, как у представителя нашей культуры, должна быть безупречная анкета.

— Но ведь это совершенное безумие!

— Нет, это правила, с которыми нам всем придется считаться, хотим мы этого или не хотим.

— Екатерина Алексеевна, я думаю, мне лучше уйти сейчас, а то я наговорю что-нибудь лишнее...

— Идите, Саша. Я надеюсь, что, обдумав все, вы примете правильное решение.

— До свидания.

— До свидания, Саша.

Екатерина Алексеевна проводила своего гостя до дверей. Уже когда он вышел, постояла еще какое-то время, покачала неодобрительно головой. Потом махнула рукой и пошла к столу, чтобы заняться следующим делом и как можно быстрее забыть этот неприятный разговор.

Глава 19

— *И ты его забыла?* — Грациани с интересом рассматривал ее в неверном свете, который пробивался сквозь залитые дождем окна машины.

— *Нет. Я никогда не забывала его. Тогда я считала, что была права, хотя мне и неприятно было думать, что я воспользовалась шантажом, чтобы вынудить Александра отказаться от идеи развода. Я ведь и сама не развелась только потому, что считала: личная жизнь не самое главное в жизни человека. Самое главное — работа. У каждого своя, но работа. И если брак не получился, надо сохранить хотя бы видимость его, чтобы все эти семейные неурядицы не мешали работе. Сильный человек может и должен полностью принадлежать ей. Но нужно ли быть таким сильным человеком, я уже не знаю... Ивашенко, причем вместе с женой, эмигрировал из Советского Союза. Кстати, я хорошо помню, что подумала тогда, не совершила ли я ошибку, практически вынудив его сохранить их брак, —* Екатерина Алексеевна смотрела в окно на почти пустые темные улицы, по которым пролетала ее темная машина, сливаясь с окружающим ее мраком.

— *Ты считаешь, что это взаимосвязано?*

— *Не знаю... Теперь, когда я прожила свою жизнь, я поняла, что единственное, чего не могу допустить, это попытки вмешаться в мою жизнь, в решения, которые я для себя принимаю. Имела ли я право вмешиваться в жизнь другого человека?*

— *Ты сказала, что часто вмешивалась в чужую жизнь...*

— *Да. Я должна была по роду своей деятельности принимать какие-то решения, которые обязаны были выполнять другие. Но где граница, за которую нельзя преступать? И есть ли она? Для меня есть. Значит, она есть и для других. Мне это раньше не приходило в голову. Но последнее время я уже не была так уверена в своей правоте... Ах, да что там, я прекрасно знала, что я не права! Знала, но, как бы сказать, еще и старалась быть святее папы римского. Я ведь давно уже понимала, что за каждым моим шагом следят. Отвратительное ощущение. Отвратительное ощущение страха!*

— *Пресвятая Дева! Да чего же ты так боялась?*

— *Отставки. Я не могла себе представить, даже допустить мысль, что меня снимут. Антонио! Для меня нет иной жизни, чем та, которой я живу... Но у каждого свое понимание жизни. Я теперь часто думаю о тех, кто, столкнувшись со мной, оказался слабее, и его жизнь пошла по-другому, не так, как она могла бы сложиться без моего вмешательства. Иногда даже просто совет может изменить жизнь полностью...*

— *Катя, мне кажется, ты берешь на себя больше, чем того требуют обстоятельства. Человек может воспользоваться советом или проигнорировать его. Это его собственное решение.*

— *Часто люди сами приходили ко мне с просьбой помочь им найти какое-то решение, и я, в своей самоуве-*

ренности, никогда не отказывала им. Должна ли я была пользоваться их слабостью или обязана была отказать в помощи при решении сугубо личных проблем? Ведь свои проблемы я всегда решала сама...

В кабинете на Старой площади ярко горит свет. У стола для совещаний напротив друг друга сидят Екатерина Алексеевна и Светлана.

— Мама, я не знаю, что мне делать. Я не хочу уходить из института. — Света раздраженно откидывается на спинку стула.

— Екатерина Алексеевна, к вам Конюхова. — Вошедшая секретарь чувствует, что перебила разговор. — Примете?

— Да, да, конечно. — Екатерина Алексеевна встает из-за стола. — Просите. Светик, посиди немножко. Мы с тобой договорим попозже. Почитай пока журналы.

— Здравствуйте, Екатерина Алексеевна. Ничего, что я так, без звонка? — Вошедшая в кабинет изящная девушка держится одновременно и просительно и самоуверенно.

— Я всегда вам рада, Милочка. — Екатерина Алексеевна искренне расположена к посетительнице, и это чувствуется и по тому, что она вышла к ней навстречу, и по мягкому тону, с которым она обращается к вновь прибывшей. — Что-нибудь случилось?

— Да. И мне нужен ваш совет. — Милочка расстроена и не скрывает этого.

— Давайте сядем, — Екатерина Алексеевна ведет гостью к дальнему концу стола и усаживает ее, — и вы все мне спокойно расскажете. Какие-то проблемы в театре?

— Нет. — Милочка так погружена в свои мысли, что даже не обращает внимания на сидящую поодаль Светлану. — Я беременна.

— Но я вижу, ты не рада этому. — Екатерина Алексеевна вопросительно поднимает брови.

— Не знаю... Это конец моей карьере. — Милочка смотрит на нее почти с ужасом.

— Ну почему же сразу конец, — Екатерина Алексеевна говорит медленно и внимательно смотрит на нее, — ты потеряешь два года и вернешься на сцену.

— Но у меня изменится фигура, раздадутся бедра, увеличится грудь. — Девушка сжимает свои длинные бледные пальцы так, что они совсем белеют. — Для балерины это конец.

— Если бы ты была десятым лебедем у пятого фонтана, — Екатерина Алексеевна задумчиво смотрит на нее, — я, вне всякого сомнения, посоветовала бы тебе рожать. Но ты прима нашего балета. Тебя ждет блистательная карьера, и ты сама это прекрасно понимаешь. Готова ли ты отказаться от всего, что сулит тебе жизнь звезды?

— Для меня жизнь может быть только на сцене. — Милочка обреченно качает головой. — Я умру, если лишусь этого.

— Ты ведь уже все решила сама, — Екатерина Алексеевна погладила ее руку, лежащую на столе, — почему же ты пришла ко мне?

— Не знаю. Не знаю! — Милочка пожимает плечами. — Наверное, я хотела услышать от вас, что меня ждет, как вы говорите, блистательная карьера.

— Ты сомневаешься в этом? — Екатерина Алексеевна заглядывает ей в глаза.

— Кроме таланта и мастерства нужно еще везение. — Милочка испуганно и одновременно вызывающе смотрит на Фурцеву. — Везение и покровительство.

— Ну, на мое покровительство ты всегда можешь рассчитывать, — Екатерина Алексеевна смеется, — я твоя самая большая почитательница.

— Но все может измениться. — Милочка недоверчиво качает головой.

— Это вряд ли. Я никогда не меняю своего отношения к людям. — Екатерина Алексеевна серьезно смотрит на нее. — Разумеется, если люди сами не меняются.

— Я не могу измениться. — Милочка вскинула узкий подбородок. — Я всегда буду любить вас и помнить все то хорошее, что вы для меня сделали.

— Вот и замечательно. — Екатерина Алексеевна улыбается ей тепло и дружески. — Осталось только окончательно решить, что же тебе делать сейчас?

— Значит, вы считаете, что я должна отказаться от ребенка? — Милочка опять испуганно взглянула на Фурцеву.

— Успешная профессиональная карьера всегда требует каких-то жертв. — Екатерина Алексеевна нахмурилась. — Это только слабым людям кажется, что все придет к ним само по себе, без приложения усилий. Если ты твердо решила делать карьеру, будь как клинок, не давай себе расслабиться и иди к намеченной цели. А твоя творческая жизнь, я в этом абсолютно уверена, будет не просто успешной, она будет звездной.

— Спасибо, Екатерина Алексеевна. — Девушка поднялась и, обойдя стол, поцеловала Екатерину Алексеевну в щеку. — Мне так не хватало вашего дружеского участия. Можно мне иногда приходить к вам вот так, просто, чтобы поговорить о жизни?

— Конечно, Милочка, — Екатерина Алексеевна тоже поцеловала девушку, — я всегда найду для тебя время. Будь сильной и твердой, и у тебя все получится. До свидания.

— До свидания, Екатерина Алексеевна. — Милочка улыбнулась облегченно и выскользнула за тяжелую дверь.

Глава 20

— *Тебя мучают эти воспоминания?* — Грациани сочувственно смотрел на кутающуюся в мех Екатерину Алексеевну.

— *Не то чтобы я помнила обо всем этом ежеминутно,* — она раздраженно мотнула головой, — *но теперь, когда я думаю о том, что хорошего и что дурного я успела сделать в своей жизни, я вспоминаю и эту давнюю историю. Я не уверена, что была права... Хотя карьера Конюховой сложилась более чем успешно, как я ей* и предрекала. Наверное, по крайней мере я очень на это надеюсь, она не вспоминает обо мне плохо.

— *Для тебя так важно, что о тебе думают сейчас те, с кем тебя свела когда-то судьба?* — Грациани повернулся к Екатерине Алексеевне и заглянул ей в лицо. — *Для тебя имеет значение чужое мнение?*

— И да и нет. Я всегда мало прислушивалась к чужому мнению. Всегда поступала так, как считала нужным. Но мне не все равно, что думают обо мне люди. И те, кто зависит от меня. И те, от кого завишу я...

— *Ты что-то не договорила?*

— Знаешь, я вдруг поняла сейчас: а мне ведь все равно, что теперь подумают как раз те, от кого завишу я. Поняла и ощутила себя молодой и сильной. Умеющей и смеющей принимать решения. Это чудесное ощущение... Понимать, что твоя жизнь зависит только от твоей воли. Вот что самое главное для меня сейчас.

— *Только сейчас?*

— Не знаю... Наверное, все-таки это было главным всегда. Это и было стимулом всех моих поступков и решений. Это был внутренний двигатель моей карьеры. Мне все время казалось, что чем выше я поднимусь, тем большую свободу я получу. Но каждый раз оказывалось, что я все так же не свободна. А потом... Мне пришлось держаться за то, что осталось.

— *Ты уже рассказала мне, как это все случилось. Это было ужасно! Но что было позже, когда схлынули горечь и боль?*

— Я не сразу пришла в себя. Но, привыкнув к новой жизни без перспектив, я обнаружила, что в ней есть свои преимущества. Люди искусства всегда жили в своем недоступном для других мире, в мире свободы. Относительной, конечно, но свободы. С ними мне было легко. А частые поездки за рубеж, где я чувствовала себя своей... Да и тем, что я встретила тебя, Антонио, я ведь тоже обязана своему министерскому посту. Так что мне незачем пенять на судьбу. Отношения с тобой сделали меня беспредельно свободной и счастливой. По-

мнишь ту пирушку, которую ты устроил на четвертый день гастролей Большого в Милане?

В кабинете Грациани несколько человек в вечерних туалетах с бокалами шампанского обсуждают только что закончившийся спектакль.

— Господа, примите мои поздравления. — Грациани поднял свой бокал. — «Хованщина» — самый масштабный и сложный спектакль, который шел на сцене «Ла Скала» за последние годы. И он прошел с потрясающим успехом.

— Это вас, господин Грациани, — Чурсин поднял свой бокал в ответ, — ваши службы мы должны благодарить за прекрасную организацию и безукоризненную исполнительность.

— Ваши похвалы вы можете высказать прямо главному виновнику этой прекрасной организации, — Грациани отступил в сторону и чуть поклонился стоящему рядом начальнику постановочной части своего театра, — это его служба работала сегодня с такой точностью.

— Да-да, господин Барлояни, я хотел не только выразить вам свою признательность, но и полюбопытствовать, если позволите. — Чурсин повернулся и отошел вместе с ним и переводчиком немного в сторону. Грациани, воспользовавшись тем, что собеседники заговорили увлеченно о каких-то производственных тонкостях, подошел к Екатерине Алексеевне, которая в двух шагах от них стояла в обществе Марчелло, того самого молодого человека, который был переводчиком на «Аиде», когда она была в Милане первый раз.

— Госпожа Фурцева, — Грациани говорил негромко, отгородив своими широкими плечами сложившееся трио ото всей остальной компании, — теперь, когда немного схлынуло напряжение первых дней гастролей, не могли бы вы уделить немного времени мне лично? Я ведь, если вы помните, ваш должник.

— Да? — Екатерина Алексеевна вопросительно подняла брови.

— В первый мой приезд в Москву вы устроили для меня дегустацию русской кухни. — Грациани очень волновался и бессознательно крутил в руке бокал с шампанским. — Теперь моя очередь познакомить вас с итальянской.

— Ну что ж, — засмеялась Екатерина Алексеевна, — долги, безусловно, надо отдавать.

— Я знаю, что завтра днем у вашей делегации запланирована экскурсия в музеи. Вы ведь уже видели их, так что, возможно, если на то будет ваше желание, вместо этой экскурсии посетите мой палаццо. — У Грациани от волнения задрожал голос, и он, пытаясь скрыть это, вынужден был откашляться. — Мой повар приготовит нам легкий и совершенно итальянский обед.

— Что ж, — Екатерина Алексеевна на минуту задумалась, — думаю, что могу позволить себе индивидуальную экскурсию.

— Марчелло заедет за вами, если позволите, к двум часам. — Грациани не мог поверить, что наконец-то они проведут несколько часов практически вдвоем, ведь Марчелло можно не брать в расчет. Во-первых, мальчик необыкновенно скромен и предан ему, а во-вторых, он не будет особенно удивлен, если они вдруг отойдут немного от протокольной вежливости, так как, конечно, помнит еще со времен того спектакля, что его босса и прекрасную русскую синьору связывают какие-то личные отношения.

— Хорошо, я буду готова к этому времени, — Екатерина Алексеевна выглядела абсолютно спокойной. Даже улыбнулась вежливо и не заинтересованно. Но это внешне. Она умела «держать лицо». На самом деле сердце ее подпрыгнуло и зависло в груди на неимоверной, непонятно откуда взявшейся, но такой ощутимой высоте.

Уже поздно вечером, войдя в свой номер, она сбросила туфли, отбросила сумочку и заметалась по комнате, пытаясь погасить долго сдерживаемое возбуждение. К огромному, убранному в роскошные шторы окну, потом к входной двери, снова к окну, то сгибая, то разгибая сложенные в замок пальцы. Все хорошо. Все замечательно. Все просто великолепно. Только сейчас она поняла, что последний год жила в ожидании этого свидания. Завтра наконец они смогут объясниться. Все их, пусть даже самые откровенные, но мимолетные взгляды, их приметные другим касания, их невнятные для окружающих двусмысленные фразы, которые они изобретали, чтобы хоть как-то сказать друг другу об истинных своих чувствах, которые так радовали и так мучили их. Все это завтра они смогут объяснить друг другу со значительно большей откровенностью, чем раньше. Но не с полной. Ведь будет еще Марчелло, этот странный мальчик со странной своей ролью. Он даст им возможность стать ближе друг другу и будет преградой для их близости. Но Грациани его присутствие как будто не особенно смущает. И все-таки им все равно придется разговаривать обиняками. Но это ничего. Это ничего. Завтра она сможет просто и открыто посмотреть ему в глаза и не будет с испугом отводить взгляд, когда он посмотрит на нее. Она будет смотреть на него столько, сколько ей захочется. Он будет рядом, и его можно будет взять за руку, улыбнуться ему откровенно. Это так много — просто смотреть в глаза.

Она резко остановилась, будто натолкнувшись на жесткую преграду. Не делает ли она глупость с этим частным несанкционированным визитом? Разомкнула руки, поболтала ими в воздухе и засмеялась, спрятав лицо в ладонях. Села в кресло и закинула ногу на ногу. Конечно, делает. Конечно, глупость. Но, во-первых, не те уже времена, не те уже и строгости, во-вторых, она на голубом глазу ответит на неприятные вопросы, если они будут, чистую правду. Не подумала ни о чем крамольном, просто было любопытно, как живет директор итальянского театра. Ведь интересно же. Она расслабилась и откинула голову на спинку кресла. Хорошо. Как хорошо. Какой все-таки славный день сегодня был. И гастроли, тьфу-тьфу, идут нормально. И Грациани такой... Она сладко и долго потянулась, потом вскочила и стала, напевая свое обычное «Утро туманное», раздеваться. Быстренько принять душ и спать. Завтра надо выглядеть свежей, отдохнувшей и желательно молодой. «Нивы печальные, снегом укрытые...» — напевала она, совершенно не разделяя настроение романса.

К двум часам дня Екатерина Алексеевна, приняв душ, переоделась в легкое, но закрытое платье, струящееся от каждого движения сине-зеленым шелком, надела изящные, как листья акации, кружевные туфельки из зеленой замши на высокой, как всегда, шпильке. Всю первую половину дня она провела в косметическом салоне, где ей делали массаж, подтягивающие и питательные маски и еще бог весть что, отчего ее тонкое лицо с нежной кожей стало светиться будто бы изнутри ровным сливочным цветом. Ко всему прочему, ей немного подправили форму бровей, подкрасили их и ресницы, а губы обвели тонкой контурной с внешней стороны и размытой вовнутрь полоской цвета загорелой кожи. Вроде бы ничего не изменилось, но черты лица стали четче, а оно само приобрело выражение какой-то таинственности и неземной мягкости. Волосы ей уложили так же, как делала это она, но, высушенные феном и приподнятые с помощью лаков, они серебристыми пушистыми волнами незнакомо окружили ее такое новое и волнующее лицо. Теперь она смотрела на себя в зеркало, и внутренняя дрожь, которая мучила ее все это утро, постепенно затихала, превращаясь в ровное спокойное удовлетворение. Может быть, даже в самоуверенность. Екатерина Алексеевна улыбнулась сама себе и удивленно покачала головой — неужели это она, такая красивая и зовущая, через какие-нибудь полчаса будет сидеть напротив любимого мужчины, мужчины всей ее жизни? Неужели это все происходит с ней самой? Она легко вздохнула, взяла флакон с духами, проделала все полагающиеся ритуальные движения и, поставив его на место, взглянула на часы. И в эту же минуту в дверь постучали. Сердце екнуло, и ото всей ее предполагаемой самоуверенности тут же не осталось ни следа.

— Войдите, — громко сказала она, чувствуя, как ее опять мелко и противно затрясло изнутри.

— Добрый день, синьора Фурцева. — Марчелло стоял в дверях и с восторгом таращил на нее свои черные блестящие глаза. — Если вы готовы, я с удовольствием отвезу вас к сеньору Грациани. Он ждет вас.

— Добрый день, Марчелло. — Екатерина Алексеевна накинула на плечи широкий палантин из вологодских кружев и взяла в руки сумочку. — Мы можем ехать.

В машине Екатерина Алексеевна безнадежно пыталась расслабиться, но ее то сотрясал озноб, и она куталась, обнимая себя руками, то ей делалось так жарко, что она сбрасывала свои и так не сильно греющие кружева. Марчелло весело рассказывал ей о замечательном поваре сеньора Грациани, которого тот переманил у кого-то из знакомых, и они так сильно рассердились на неверного повара и коварного сеньора Грациани, что никогда не ходят теперь к сеньору Грациани в гости. Но повар такой замечательный, что сеньор Грациани говорит, что он стоит потери лишенных юмора тех самых знакомых, которые теперь не ходят в гости к сеньору Грациани. Марчелло лихо крутил баранку и мчался по узким улочкам Милана с непозволительным, по мнению Екатерины Алексеевны, легкомыслием. Совершенно неожиданно он остановился у высокого серого дома с нависающим над ступенями и частью тротуара тяжелым козырьком. На верхней площадке широкой лестницы, опершись локтем согнутой руки о каменные перила, стоял Грациани с бледным и каким-то окостеневшим лицом. Екатерина Алексеевна взглянула на него из машины, и ее затопила волна нежности. Этот большой, такой сильный мужчина с перевернутым от волнения лицом представлял необычайно трогательную картину. Увидев подошедшую машину, Грациани чуть ли не опрометью бросился открывать дверцу.

— Добрый день, госпожа Фурцева, — радость его была искренней и непосредственной, — я так боялся, что какие-нибудь неотложные дела помешают вам приехать сегодня ко мне.

— Я редко меняю свои планы, — Екатерина Алексеевна, выходя из машины, протянула ему свою руку, — тем более, когда уже поставила в известность других.

— О, я не доверял не вашему слову, я не доверял своему счастью, — Грациани схватился за ее руку так крепко, что было не ясно, опасается ли он, что Екатерина Алексеевна тут же у машины упадет, или боится упасть сам, — я и сейчас не могу поверить своим глазам.

— Однако придется смириться с тем, что я на пороге вашего дома, — засмеялась она, чувствуя себя легко и совершенно непринужденно.

— Да, да! Именно смириться, — расхохотался Грациани, и было видно, что у него будто гора упала с плеч. — Поэтому я смиренно приветствую вас на пороге своего жилища.

— Надеюсь, мы не все свободное время проведем на пороге? — Екатерина Алексеевна изобразила на лице живейший интерес.

— Пресвятая Дева! Я от радости, видно, вовсе лишился ума. — Грациани поцеловал ее пальцы как-то уж совсем по-братски и, подхватив ее под руку, повел вверх по лестнице.

— Надеюсь, это не навсегда. — Екатерина Алексеевна смеялась вместе с ним и Марчелло, который был в совершеннейшем восторге от такого общего веселья.

— Искренне признаюсь, мы с Луиджи, это мой повар, готовились к сегодняшнему обеду, будто к экзамену, от которого зависит наша жизнь. — Грациани распахнул высокие двери и пропустил Екатерину Алексеевну вперед. — Но у экзаменатора, мне кажется, сегодня совершенно правильное настроение, и я очень надеюсь на снисходительное отношение к нашим стараниям.

— Это мы еще посмотрим. — Екатерина Алексеевна сурово сдвинула брови. — Может быть, я буду сегодня как раз очень строга.

Они снова рассмеялись и вошли в огромный мраморный холл дома. Первое, что она увидела, был великолепный зеленых оттенков ковер, который почти полностью покрывал все пространство пола перед широкой мраморной же лестницей с удобными перилами из светлого камня. Темно-зеленая дорожка, сбегавшая по лестнице, закреплена была металлическими шпагами с небольшими шариками на концах. Прекрасный женский голос пел ее любимый романс из «Аиды», и Екатерина Алексеевна узнала Марию Каллас. На секунду она удивилась, припомнив ходящие в театральных кругах сплетни об отвратительных отношениях великой певицы и директора, но в следующую секунду буквально застыла от изумления, увидев на стенах с обеих сторон лестницы свои собственные довольно большие фотопортреты. На одном — она, придерживая рукой воротник шубки и высокомерно вздернув подбородок, раздраженно смотрела на кого-то, кто не попал в кадр. На другом — в любимом своем муаровом платье смеялась, глядя прямо в объектив. Портреты были черно-белые и прекрасного качества. Она оглянулась в растерянности и увидела еще два своих портрета на боковых стенах. Слева — неведомый фотограф подловил ее со странной, даже таинственной полуулыбкой, справа — с серьезным, как на партсобрании, лицом.

Екатерина Алексеевна еще некоторое время стояла так, с недоумением разглядывая свои собственные лица, потом похлопала ресницами, приходя в себя, и наконец перевела взгляд на Грациани. Тот с каким-то виноватым и в то же время упрямым и даже вызывающим выражением, набычившись, как капризный ребенок, смотрел на нее исподлобья. Она неожиданно расхохоталась.

— Я так стар и эгоистичен, — Грациани неуверенно улыбнулся, — что могу позволить себе в собственном доме видеть и слышать только то, что действительно люблю.

— Разумеется, разумеется. — Екатерина Алексеевна все никак не могла остановиться, приводя Грациани в еще большее смущение, тем более что и Марчелло, заразившись от нее, тоже не мог удержаться от хохота.

— Я кажусь вам глупым со своими пристрастиями? — Его брови как-то обиженно поползли вверх, и весь он, с пышной седой шевелюрой и жесткими чертами лица, так не вяжущимися с его обиженным выражением, производил сейчас совершенно комическое впечатление.

— Я не над вами смеюсь, я смеюсь просто от неожиданности. — Екатерина Алексеевна все никак не могла взять себя в руки.

— Но согласитесь, — к Грациани, кажется, вернулось самообладание, — портреты очень хороши?

— Несомненно, — отсмеявшись, нарочито серьезно произнесла Екатерина Алексеевна. — Но и вы согласитесь: с такой моделью портреты просто обязаны быть превосходными.

— Вот именно. — Голос Грациани пронизан был назидательными интонациями, которые были столь неожиданны и неуместны в данной ситуации, что все трое после легкой оторопи опять вместе расхохотались.

Несмотря на веселое и неожиданно легкое настроение, которое радовало само по себе, Екатерина Алексеевна в глубине души была и тронута, и смущена. Они оба чувствовали и необыкновенную близость друг к другу, и терялись пред ней — будто стена, которая, как им казалось, разделяет их и которую они готовы были разбивать, не считая времени и не щадя сил, вдруг рухнула сама по себе, и они без подготовки внезапно оказались лицом к лицу.

— Однако чтобы не провести все свое свободное время у порога, может быть, мы все-таки поднимемся в гостиную, где нас, наверное, уже заждались гастрономические чудеса Луиджи. — Грациани с трудом вернул себе серьезное выражение.

— Ну что ж, не будем больше задерживаться. — Екатерина Алексеевна подала руку Грациани, и они стали подниматься по лестнице, а голос Марии Каллас все звучал, отражаясь от мраморных стен и улетая куда-то высоко-высоко, все звал, все манил их обещанием неземного, как он сам, блаженства.

— Волшебная красота этого голоса, — Грациани задержал шаг и, остановившись на лестничной площадке, несколько мгновений самозабвенно слушал, — может сравниться только с красотой вашей души.

— Господин Грациани, — укоризненно покачала она головой, — как можете вы судить о моей душе, так мало, в сущности, зная меня саму?

— Для того чтобы понимать человека, не надо знать все детали его жизни, достаточно просто ощущения. — Грациани был необычайно серьезен. — Я так много уже прожил на этой земле, что привык доверять прежде всего именно своим ощущениям.

Екатерина Алексеевна засмеялась и, сжав на мгновение руку своего спутника, стала подниматься по лестнице, обнаружив мимоходом еще два своих портрета. Но теперь она уже была подготовлена и внешне никак на них не отреагировала, разве что с интересом задержалась на краткое мгновение взглядом, чтобы отметить про себя, что выглядит она и на этих портретах просто замечательно. Ей это было не просто приятно, ей льстило и прибавляло уверенности само их присутствие здесь. Она ощущала себя долгожданной гостьей этого дома, в котором было так легко и просто.

Едва они вошли в комнату, Грациани жестом отпустил что-то поправлявшего на столе официанта, и он, откланявшись, вышел в дверь, противоположную той, в которую они вошли. В очень большой и светлой столовой с высоченными, от пола, сводчатыми окнами был накрыт длинный овальный стол, на одном конце которого стояли три прибора, а на другом — ваза с невероятным по размеру букетом розовых роз. Екатерина Алексеевна остановилась на секунду, потом отпустила руку Грациани и, быстро пройдя вдоль стола, зарылась лицом в цветы. Она простояла так долго с закрытыми глазами, с самозабвением вдыхая кружащий голову аромат. Время остановилось, и ей пришлось приложить усилие, чтобы вернуться в этот мир. Посмотрев на Грациани еще затуманенными от блаженства глазами, она встретилась с его понимающим, открытым взглядом. И ее опять остро пронзило ощущение невероятной, радостной близости с этим человеком. Екатерина Алексеевна улыбнулась спокойно и доверчиво. Не спеша прошлась она по комнате, разглядывая ее убранство. Очень красивые инкрустированные буфеты со старинным фарфором, козетки с золотистым шелком, большие напольные часы с бронзовым ажурным маятником, невысокие комодики с гнутыми ножками и множеством ящичков, а на них небольшие фотографии в деревянных рамках. Среди портретов незнакомых ей людей она опять увидела и несколько своих. Остановилась у окна и загляделась на залитую солнцем улицу и зеленый сквер на той стороне, чуть правее дома. Покоем и какой-то необыкновенной чистотой сияло все на улице и вокруг нее. Воздух был напоен чуть слышным ароматом стоящих на столе роз. Ее вдруг удивила тишина, царящая всюду. Только мягко и медленно, с едва заметным шорохом между ударами, глухо позванивали часы. Покой. Покой вокруг нее и в ней самой. Было так хорошо, что не хотелось прерывать его движением, нарушать его звуком.

Екатерина Алексеевна обернулась к все еще стоящим у дверей Грациани и Марчелло. Не только хозяин, но даже его молодой друг, кажется, понимали состояние души своей гостьи. Они молча улыбались и ждали, когда она сама захочет говорить с ними. Екатерина Алексеевна улыбнулась им в ответ и, вернувшись к столу, села в мягкое полукресло спиной к окну. Несмотря на совершенно разнежившую ее атмосферу, она не забыла, что в ее возрасте, даже с таким ангельским после салона лицом, лучше не сидеть на ярком свету. Она хмыкнула, поймав за хвост эту невзначай пробежавшую мыслишку, но не задержалась на ней ни секунды. Приглашающим жестом, как хозяйка, повела ладонью. Мужчины с благодарностью склонили головы и послушно подошли к столу. Грациани сел напротив нее, а Марчелло в торце стола между ними.

— Ну что ж, господа, — Екатерина Алексеевна была подчеркнуто серьезна и даже чопорна, — я совершенно готова к началу экскурса в мир гастрономических радостей вашей прекрасной страны.

— Тогда не будем больше задерживаться, — радостно подхватил Грациани, совершенно не способный сейчас поддержать ее игру. — Если быть честным, я уже совершенно проголодался.

— А меня мучает не столько голод, сколько любопытство, — откровенно призналась Екатерина Алексеевна.

— И то, и другое хорошая приправа к хорошему обеду. — Грациани окинул стол взглядом. — Прежде всего, обратим свое внимание на вино. Что за итальянец, если у него на столе в обед не стоит бутылка хорошего вина!

— И что же это за вино? — Екатерина Алексеевна с любопытством посмотрела на этикетку. — Да это же «Кьянти»! Я уже не раз пробовала его.

— Это не просто «Кьянти», который стал символом нашей страны, — Грациани поднял вверх указательный палец, — это «Кьянти Ризерва».

— Да налейте же мне его, наконец, — Екатерина Алексеевна смеялась, поддразнивая витийствующего Грациани.

— Классический «Кьянти» — молодое вино, но при выдержке его в течение 27 месяцев, — Грациани налил вино в большие пузатые бокалы, наполнив их на три четверти, — оно становится еще более ценным и получает дополнительное название «Ризерва».

— Я уж думала, что до дегустации дело никогда не дойдет. — Екатерина Алексеевна, повернувшись к окну, посмотрела вино на просвет, полюбовалась его чистым и радостным цветом и только потом, покачав и понюхав вино, сделала маленький глоточек и, чтобы лучше понять его вкус, покатала немного во рту.

— Надеюсь, что вам по вкусу придется этот благородный напиток. — Грациани, одобрительно наблюдавший за всеми движениями и за выражением лица своей гостьи, добавил шутливо назидательным голосом: — Итальянское вино очень похоже на женщину — оно приятно бодрит, будучи молодым, но ценность и благородный вкус приобретает только при определенной выдержке.

— Наверное, это относится не только к итальянскому вину. — Екатерина Алексеевна с полуулыбкой заглянула своему визави в глаза, прекрасно понимая подтекст его слов и поддерживая именно это их значение.

— Несомненно, — подтвердил с такой же полуулыбкой Грациани, глядя на нее веселыми прозрачными на солнце глазами.

Они оба чувствовали себя молодыми и раскрепощенными. Марчелло каким-то образом ухитрялся переводить их слова практически синхронно, и было совершенно очевидно, что он так поглощен этой задачей, что даже не успевает вдумываться в то, о чем они говорят. И уж никак нельзя было предположить, что он в состоянии задержать свое внимание и оценить значение их взглядов и настроений. У обоих сложилась полная иллюзия уединения. Тем не менее они все-таки не могли позволить себе говорить открытым текстом о том, что их действительно волновало. И эта недосказанность, не раздражая, вносила нотку интриги и радостного ожидания чего-то, в чем они, быть может, сами не отдавали себе отчета.

— Несмотря на то, что мы уже совершенно подготовлены к обеду, — Грациани опять вступил в роль ментора, — по правилам, мы должны немножко разогреть свой аппетит, попробовав «кростини». Это, как видите, маленькие бутербродики, где хлеб пропитан золотисто-зеленым оливковым маслом Люкка с ароматом артишоков и миндаля.

— Но мы не должны съесть их все? — Глаза Екатерины Алексеевны расширились в притворном ужасе. — Тогда для остальных блюд, что я вижу на столе, просто не хватит места!

— Конечно, нет. — Хозяин успокаивающе поднял руки. — Возьмите себе вот этот, с кружочком маринованного баклажана — он очень острый и сочный, теперь из этого блюда — с кусочком жареного тунца, и, пожалуй, вот этот — с розовой креветкой под белым соусом. Но, съев один «кростини», надо запить его глоточком нашего «Кьянти Ризерва», чтобы отделить вкус одного от другого.

Екатерина Алексеевна послушно положила себе на тарелку крошечные бутербродики и теперь ела их один за другим, не забывая отпивать и вино. Грациани и Марчелло тоже ели «кростини» и запивали их вином, но первый вряд ли чувствовал вкус того, что ел, так как, не отрываясь, смотрел на свою гостью. Казалось, он хочет увидеть ее реакцию на угощение. Но было очевидно, что он, воспользовавшись этим предлогом, просто любовался ее живым лицом с улыбчивыми глазами. Екатерина Алексеевна ощущала этот любующийся взгляд и прекрасно отдавала себе отчет в том, какие именно чувства вызывает в сидящем напротив мужчине. Но это совсем не смущало ее. Ей было уютно и легко. Она с удовольствием прислушивалась к вкусу угощения.

— Очень вкусно. — Она подняла глаза на Грациани и, поймав его полный нежности взгляд, засмеялась негромко, почти про себя.

— Теперь можно попробовать «турнедо Россини», — хозяин указал на блюдо и, пока Екатерина Алексеевна пробовала его, продолжал рассказывать, забыв положить себе. — Маэстро Россини был отменным кулинаром и оставил после себя немало примечательных рецептов. Впрочем, так же как и анекдотов о своей страсти к кулинарии. Но «турнедо» — одно из самых изысканных его блюд. Так же как и в «кростини», в основании «турнедо» лежит хлеб, но на этот раз поджаренный на сливочном масле. На нем сверху кусочек отбитого и обжаренного с двух сторон говяжьего филе. Мясо накрыто ломтиком паштета, который Луиджи украсил помидорами, лимоном и веточками петрушки, как завещал великий мастер.

— Если вы, господин Грациани, положите себе в тарелку это замечательное, как вы справедливо заметили, «турнедо», — Екатерина Алексеевна прожевала кусочек восхитительно нежного мяса и, откинувшись на стуле, с улыбкой смотрела на хозяина, — то, пока будете его есть, дадите возможность и бедному Марчелло отдать должное этому блюду.

Грациани растерянно взглянул в свою пустую тарелку и, засмеявшись, поспешил исправить это упущение, а Марчелло, который не против был отведать редкое угощение, не стал отказываться и поспешил наполнить вслед за хозяином и свою. Пока мужчины ели «турнедо», Екатерина Алексеевна, успев съесть свою порцию, потягивала вино и с удовольствием наблюдала за ними. Ей было хорошо и покойно. Всевозможные блюда из овощей, стоящие на столе, привлекали ее внимание, но она поостереглась что-нибудь съесть, понимая, что обед еще только начинается. И была совершенно права. Через несколько минут дверь в глубине комнаты отворилась, и в ней появился официант с супницей в руках. Поставив ее на стол, он достал из буфета суповые тарелки и сменил всем приборы. Пока официант занимался своим не требующим суеты делом и разливал в тарелки красный с перламутровыми разводами суп, Грациани вместе со своими гостями смаковал терпко пахнувшее вино.

— Это суп-пюре из томатов. — Хозяин сделал рукой приглашающий к продолжению трапезы жест. — Он достаточно острый и очень легкий, чтобы не слишком нас насытить и не лишить удовольствия, когда дойдет дело до центрального номера всей программы.

— Вы, как хороший режиссер, возбуждаете наше любопытство в первом акте вашей пьесы. — Екатерина Алексеевна с опаской попробовала странного цвета суп, но нашла его весьма приятным на вкус. — Но первый акт и сам по себе достаточно хорош.

— Сегодняшнее представление и было задумано только с одной целью, — Грациани поднял вверх палец, акцентируя свои слова, — развлечь вас, дорогая госпожа Фурцева.

— И вам пока это в полной мере удается. — Екатерина Алексеевна невольно опустила глаза, так как, произнося последние слова, Грациани смотрел на нее с выражением такой всепоглощающей любви, что все-таки смутил ее.

— Я счастлив, что в моем доме вы чувствуете себя свободно, но мне самому не хватает той свободы отношений, о которой я так мечтаю. — Он, казалось, забыл, что находится с ней все-таки не наедине.

— Мы свободны в той мере, в какой позволяют нам обстоятельства. — Ее сердце рванулось было к нему навстречу, но, взглянув на сосредоточенного и совершенно серьезного Марчелло, Екатерина Алексеевна в следующую секунду предостерегающе отчужденно взглянула в лицо Грациани.

— Разумеется. — Грациани с трудом взял себя в руки и, принужденно засмеявшись, продолжил уже с выражением, претендующим на шутку: — Но, как свободные люди, постараемся с наибольшей свободой распорядиться нашими обстоятельствами. И посему переходим к основному пункту нашего дружеского обеда.

Официант уже принес нечто на огромном блюде, закрытом высокой фарфоровой крышкой. Пока он в очередной раз менял приборы, Грациани наполнил опустевшие бокалы вином, и все с удовольствием после острого супа притушили небольшой пожар во рту. Екатерина Алексеевна была немного расстроена несдержанностью Грациани в присутствии Марчелло, хотя и разделяла ее в глубине души. Сам же хозяин дома корил себя за нее довольно строго, так как видел, что его гостья, как ему казалось, была скорее рассержена, чем расстроена. Впрочем, последнее его тоже не радовало. Ему хотелось скорее переключить ее внимание на что-то другое и отвлечь от неприятных эмоций, которые так неосторожно сам и вызвал. После недолгой, но показавшейся томительной паузы официант наконец снял крышку с блюда.

— Разрешите представить вам индейку, фаршированную белыми трюфелями, — с шутливой торжественностью объявил Грациани, вместе со всеми наблюдавший, как официант разрезает и раскладывает по тарелкам чудесно пахнувшую птицу, — любимое блюдо Россини, который так ценил эти деликатесные грибы, что сравнивал их с оперой Моцарта «Дон Жуан». «Чем больше их вкушаешь, — говорил он, — тем большая прелесть тебе открывается».

— Это блюдо приготовлено по рецепту самого Россини? — Екатерина Алексеевна тоже была счастлива переменить тему.

— О нет, — радостно поддержал Грациани смену ее настроения. — Это блюдо было изобретено довольно давно, а Россини просто присоединился к огромному числу его почитателей. Однажды он выиграл какое-то пари, ставкой в котором была как раз фаршированная индейка. Но проигравший все никак не отдавал приз, ссылаясь то на плохой сезон для трюфелей, то на отсутствие поставок. Россини устроил ему скандал и в запальчивости кричал: «Чушь, чушь! Это всего лишь ложные слухи, распускаемые индейками, которые не хотят быть нафаршированными!»

— Замечательно! — рассмеялась Екатерина Алексеевна. — Оказывается, Россини был не только великим композитором, не только великим гурманом, но и чрезвычайно остроумным человеком.

— Трудно сказать, — развел руками Грациани. — Итальянцы так эмоциональны и так любят блеснуть острым словом, что в их многочисленных пересказах теперь трудно отделить факты от легенды, и благодаря этому биография маэстро полна всевозможных, чаще всего гастрономических анекдотов.

— Но тому, что Россини любил индейку, фаршированную трюфелями, мне кажется, можно верить. — Екатерина Алексеевна под рассказ Грациани успела отведать новое для себя блюдо. — Просто невозможно представить, что кто-то не придет в восторг от этого вкуса!

— Я совершенно счастлив. — Грациани наконец и сам съел кусочек индейки и одобрительно покивал головой. — Теперь я вижу, мы с Луиджи действительно выдержали этот экзамен.

— Несомненно. — Екатерина Алексеевна уже забыла чувство неловкости, которое вызвало неосторожное признание хозяина дома, и снова наслаждалась его присутствием, чувствуя благодарность за его дружескую непринужденную болтовню, которой он так умело вернул ей ощущение легкости. — Итальянский обед, вне всякого сомнения, удался.

— Но это еще не финал. — Грациани поднялся из-за стола и предложил руку своей гостье. — Сейчас мы пойдем в мой кабинет, где нас ждет сладкое продолжение нашего обеда.

Екатерина Алексеевна картинно оперлась на руку хозяина, и они, смеясь, торжественно покинули столовую. Пройдя по балкону второго этажа, Грациани со своей спутницей и сопровождающий их Марчелло вошли в небольшую, по сравнению с первой, комнату, такое же высокое окно которой было завешено тяжелой травяного цвета шторой, отчего в ней царил зеленый приятный глазу полумрак. Однако Екатерина Алексеевна прекрасно разглядела очередной свой портрет в металлической рамке на письменном столе у окна. Что-то заискрило, засверкало в ней, и она с трудом удержалась от смеха. Если бы они были одни, она, наверное, обняла бы своего возлюбленного — как-то мимоходом в ней промелькнула мысль, что вот она впервые назвала его так, — и вволю посмеялась бы над его сентиментальностью. Но в присутствии Марчелло ее смех показался бы ему, скорее всего, обидным. Она все-таки удержалась, но внутри у нее все дрожало и переливалось. Оглянувшись в поисках того, что могло бы ее отвлечь от неуместного веселья, Екатерина Алексеевна увидела у стены роскошный низкий диван, над которым в такой же узкой металлической рамке висел еще один, такой же большой, как в холле, ее портрет в полный рост. Неожиданно ей расхотелось смеяться, и все вокруг поплыло от выступивших слез. Она подняла глаза на Грациани, и они на какую-то секунду замерли так, подавшись, потянувшись друг к другу, но в следующий момент, будто очнувшись, отступили и с трудом перевели дыхание. Взглянув одновременно на Марчелло, они обнаружили, что тот неизвестно когда отошел к окну и с большим интересом рассматривает что-то на улице. Грациани склонился и легко дотронулся горячими губами до руки Екатерины

Алексеевны. Они с улыбкой взаимопонимания посмотрели друг другу в глаза и, одновременно вздохнув, что рассмешило их и как будто сняло напряжение, отправились к дивану.

Перед ним на небольшом столике горели свечи в высоком подсвечнике, а на овальных блюдах были разложены всевозможной формы конфеты. Напротив дивана стояли два больших низких кресла. Марчелло, как будто потеряв интерес к происходящему на улице, отошел от окна, и они уже втроем расселись вокруг стола.

— Прежде всего, — голос Грациани был ровным, но с хрипотцой, отчего ему пришлось откашляться, — прежде всего, мы выпьем немного горячего «бицерина», который назван так в честь маленького бокала, в котором его и подают.

— Просто великолепно! — Екатерина Алексеевна пригубила напиток и удивленно подняла брови. — Я никогда ничего не пила, что так было бы мне по вкусу. Расскажите, пожалуйста, из чего он сделан.

— Это смесь горького какао, кофе и густых сливок, — Грациани тоже с удовольствием потягивал «бицерин», — но, боюсь, наслаждаться им можно только тут, в Италии. Только здесь есть все ингредиенты нужного сорта и качества.

— Ну, по крайней мере, я теперь точно знаю, почему я как можно чаще должна приезжать в Италию, — поддразнила Екатерина Алексеевна Грациани, но тут же, увидев, как дрогнули его губы, пожалела о своей шутке и примирительно дотронулась пальцами до его лежащей на столе руки.

— Я буду благодарен любой мелочи, — Грациани перехватил ее руку и, подняв, поцеловал, — которая заставит вас бывать здесь чаще.

— Будем надеяться, — Екатерина Алексеевна на этот раз была серьезна, — что мне и впрямь это удастся.

— Я очень надеюсь, что, попробовав наши конфеты, — Грациани пододвинул поближе к ней вазочку, — вы обнаружите еще одну причину, по которой вы должны будете навещать меня очень часто. Только будьте осторожны, эти маленькие конфетки нельзя кусать — их надо полностью положить в рот, так как они очень хрупкие и можно пролить заключенный в них ликер. Эти конфеты делают вручную, вручную же раскладывают в маленькие коробочки и доставляют покупателям на дом.

— М-м... — Екатерина Алексеевна чувствовала, как тепло стало у нее во рту от горьковатой сладости ликера и в душе от, конечно, сознательной оговорки Грациани «навещать меня». — Вы страшный и коварный обольститель и покоритель женских сердец!

— Вы, конечно, льстите мне, — Грациани рассмеялся весело и легко, — но, как всякому мужчине, мне очень нравится лесть.

— Тогда, — Екатерина Алексеевна с притворным вздохом развела руками, — мне придется и дальше льстить вам.

— Продолжайте, продолжайте, пожалуйста. — Грациани был притворно смиренен, но в глазах у него искрился счастливый смех.

— Ах, господин Грациани, — Екатерина Алексеевна на этот раз была действительно грустна: пока они так беззаботно болтали, она забыла обо всем на свете, но вдруг в какую-то секунду, будто проснувшись от толчка, поняла, что чудесный обед подошел к концу и надо возвращаться в реальный мир, где их отношениям нет, в общем-то, места. — Ах, господин Грациани, ваш итальянский обед был просто замечательным. Я искренне вам признательна за него. Но, к сожалению, все действительно хорошее имеет крайне неприятную особенность быстро заканчиваться. И мне, пожалуй, пора возвращаться к своим делам и обязанностям.

— Не может быть! — Грациани откинулся в кресле и растерянно смотрел на нее, будто не веря своим глазам. — Вы уже хотите покинуть меня?

— К сожалению, вы и сами прекрасно понимаете, что это время уже пришло. — Она с сожалением пожала плечами.

— Я знал, что это когда-то должно случиться, — Грациани печально покивал головой, — но так увлекся, что совершенно забыл об ужасной необходимости расставания.

— Однако это ведь не значит, что мы, расставшись, в ту же секунду забудем о существовании друг друга. — Екатерина Алексеевна смотрела ему в глаза уверенно и серьезно, пытаясь и утешить его, и дать ему хотя бы эфемерную, как она понимала, надежду.

— О, каждая минута моей жизни принадлежит вам, — Грациани, глядя так же серьезно в ее глаза, дотронулся на секунду до ее руки, потом поднялся, подошел к книжному шкафу, достал оттуда хрустальный круглый флакон и, вернувшись к столу, протянул его с поклоном своей гостье. — Я приготовил вам маленький подарок — флакон для духов. Как бы ни менялась ваша жизнь, какими бы духами вы ни наполнили этот флакон, каждый раз, открывая его, вы будете хотя бы на секунду вспоминать обо мне.

— Спасибо вам, мой дорогой друг, — Екатерина Алексеевна встала и, обхватив сверху его руки, держащие флакон, крепко сжала их, — поверьте, и без этого подарка я часто вспоминала бы вас, но мне очень приятно будет пользоваться им именно потому, что его подарили мне вы.

— Если вы позволите, — Грациани опустил руки, оставив в ее ладонях флакон, — я хотел бы проводить вас до гостиницы.

— Разумеется. — Екатерина Алексеевна опустила глаза, понимая, что они и так непозволительно откровенно говорили в присутствии Марчелло, но нисколько не сожалела об этом и не чувствовала уже неловкости.

Грациани достал из шкафа коробочку из блестящего белого картона и, забрав у гостьи флакон, положил его туда. Они молча улыбались, пока он паковал и передавал ей подарок, и так же молча спустились в холл. Им не хотелось говорить, они оба уже чувствовали разлуку. Марчелло отвез их к гостинице, где Грациани поцеловал на прощание ее протянутую руку, и они расстались с ощущением тоски и нахлынувшего одиночества. Пока продолжались гастроли, они встречались каждый день, но ни разу не остались наедине и ни разу не делали попыток заговорить о чем-то помимо работы. Только провожая Екатерину Алексеевну в аэропорту, Грациани преподнес ей небольшой букет из розовых роз, к которому она задумчиво прижималась лицом, поднимаясь по трапу, и потом, уже в самолете, всю дорогу домой.

Глава 21

Машину сильно качнуло при обгоне какого-то медленно ползущего автомобиля, и Екатерина Алексеевна, вернувшись в тягучий мрак московского ненастья, с удивлением подумала, как все-таки много места в ее жизни занимал самолет. Она не боялась перелетов и легко переносила их. Сказывалась ее летная подготовка в молодости. Ничего не случается просто так. Вот она, будучи пилотом, летала, можно сказать, с упоением и восторгом, а потом, уже пассажиром на больших самолетах, не мучилась так, как многие ее попутчики. Правда, тогда...

Тогда в Токио шел такой же проливной дождь со снегом вперемешку. Дверь в самолет уже задраили, но холод, пробравшийся в него вместе с пассажирами, заставлял всех невольно ежиться и передергивать плечами. Пассажиры снимали верхнюю одежду, встряхивали ее, разбрызгивая вокруг мелкие брызги, и развешивали на вешалке в конце самолета. Пробирались по узкому проходу к свободным креслам и возбужденно, как бывает всегда перед отлетом, переговаривались. Молоденькая и очень хорошенькая стюардесса помогала всем устроиться. Она явно волновалась, но старалась выглядеть уверенной и многоопытной.

— Здравствуйте, товарищи. Экипаж самолета во главе с летчиком первого класса Ивченко Николаем Николаевичем приветствует вас на борту авиалайнера. Меня зовут Инга, и я буду сопровождать вас во время полета. Рассаживайтесь так, как вам удобно, товарищи. Одеяла в ящиках над головой.

— Мама, можно я сяду у окна? — Света вернулась из хвостовой части самолета, куда отнесла свою большую дорожную сумку, набитую покупками из Японии.

— Что можно увидеть в такую тьму? — удивилась Екатерина Алексеевна, пропуская дочь к иллюминатору.

— Это здесь, на земле, тьма, а наверху, за облаками, солнце!

— И то правда.

— Екатерина Алексеевна, хотите коньячка? — Директор Эрмитажа поднял вверх маленькую бутылочку с колпачком в виде стаканчика.

— Спасибо, Евгений Романович, что-то не хочется. — Она покачала головой и благодарно улыбнулась.

— А я, если позволите, с удовольствием выпью глоточек. — Директор Музея изобразительных искусств тяжело вздохнула. — Не люблю летать.

— Тогда самое время для живительной влаги. — Евгений Романович протянул коньяк сидящей в следующем ряду Елене Александровне.

Самолет уже вырулил на взлетную полосу и теперь, присев и содрогаясь, с ревом набирал обороты. Все уже устроились и, откинувшись на спинки кресел, приготовились к долгому путешествию.

— Пристегните ремни, пожалуйста, и не курите при взлете. — Стюардесса бдительно оглядела своих немногочисленных пассажиров и, сев в кресло, тоже пристегнулась.

— Не беспокойтесь. Мы исключительно дисциплинированны, — уверил стюардессу Евгений Романович.

— Будем надеяться, что не попадем в болтанку, — ворчливо заметил директор Русского музея.

— После нашей выставки, согласитесь, Дмитрий Ярославович, даже болтанка не столь большая плата за триумф, — хохотнул Евгений Романович.

Взревев совсем уж яростно и прижав пассажиров к спинкам сидений, самолет рванулся вперед, на взлет. Все замолчали, захваченные этим стремительным разбегом, и невольно задержали на секундочку дыхание. Несколько раз довольно сильно встряхнуло, самолет подпрыгнул и, слегка качнув крыльями, поднялся в воздух. Почти сразу же по внешней стороне стекол иллюминаторов побежали косые зигзаги дождя, а еще через пару минут их затянула грязноватая вата низких облаков. Пробиваясь через них, самолет подрагивал и изредка срывался в небольшие, но тем не менее вполне ощутимые воздушные ямы. Погода, конечно, была для перелета прескверная, но все были счастливы от мысли, что возвращаются домой.

Екатерина Алексеевна, уставшая и от хлопот, и от торжеств, удобно расположившись и расслабившись в кресле, закрыла глаза с намерением немного вздремнуть. Путь предстоял долгий, и времени отдохнуть было предостаточно. Она слышала едва различимые сквозь ровный шум моторов голоса своих спутников, уже оправившихся после взлета и обсуждавших теперь какие-то тонкости хранения и транспортировки картин. Стюардесса сообщила, что можно расстегнуть ремни, и стала предлагать желающим воду. Наверное, Екатерина Алексеевна все-таки незаметно заснула и, видимо, проспала уже около часа, когда ее разбудил какой-то сбой в звуке моторов. Еще в полусне она напряглась и вдруг окончательно проснулась, услышав, вернее, даже ощутив явственное чихание мотора с правой стороны. Не открывая глаз, похолодев, Екатерина Алексеевна слушала, как раз за разом все немощнее делает он попытки встроиться в ровный гул других моторов. Переждав, она, словно ненароком, оглядела салон — никто из остальных пассажиров как будто бы ничего не заметил. Но когда мотор окончательно заглох, машину затрясло и стало водить из стороны в сторону. Несколько долгих минут все, умолкнув и вцепившись в подлокотники, пережидали, как всем казалось, очередную воздушную яму. Самолет выровнялся, и Екатерина Алексеевна, пытающаяся услышать голос умолкнувшего мотора, вдруг поняла, что этого уже не случится. На какое-то время она подумала, что оглохла, но в следующее мгновение голоса ее попутчиков буквально взорвались у нее в ушах.

— Все-таки в такую погоду лететь тяжело. — Голос Елены Александровны был пронзительно четким.

— Ну, не намного тяжелее, чем прошлый раз. Это вы просто устали от Японии. — Дмитрий Ярославович говорил с успокаивающими интонациями.

— Но такой болтанки, согласитесь, все-таки не было, — упрямо возразила Елена Александровна.

— Так ведь и погода была другая. Нам еще повезло, что хоть в одну сторону летели без приключений, — легкомысленно, как показалось Екатерине Алексеевне, ответил Дмитрий Ярославович.

Екатерина Алексеевна еще раз цепко оглядела салон. Пассажиры продолжали переговариваться о чем-то незначащем, а вот стюардесса, с бледным осунувшимся лицом вышедшая из кабины пилотов, натянуто улыбалась и старалась выглядеть беззаботной. И хотя ей это плохо удавалось, в салоне никто ничего не заметил. Екатерина Алексеевна сидела неподвижно, глядя прямо перед собой, и старалась взять себя в руки. Собственно говоря, ничего страшного: самолет четырехмоторный, и ситуация, хотя и не была штатной, не стала и катастрофической. На трех моторах они прекрасно дойдут до аэродрома, а там техники что-нибудь сообразят...

Самолет сильно тряхнуло, и через паузу он мелко и противно завибрировал. Потом вроде бы все успокоилось, и пассажиры, переведя дыхание, заговорили снова, стараясь скрыть друг от друга охватившее их беспокойство. Что-то тревожное витало в воздухе, какое-то невнятное, за гранью реального, ощущение опасности тихо вползло в душу и сжало сердце Екатерины Алексеевны. Через мгновение чуткое ухо бывшего пилота позволило ей услышать едва заметные перебои в моторе теперь уже слева по борту. Сердце замерло на секунду и заколотилось вдруг, как овечий хвост, быстро и мелко, отчего сразу же стало не хватать воздуха, и пришлось глубоко вздохнуть. Мотор явственно чихнул, и самолет вильнул в сторону. Сердце остановилось. Замерев и затаив дыхание, она вслушивалась в звук работающего мотора. Какое-то время казалось, что все идет вполне нормально, и Екатерина Алексеевна, услышав гулкое биение своего сердца, уже перевела облегченно дыхание, как вдруг через мгновение раздался довольно громкий выхлоп, заставив самолет снова дернуться в сторону. Екатерина Алексеевна выпрямилась в кресле и обвела взглядом салон — попутчики ее, не понимая, что происходит, но чувствуя по рваному полету неладное, замолчав, смотрели во все глаза на стюардессу, которая, позеленев и вцепившись руками в подлокотники, закрыла глаза, будто потеряв сознание.

— Вам дурно? — сочувственно спросил стюардессу Евгений Романович, сидящий рядом с ней в первом ряду, и успокаивающе погладил ее сведенную судорогой руку.

— Нет-нет, со мной все в порядке, — пролепетала та едва слышно и, открыв глаза, постаралась принять независимый и уверенный вид.

— Что происходит? — приподнявшись, настороженно спросила Елена Александровна и обвела салон сердитым взглядом.

— Боюсь, у нас проблемы. — Стюардесса все-таки взяла себя в руки и, встав, повернулась лицом к встревоженным пассажирам.

— Что вы имеете в виду? — Елена Александровна была собранна как всегда, но голос ее все-таки дрогнул.

— Пристегните, пожалуйста, ремни. Возможно, нас ждут некоторые неудобства, — к девушке вернулся нормальный цвет лица, а голос стал твердым и звонким.

На последнем ее слове мотор снова дал сбой, и самолет резко наклонило так, что стюардессе пришлось схватиться за спинку кресла, у которого она стояла. Все невольно ахнули и торопливо стали искать ремни, но в спешке путались и никак не могли выдернуть их из-под себя. В суете, возникшей вокруг ремней, никто в салоне, кроме Екатерины Алексеевны и, надо полагать, стюардессы, не услышал хлопка, после которого мотор окончательно заглох.

— Любопытно, что вы имеете в виду под неудобствами? — Голос Дмитрия Ярославовича был спокоен и чрезвычайно вежлив.

— Видимо, мы попали в полосу турбулентности, поэтому некоторое время полет будет сопровождаться неудобствами, — довольно туманно пояснила девушка.

Самолет трясло и бросало из стороны в сторону так сильно, что стюардессе пришлось снова сесть, а вернее, упасть в свое кресло. Через какое-то время, которое показалось всем вечностью, полет стабилизировался, и все, наконец вздохнув с облегчением, постарались заглушить всеобщую тревогу разговорами о тех чудесах, которые им удалось повидать в Японии. Стюардесса прошлась по салону и, проверив ремни, ушла в кабину пилотов.

Два мотора из четырех приказали долго жить, — Екатерина Алексеевна усмехнулась невольному каламбуру. Хотелось бы верить, но надо смотреть правде в глаза — шансов у них пятьдесят на пятьдесят...

Светлана! — будто взорвалось у нее в голове и страшной болью выплыло к вискам. Она зажмурила глаза и вцепилась в подлокотники, всей кожей ощутив рядом с собой напрягшееся, как струна, тело дочери. Екатерина Алексеевна чувствовала, как где-то глубоко внутри у нее с бешеной скоростью крутится невнятная темная путаница мыслей, то одна, то другая, не приобретая явственных очертаний, вылетала каким-то плохо различимым клочком. Но по верху этого безудержного вихря, не погружаясь в него, размеренно раскручивались вполне четкие и даже спокойные, уравновешенные рассуждения. Если начать сейчас успокаивать дочь, девочка встревожится еще больше. Надо вести себя так, как будто бы ничего экстраординарного не происходит. Екатерина Алексеевна открыла глаза, расслабившись и повернув голову к Светлане, спокойно посмотрела на нее.

Встретив горячечный блеск круглых от сдерживаемой тревоги голубых глаз дочери, улыбнулась.

— Ты как? — чуть приподняла брови.

— Да никак. Нормально, — не сразу ответила та.

— Не тошнит? — добавила в голос заботы.

— Ты же знаешь, я прекрасно переношу самолет, — раздраженно фыркнула дочь, явно успокоенная поведением матери.

— Ну и чудесно. Я, пожалуй, еще вздремну, — Екатерина Алексеевна отвернулась и закрыла глаза, не в силах больше держать свой взгляд в той безмятежности, которую она постаралась изобразить для Светланы.

Нет, только не теперь! Только не теперь! Все, что угодно, для нее самой. Но с девочкой ничего не должно случится. Только не с девочкой! Из вертящегося хаоса мыслей, обварив кипятком, вдруг вырвалось: а что же будет с мамой, с Мариночкой?! Да ничего ни с кем не случится — спокойная сознательная мысль затолкнула усилием воли этот всплеск в глубину темного водоворота. Ничего не случится... Экипаж первого класса и прекрасно подготовлен к нештатным ситуациям. Но здесь ничего сделать нельзя, — выползла из глубины мерзкая дрожащая мыслишка. Глупости! Глупости! Глупости! Оставшиеся моторы работают с двойной перегрузкой, но запаса прочности должно хватить еще на какое-то время. На какое...

Из пилотской кабины вышла стюардесса.

— Товарищи! Командир экипажа считает необходимым поставить вас в известность о том, что на борту вышли из строя два двигателя. Однако это не значит, что вышла из-под контроля ситуация, — попыталась пошутить она. — Мы просим вас не покидать своих мест и соблюдать спокойствие. Пилот запросил у ближайшего по курсу аэропорта разрешение на аварийную посадку. Если мы получим такое разрешение, то через сорок минут расчетного времени мы должны приземлиться в Анкоридже на Аляске. Нас примет аэродром военной базы ВМС США. Еще раз прошу соблюдать спокойствие и не покидать своих мест.

— Не беспокойтесь, — Евгений Романович был, как всегда, спокоен и вежлив, — мы, как я вас уже уверял, исключительно дисциплинированны.

Теперь, когда все узнали действительное положение вещей, Екатерина Алексеевна почувствовала облегчение от ощущения разделенной со всеми опасности. На долю секунды ей показалось, что все не так страшно. Но в следующее мгновение, когда в руку ей вцепились холодные пальцы дочери, сердце опять оборвалось.

— Это очень опасно? — Голос Светы задрожал.

— Ну, конечно, ничего хорошего, — Екатерина Алексеевна сделала усилие, чтобы ее голос звучал спокойно и даже лениво, — но и поводов для особых волнений нет. Тем более что мы вообще скоро пойдем на посадку.

— А садиться с двумя моторами разве можно? — Дочь заглянула ей в глаза.

— А почему нет-то? — довольно убедительно удивилась мать.

— Почему же все сидят с зелеными лицами? — Света вывернулась и, не расстегивая ремней, привстав, огляде-ла салон.

— Не все так легко переносят болтанку, как ты, — усмехнулась Екатерина Алексеевна.

Светлана села и откинулась на спинку кресла. Она привыкла прислушиваться к мнению матери, и ее спокойствие, как всегда, вдохнуло в нее некоторое чувство уверенности. Молчание в салоне нависло тяжким, темным облаком и было таким угнетающим, что не могло не ощущаться как глухая угроза. Екатерина Алексеевна чутко прислушивалась к ровному, но, как теперь ей казалось, натужному гулу моторов. Она всегда прекрасно понимала дочь и сейчас ощущала ее душевное состояние с особым, обнаженным чувством бесконечного единения. Екатерина Алексеевна легко и обнадеживающе похлопала ее по руке. Всем своим видом она буквально излучала спокойствие и беззаботность. Неожиданно и как-то просто проскользнуло, что вот, оборвись сейчас ее жизнь, она не стала бы сожалеть об этом. Впереди ее ждал тупик, о котором она как будто бы никогда не думала, но вдруг сейчас осознала его как данность, от которой никуда не деться. Что прервись ее жизнь так нелепо и нежданно, она каким-то образом утрет нос всем своим мучителям в ЦК. Пусть тогда найдут другого министра, который сумеет сделать столько, сколько смогла и успела сделать она. Обменные гастроли с «Ла Скала», Московский международный кинофестиваль, Международный конкурс имени Чайковского, бесконечная триумфальная череда международных художественных выставок... Жаркая волна стыда и гнева захлестнула ее внезапно. Кому и что она докажет своей смертью? Бред какой-то! Чего только не придет в голову...

— Скажите, Инга, вы бывали в Ленинграде? — Евгений Романович с неподдельным интересом смотрел на стюардессу, которая довольно напряженно сидела в своем кресле.

— Что?.. Ах да. Я часто бываю там. У меня в Ленинграде живут родители. — Девушка сначала растерялась, но потом с готовностью откликнулась на вопрос обаятельного соседа.

— А в Эрмитаже? — Евгений Романович, казалось, полностью погрузился в беседу.

— В детстве, я ведь выросла в Ленинграде, часто бывала. И с родителями, и с классом. У нас был прекрасный учитель истории, который водил нас по музеям довольно часто. — Инга совершенно отвлеклась от своего настороженного внимания, с которым она прислушивалась к звуку двигателей.

— А когда были последний раз? — Евгений Романович был мягок, но настойчив.

— Даже не знаю... Года четыре назад, наверное. — Девушка смутилась, будто сделала что-то нехорошее.

— Вот и напрасно, у нас меняются экспозиции не один раз в году, и вы пропускаете много интересного, — покивал головой Евгений Романович.

Остальные пассажиры, еще минуту назад погруженные в собственные, отнюдь не приятные ощущения, невольно вслушивались в их беззаботный и ни на что серьезное не претендующий разговор. Екатерина Алексеевна тепло улыбнулась — Евгений Романович, вне всякого сомнения, был встревожен не менее других, но как истинный интеллигент и джентльмен, пытался разрядить обстановку и помочь женщинам справиться с волнением. Удивительно приятный и выдержанный человек. Какие все-таки чудесные люди окружают ее. Казалось бы, все так хорошо устроилось в ее жизни, но... Если бы не постоянное напряжение, в котором ее держали кураторы ЦК. Она чувствовала себя куклой-марионеткой в их руках. Стоило только на секунду забыться и почувствовать себя свободной, как тут же следовал рывок незримого шнура, на котором ее держали. Петля затягивалась, и она начинала задыхаться. И чем дальше, чем чаще хотелось ей сорвать со своей шеи эту мучающую и постоянно унижающую ее петлю. Но сделать это можно только вместе с головой, — усмехнулась она сама себе. Впрочем, напрасно она вдруг задумалась обо всем этом именно сейчас. Надо бы думать о чем-то хорошем, светлом — мысль материальна и привлекает подобное к подобному. Она ведь собиралась в следующем году в Италию! Там, она абсолютно уверена в этом, ждет ее Грациани. Она сразу будто увидела его высокую широкоплечую фигуру, жесткое волевое лицо и густую шапку седых волос. Его глаза, такие... Все понимающие. И почти всегда грустные. Любимые глаза... Она обязательно поедет в Италию. И возьмет с собой Светланку. А может быть, и Маришку. Она так редко видит их. Вот прилетят в Москву, и она целую неделю проведет с ними. Ну, неделю — это вряд ли получится, — вмешалась тут же трезвая мысль. А вот денек — это уж точно. Поедут все вместе гулять, пообедают в ресторане, а вечером — в цирк.

— Минуточку внимания, товарищи. — Стюардесса вышла из кабины пилотов.

Пассажиры в салоне напряженно выпрямились и испуганно уставились на нее в ожидании очередных плохих новостей.

— Самолет заходит на посадку. Поднимите, пожалуйста, спинки сидений. Проверьте свои ремни безопасности. Наклонитесь вперед и крепко обхватите себя за колени. Во время посадки, возможно, будет сильно трясти. В этом ничего страшного нет. Наземные службы готовы принять борт. — Голос девушки был серьезен, но полон такой спокойной уверенности, что невольно заразил ею и пассажиров.

Никто не произнес ни слова, но все с одинаковой готовностью склонились на своих сиденьях и, затаив дыхание, приготовились к последнему, как хотелось бы думать, испытанию. Самолет вошел в облака, и его начало довольно сильно трясти. Пару раз он провалился в воздушные ямы, и у всех захватывало дыхание, но ничего экстраординарного больше не происходило. Минут через десять томительного ожидания колеса довольно резко ударились о взлетную полосу, самолет несколько раз подпрыгнул, каждый раз с дребезжанием снова ударяясь о покрытие. Наконец, уже не отрываясь, колеса его уверенно побежали по земле, и все почувствовали, что он начал тормозить. В самолете что-то гремело, бренчало, звенело, и весь он содрогался как-то особенно страшно. Скорее всего, как всегда, но у страха глаза велики, — усмехнулась Екатерина Алексеевна, чувствуя, как противно вместе с самолетом дребезжат и ее зубы.

Наконец, заскрежетав, как показалось, уж совсем неприятно, самолет резко остановился, отчего всех качнуло сначала вперед, а потом так же сильно назад. Пассажиры медленно распрямлялись, размыкая затекшие от усилия руки и, все еще не веря себе, откидывались по очереди на спинки сидений. Не верилось, что все страхи позади. За иллюминаторами расстилались поля розово-голубого от заходящего солнца снега. У всех после пережитого наступила эйфория. Пассажиры смеялись, восторгались пейзажем за окном, летчиками, которые справились столь блестяще с такой нешуточной ситуацией, самолетом, который так замечательно доставил их на землю, Ингой, такой хрупкой и молодой, которая так отважно вместе с ними перенесла все тяготы неудачного рейса.

— Здравствуйте, товарищи. — Из кабины вышел командир экипажа, подтянутый и такой свеженький, будто только собирался еще в полет.

— Здравствуйте, Николай Николаевич. — Все отчего-то сразу вспомнили, как его зовут, и стали одновременно поздравлять его с удачным окончанием эпопеи.

— Ну, иначе и не могло быть, — со смехом отвечал он, и зеленые, как рассмотрела Екатерина Алексеевна, его глаза сверкали и лучились за длинными пушистыми ресницами.

— Как с нами поступят местные власти? — спросила она его, когда шум немного поутих.

— Трудно сказать. В аэропорт нас сейчас проведут, как только подадут трап. Но в городок вряд ли разрешат пройти — все-таки военная база. Однако командующий обещал связаться с руководством в Вашингтоне, и, принимая во внимание, что на борту министр, возможно, там дадут разрешение сделать исключение, — с извиняющимися интонациями объяснил тот.

— Будем надеяться, — скептически подняла брови Екатерина Алексеевна и вместе со всеми начала готовиться к выходу.

Трап подали довольно быстро, и все цепочкой потянулись к выходу. Мороз сразу схватил за лицо и даже склеил ноздри у распаренных в салоне пассажиров. Все принялись хлопать руками, тереть щеки, дергать себя за нос и неудержимо хохотать от вполне объяснимого восторга. Искрящийся, переливающийся чистый снег расстилался вокруг нетронутой целиной, шапкой лежал на невысоком здании аэропорта. Флаг Соединенных Штатов лениво колыхался от неощутимого здесь, на земле, ветра. По трапу спустился экипаж и присоединился к кучке пассажиров. Небольшой автобусик резво выбежал из-за какого-то ангара и по хорошо расчищенному полю быстро подъехал к вновь прибывшим. Сидящий за его рулем огромный белобрысый и белозубый парень в форме распахнул дверцу и радостно замахал им рукой, приглашая войти в салон. Впереди дамы, мужчины за ними — все потянулись в автобус.

В помещении аэропорта было тепло, светло и полно цветов. Экипаж сразу же ушел с подошедшим офицером, а пассажиры, немного поахав по поводу цветов, в некоторой растерянности стали размещаться в креслах вокруг широкого низкого стола, стоящего в углу довольно большого фойе. Однако не успели они приуныть, в стеклянных дверях в глубине фойе показался еще один офицер.

— Господа, через несколько минут вам подадут автобус, который отвезет вас в гостиницу и останется в вашем полном распоряжении. В Вашингтоне приняли во внимание, что советскую делегацию возглавляет госпожа министр, и дали добро, — с улыбкой сообщил он на прекрасном русском языке, чем немало удивил присутствующих.

— Передайте вашему командованию нашу благодарность. И не знаете ли вы, как долго придется нам злоупотреблять вашим гостеприимством? — Екатерина Алексеевна улыбалась так же ослепительно, как американец.

— Трудно сказать, но наши техники уже приступили к осмотру самолета. — Офицер продолжал улыбаться, хотя всем остальным теперь показалось, что радость его не вполне уместна.

Впрочем, мысль о том, что они не будут, как нежданные родственники, сидеть всю ночь в креслах, быстро вернула всем хорошее настроение. Автобус, такой же маленький, как и тот, что встречал их, быстро доставил их к трехэтажному зданию в центре небольшого, с разноцветными домиками чистенького городка. С помощью Евгения Романовича, который взял на себя роль добровольного переводчика, быстро разобрались с гостиничным руководством, которое сообщило, что счастливо принимать у себя гостей из Советского Союза, и расселило всех в одноместные маленькие, очень теплые и уютные номера. Ресторан, как сообщило все то же руководство, находится здесь же, в здании гостиницы на первом этаже, поэтому все, умывшись и быстренько переодевшись, немедленно отправились туда. После пережитого всеми овладело чувство страшного голода.

Просторный, весь обшитый темным деревом и задрапированный бежевой тканью зал ресторанчика сверкал люстрами, бра и белоснежными скатертями. Екатерину Алексеевну сжигал какой-то радостный и свирепый огонь. Голова кружилась, в глазах мерцало, ужасно хотелось есть. И смеяться.

— Что господа будут заказывать? — Подошедший официант с нескрываемым любопытством разглядывал поздних посетителей.

— Все. Все самое дорогое и вкусное. — Екатерина Алексеевна расхохоталась, будто сказала невесть что остроумное, и ее попутчики тоже закатились неудержимым смехом.

— Господа прилетели из Советского Союза? — не дожидаясь перевода, на плохом русском спросил явно пораженный официант.

— Вот именно, — опять рассмеялась она.

— О! Я скоро принесу все, что только есть в нашем ресторане. — Официант говорил с чудовищным акцентом.

— Вы русский? — Екатерина Алексеевна удивленно подняла брови.

— Нет! Нет, я полек, — радостно закивал тот головой.

— Как же вы попали сюда? Вы давно здесь? — начали все спрашивать наперебой.

— Я приехал за хороший деньги. И вот живу здесь двадцать лет. Купил себе дом. Вы должны приехать в него. Моя жена не простит, если я не привезу вас к ней. Надо же, у нас тут на Аляске русский министр! Такая красивая женщина — и министр, — радостно тарахтел он.

— Екатерина Алексеевна, а что если нам действительно поехать к нему в гости? — Евгений Романович выжидательно смотрел на главу их маленького сообщества.

— Нет возражений, но сначала очень бы хотелось чего-нибудь все-таки съесть, — смеялась та, захваченная всеобщим возбуждением.

— Простите, как вас зовут? — поинтересовался вежливый Евгений Романович.

— Карел! Карел Драпек, а моя жена Таня. Это совсем русское имя. Ее мама была русская. Я сейчас позвоню, чтобы она готовила чай. — Официант с разлетающейся в руках салфеткой побежал сломя голову куда-то за перегородку в конце зала.

— Будем надеяться, что на радостях он не забудет принести нам поесть, — засмеялась Елена Александровна.

Все смеялись, сами не зная чему, обсуждали странную судьбу поляка, заброшенного в такую даль от дома, удивлялись его смелости и опять смеялись почти до слез. Громкими восторгами приветствовали действительно довольно быстро появившегося из кухни Карела с огромным блюдом в руках. За ним появился еще один официант, тоже нагруженный всевозможной провизией. Замыкал процессию, видимо, хозяин заведения с ведерком, из которого выглядывала бутылка шампанского. Все происходящее вызывало всеобщий восторг. Никто не отдавал себе отчета, что все это бурное веселье — просто реакция на перенесенные волнения. Да это и не имело значения. Всем было хорошо и легко. Ели, обсуждая каждое блюдо и находя его неизменно восхитительным. Пили совершенно изумительное шампанское и, недолго посовещавшись, пришли к убеждению, что одной, нет, еще двух бутылок будет очевидно мало. Выпили три бутылки под громкие тосты, захмелели и, признавшись себе в этом, решили больше не заказывать. Карел носился вокруг, поднося все новые блюда, меняя тарелки и принимая участие в общем веселье. Не стали пить чай, поднялись в номера, чтобы одеться, и сразу же собрались в фойе гостиницы. Карел в яркой синей куртке с капюшоном, отороченным пушистым мехом, уже ждал их. Со смехом забрались в автобус. Карел что-то объяснял водителю и поминутно поворачивался к веселящимся попутчикам.

— Моя жена уже ждет вас, — радостно сообщал он в который раз.

— А это удобно, что мы едем к вам так поздно? — поинтересовался Евгений Романович, взглянувший на часы и обнаруживший, что уже начало восьмого.

— Удобно! Очень удобно! — бурно уверил его Карел.

— Долго ли нам еще ехать? — Елена Александровна с опаской смотрела на заснеженные улицы.

— Мы уже приехали. Вот мой дом. — Карел что-то сказал водителю, и тот остановил машину у голубого двухэтажного строения.

Все стали выбираться из автобуса на хрустящий, разлетающийся снежок, со смехом обсуждая небесный цвет дома, его внушительные размеры и стерильную чистоту улицы. Карел, дождавшись, когда все вышли, забежал вперед и повел гостей к крыльцу. Навстречу их шумной компании распахнулась дверь, и светлый ее проем очертил фигуру невысокой худенькой женщины.

— Здравствуйте. Здравствуйте. Добрый вечер. — Все, по очереди входя в дом, здоровались и, почувствовав тепло, сразу же начинали расстегивать шубы и куртки.

— Здравствуйте, заходите, пожалуйста, раздевайтесь, чай уже ждет вас. — У женщины оказался приятный глуховатый голос и речь почти без акцента.

— Это моя жена Таня. — Карел, кажется, вот-вот готов был лопнуть от гордости, то ли за действительно очень приятную жену, то ли за дом, который на самом деле поразил всю компанию.

Все оглядывались с нескрываемым интересом. Повесив верхнюю одежду на деревянную рогатую вешалку, постучав нога об ногу, чтобы сбить снег со слегка запорошенной обуви, проходили под своды большого помещения, назначение которого трудно было определить с первого взгляда. Весь первый этаж дома был лишен каких-либо перегородок и представлял собой объединенную прихожую, кухню, гостиную и кладовку. На полках вдоль стен расставлены и развешаны всевозможные припасы, с потолка свешивались гирлянды лука, банные веники и высушенные букеты цветов. Газовая плита, холодильники, стиральная и посудомоечная машины стояли у одной стены, а у другой горел жаркий огонь в большом камине. Полукруглые диваны, стоя посреди комнаты, разделяли сферы деятельности, повернувшись спинками к кухне и сиденьями к очагу гостиной. Все это довольно значительное пространство уютно освещалось только огнем камина и многочисленными маленькими бра, развешанными на неокрашенных деревянных стенах. Перед диванами стояли сдвинутые низкие столики, накрытые вышитыми скатертями и заставленные всевозможными сладостями.

— Прошу вас, прошу вас. — Хозяин настойчиво тащил гостей на второй этаж по широкой деревянной лестнице.

— Мы в уличной обуви, — пытался урезонить его Евгений Романович.

— Ничего. Это ничего. Вы должны посмотреть весь мой дом. — Карел был в таком возбуждении, что никто не взял на себя смелость противоречить ему.

— Какие большие светлые комнаты! — искренне восхитилась Елена Александровна.

— Это спальня. Это гостевая, раньше здесь жил наш сын, но теперь он записался в армию и служит на базе в Японии. — Голос Карела просто звенел от гордости.

— У вас только один ребенок? — поинтересовалась Елена Александровна, которой явно нравилась эта странная ночная экскурсия.

— О да! И это очень хорошо, иначе в нашей единственной ванной постоянно была бы очередь, — шутил Карел, распахивая перед гостями очередную дверь в большую, всю отделанную голубым с зелеными узорами кафелем ванную комнату.

Екатерина Алексеевна сначала с живым интересом рассматривала все, что показывал им гостеприимный хозяин. Они со Светой заканчивали строить в Жуковке дачный домик — конечно, не такой большой, но по планировке очень похожий на этот. Забавно: министр рассматривает дом официанта и понимает, что такой не может себе позволить. Что-то странное все-таки в этом есть. Екатерина Алексеевна посмотрела на Свету и, поймав ее ироничный взгляд, как-то неловко усмехнулась. У нее испортилось настроение, и она, будто отгородившись, без интереса ходила вместе со всеми по дому, уже не удивляясь и не радуясь ничему, что так восторгало других.

К тому времени, когда спустились на первый этаж, жена Карела разлила в большие разноцветные кружки крепко, по-русски (как, смеясь, говорил Карел) заваренный чай. Все шумно расселись и стали пробовать печенье, рогалики, какие-то пышки, испеченные Таней, и варенье из морошки, сваренное ею же. Все было вкусным, и гости с удовольствием трапезничали, расхваливая хозяйку за угощение и хозяина за чудесный дом. Карел все время вертелся, подхватывался, чтобы подлить кому-то чай, и беспрестанно повторял, как он счастлив принимать у себя русских и уж совершенно полон восторга видеть в своем доме госпожу министра. Через час все возможные в таком случае темы были исчерпаны, а главное, стало потихоньку проходить владевшее всеми возбуждение. После всплеска эмоций на компанию стала наваливаться апатия, и гости стали собираться в дорогу. Карел и Таня пытались уговорить их остаться еще, но все, ссылаясь на долгую и тяжелую дорогу, были непреклонны.

Из последних сил изображая веселье, распрощались с хозяевами, в полном молчании доехали до гостиницы, где вяло распрощались и разошлись по номерам. Ночью Екатерина Алексеевна, всегда прекрасно спавшая в любых ситуациях, ворочалась и никак не могла уснуть. Ее мучила какая-то неосознанная обида неизвестно на что, запоздалый ужас едва не случившейся катастрофы и раздражение на своих спутников, нелепо, как ей казалось теперь, восхищавшихся домом официанта. С трудом уснув, она тем не менее проснулась довольно рано и, спустившись в ресторан, в одиночестве принялась завтракать, хотя совершенно не чувствовала голода. Где-то минут через сорок стали подтягиваться и остальные, тоже явно не отдохнувшие и оттого молчаливые и как будто даже неприветливые. Однако, как люди воспитанные, они все-таки пытались поддерживать ничего не значащий разговор и через силу улыбались. От вчерашнего возбуждения не осталось и следа. Каждый со страхом думал о необходимости снова лететь на таком ненадежном сооружении, как самолет. Дверь в ресторан распахнулась и впустила румяную от мороза Ингу, их стюардессу.

— Здравствуйте, товарищи! Вы уже позавтракали? Это замечательно, мы можем лететь дальше. Все неисправности устранены. — Инга явно была счастлива.

— И нас не ждут какие-то неприятные неожиданности в полете? — выражая всеобщее опасение, спросила Елена Александровна.

— Не волнуйтесь, американские техники работали всю ночь и обещали, что двигатели будут работать как швейцарские часы, — засмеялась девушка.

— Так нам собираться? — Елена Александровна явно тянула время.

— Экипаж уже в самолете. — Инга с улыбкой смотрела на вдруг замерших своих пассажиров.

Екатерина Алексеевна почувствовала внезапный озноб, ее затошнило, а в животе стало как-то пусто и холодно. Мысль о полете вызывала почти непреодолимый ужас. Она взглянула на своих спутников и прочитала на их побледневших лицах те же чувства, что с такой силой навалились и на нее. Это, как всегда, когда надо было брать на себя ответственность, вернуло ей самообладание.

— Ну что ж, путь не близкий, так что давайте собирать вещи, — улыбнулась она всем, вставая.

— Может быть, кофе еще выпьем? — как-то жалобно попросила Света.

— Кофе мы можем выпить и на борту. Правда, Инга? — Екатерина Алексеевна засмеялась и взглянула на девушку.

— Конечно! Как только взлетим, сразу же будем пить кофе, — закивала та в ответ.

При слове «взлетим» все еще больше побледнели и как-то поникли, однако через минуту, хоть и неохотно, стали выбираться из-за стола и, едва передвигая ноги, побрели в свои номера. Екатерина Алексеевна, почувствовав себя снова главой их маленькой делегации, напротив, чрезвычайно бодро поднялась на второй этаж, собрала свой чемодан и быстро спустилась вниз. Червячок тревоги еще шевелился в душе, но был загнан так глубоко, что на него можно было не обращать внимания. Она даже ощущала какой-то душевный подъем, который холила и лелеяла в надежде, что он оградит ее от ненужных переживаний.

Когда самолет заревел перед взлетом, сердце ее все-таки дрогнуло и, подскочив, забилось где-то в горле, но она усилием воли заставила его вернуться на место. И все это время, пока она боролась с предательской слабостью, Екатерина Алексеевна внимательно следила, чтобы с лица ее не сползла легкая уверенная улыбка. Она чувствовала себя как на трибуне, когда на нее устремлены взгляды людей, которых она должна убедить в своей правоте и повести за собой куда-то, дорогу куда, как ей казалось, она всегда знала. Впрочем, если говорить откровенно, она уже не так уверена в этом своем знании. Вернее, куда — вроде бы понятно, а вот как? По крайней мере, понятно, что не так, как нынешнее руководство это делает. Да и кто стоит во главе государства? Она раздраженно передернула плечами. Все в ЦК больше заняты проблемами собственного благополучия, чем мыслями о судьбе народа. Она давно отбилась от их клана, и ее самодостаточность была причиной их постоянного раздражения. Давление на нее становилось все более ощутимым. Искали повод в надежде избавиться от ее раздражающего присутствия и следили за каждым шагом. Такие поездки давали ей возможность не только продвинуть какое-то стоящее дело, но еще и отдохнуть от постоянной слежки и давления. Но как бы удачно ни заканчивала она очередную свою инициативу, всегда находилось некое обстоятельство, которое ей ставили в вину. Она жила в постоянном напряжении и ощущении внутренней самозащиты. И тем не менее им не удается найти или даже организовать ничего такого, что можно поставить ей в серьезную вину, за что ее можно было бы сбросить со счетов. Но она все время ощущает этот холодный, пристальный взгляд, который следит за каждым ее шагом. Она устала. Очень устала. Но это не значит, что она собирается сдавать свои позиции. Нет, она все еще полна сил. Екатерина Алексеевна вздернула подбородок и надменно оглядела салон самолета. Спутники ее, уже кое-как смирившись с необходимостью продолжать полет, дремали или делали вид, что дремлют, под ровный рокот моторов. Это были ее союзники, ее армия. Они и другие, все те замечательные люди, чьими усилиями и талантом развивалась отечественная культура. Они верят ей, и никто не в силах разрушить сложившийся порядок вещей. Ее нельзя так просто скинуть. За ней стоит вполне ощутимая сила.

Екатерина Алексеевна откинулась на спинку кресла и закрыла глаза. Надо заснуть — впереди долгий путь.

Машина ровно урчала и слегка покачивалась на мягких рессорах. Глядя пустыми, невидящими глазами в окно, Екатерина Алексеевна, все еще во власти воспоминаний, какое-то время бездумно наблюдала за мутными силуэтами домов, проплывающих мимо.

— *Ничто не случается просто так. Когда оглядываешься, понимаешь: что бы с тобой ни случилось, все имеет какой-то тайный подспудный смысл… Даже эта нелепая встреча с официантом,* — как-то неохотно усмехнулась она.

— *Что ты имеешь в виду?* — Грациани внимательно посмотрел на нее.

— *Много позже, когда меня вызвали в партконтроль и предъявили обвинение в том, что я приобретала материалы для строительства дачи по заниженным ценам, я вспомнила эту ночную экскурсию к официанту. И хотя у меня были все документы, подтверждающие законность строительства, не было сомнений, что за меня взялись всерьез, принялись долго и, я бы сказала, с наслаждением трепать нервы. В итоге я получила выговор с занесением в учетную карточку. Это был един-*

ственный в моей жизни выговор, но я поняла, что на меня объявили охоту. А я не могла не думать о доме официанта, который был раза в четыре больше моей дачки. И это меня как-то успокаивало, потому что в свете этого сравнения я прекрасно понимала, что дело не в использовании служебного положения или в моей нескромности. Это была травля неугодного человека. Я понимала это, и мне была не так обидна вся эта возня.

— И все-таки было обидно... — покивал головой Грациани.

— Конечно. Мой домишко был самым маленьким среди огромных особняков, которые возвели наши сильные мира сего и их дети. Трудно было смириться с несправедливостью. Но, как говорят, в твоих устах мне и хула — хвала. У меня к этому времени уже не было никаких иллюзий по поводу моего руководства.

— Но ты никак это не высказывала?

— Конечно, нет! Не будь наивным — я не продержалась бы и дня, приди мне в голову шальная мысль публично выразить свое несогласие с линией партии в отношении кого бы то ни было.

— Ну, а для себя ты как-то сформировала свое отношение к происходящему?

— Я старалась не думать об этом. Иначе можно было бы свихнуться.

— И никогда ты не обмолвилась ни словом о том, что ты действительно думала?

— Нет! Впрочем... Однажды. Не то чтобы я что-то произнесла вслух... Светлана знала, что у меня в сейфе лежит книжка Солженицына, которого травили со всех сторон, и попросила меня дать ей почитать. Когда я прочитала ее сама, я была потрясена. Почти так же, как в те времена, когда я была членом комиссии по расследованию последствий культа личности Сталина и ознакомилась с документами по этому делу. Я не понимала, почему Солженицын оказался в положении врага народа, но не могла себе позволить высказать даже сомнение в правильности такого отношения. Единственное, что *я могла себе позволить, это дать дочери его книгу, понимая, что прочитает ее не только она, но и весь ее курс в институте. Конечно, я рисковала, делая это, но не могла отказать себе в этой маленькой мести. К счастью, эта моя эскапада обошлась без последствий.*

— И не было ничего, что радовало бы тебя тогда?

— Было. Это как раз то, что ты называешь жизнью сердца.

Глава 22

Машина все так же рассекала сгустившуюся тьму, которая стекала по стеклам, оставляя на них длинные извилистые дорожки. Странно, но сегодня дорога домой казалась особенно долгой. Наверное, это оттого, что как-то незаметно вспомнилась практически вся ее жизнь. А она была такой долгой. Может быть, не по времени, а по количеству тех событий, что наполняли ее. Екатерина Алексеевна молча покачала головой, захваченная собственными мыслями. Надо же, вот она считала всегда, что жизнь ее целиком состоит только из работы. Но стоило начать вспоминать о личном, как незаметно проявилось, что и эта сторона ее жизни была, оказывается, тоже полна событий, причем и грустных и радостных. И какое это счастье, что у финала ее жизни стоит Антонио. Сильный, мудрый и любящий. Сердце ее согрелось от этой мысли и забилось ровно и спокойно. Она с благодарностью посмотрела на него, и глаза ее наполнились слезами. Фигура сидящего Грациани немножко расплылась, и, чтобы вернуть себе ясность взгляда, ей пришлось поднять голову и поморгать.

— Ты плачешь? — испуганно спросил Грациани, заглядывая ей в глаза.

— Нет, просто набежала слеза благодарности. — Екатерина Алексеевна улыбнулась, уже справившись с собой.

— О ком ты подумала? — с интересом спросил Грациани.

— *О тебе, дорогой,* — Екатерина Алексеевна пожалела, что не может взять его за руку или прижаться к его плечу. — *Твоя любовь как-то уравновесила все во мне, примирила со всеми неудачами моей личной жизни. Ты заполнил пустоту в моем сердце. Женщина не может жить без любви. Я всегда знала это, но у меня ничего не получалось... И как бы я ни старалась заполнить место в душе, отведенное для любви работой, эта пустота все равно напоминала о себе. Как жаль, что все случилось слишком поздно...*

— *Почему ты говоришь — поздно? Любить никогда не поздно!*

— *Да, да, конечно. Ты, разумеется, прав. Но жизнь уже позади. И жаль, что она прошла так быстро...*

— *Катя, ты уже несколько раз говоришь о своей жизни в прошедшем времени. Меня это тревожит. Ты так прекрасна, полна сил...*

— *Но не желаний. Во мне умерли все желания. Осталось только одно, которое затопило меня полностью, — я должна освободиться от чужой воли. Абсолютно физическое ощущение сдавленности, которое невозможно переносить. Я не могу дышать. Мне необходимо сбросить этот груз. Никто никогда больше не должен распоряжаться моей жизнью. Только одна мысль — быть наконец свободной. Ото всего и ото всех.*

— *И от меня...*

— *Ты лучшее, что было у меня в жизни. И ты знаешь это...*

— *Да, Катя, я все помню.*

— *Я тоже все помню. И тот день...*

В тот день они стояли чуть в стороне от входа в гостиницу, в которой остановилась Екатерина Алексеевна. День в Милане подходил к концу и был на удивление сумрачным. Даже слегка накрапывал тихий ненавязчивый дождик. Грациани сам привез Екатерину Алексеевну, оставив всю российскую группу и официального переводчика в театре. Он молча улыбался, лишенный возможности сказать что-либо на прощание. И это их взаимное молчание среди входящих и выходящих людей, занятых своими делами и мыслями, сближало их и как будто отгораживало ото всего мира. Им не хотелось расставаться. Было так хорошо и уютно в этой серой пелене, которая скрывала город. Волосы у обоих покрылись моросью, сверкающей в свете гостиничных фонарей. Но они все стояли, легко улыбаясь и глядя друг другу в глаза. Они не чувствовали смущения или неловкости, потому что знали и любили друг друга целую вечность и, хотя ни разу не имели возможности произнести слова любви вслух, между ними не было тайн. Им, в сущности, не нужны были слова. Поэтому, когда Екатерина Алексеевна положила свою ладонь на руку Грациани, тот молча согнул ее в локте, и они одновременно шагнули на тротуар, ведущий прочь от гостиницы.

Было так приятно медленно брести под руку по почти пустому тротуару среди светящихся витрин с одной стороны и шуршащих мимо машин с зажженными уже фарами — с другой. Идти и не думать ни о чем. Идти только затем, чтобы уйти. Ото всех. Им не нужен был никто. Дождик такой мелкий, что его капли не падали, а висели в воздухе, не мог помешать никому, а уж тем более им. Они его скорее всего и не замечали. Так, брели, чувствуя тепло друг друга, глядя на дома, на прохожих, на машины, заглядывая в витрины. Одна им особенно понравилась. Широкое и низкое, вровень с тротуаром, окно маленькой кофейни. Они остановились и какое-то время рассматривали круглые столики, покрытые клетчатыми скатертями, на которых стояли подсвечники и крошечные вазочки с мелкими цветами. В кафе никого не было, только за барной стойкой, опершись о нее локтями и положив подбородок на сложенные замком пальцы, скучал старый бармен, лениво наблюдающий в окно за прохожими. Встретившись глазами с Екатериной Алексеевной, он улыбнулся и, распрямившись, приглашающе помахал ей рукой. Екатерина Алексеевна засмеялась и вопросительно взглянула на Грациани. Тот улыбнулся и повернул к дверям.

Когда они вошли, бармен весело и быстро заговорил, обращаясь больше к Екатерине Алексеевне. Грациани засмеялся и ответил ему коротко и доброжелательно. Старик стал заваривать кофе, а они сняли плащи и сели напротив друг друга за столик у окна. Через пару минут тот принес черный кофе для Грациани и со сливками для Екатерины Алексеевны, зажег свечу на их столе и ушел куда-то за стойку. Чуть погодя зазвучала тихонько какая-то ненавязчивая мелодия, но бармен так и не вышел. Они сидели вдвоем в полутемном кафе, слушали музыку, пили кофе и смотрели друг на друга. В какой-то момент Грациани накрыл своими большими ладонями лежащие на столе руки Екатерина Алексеевны. Она улыбнулась и сидела так, глядя в его сияющие глаза, в которых отражался свет стоящей в кольце их рук свечи. На минуту ей показалось, что она смотрит какой-то старый и добрый фильм. У нее немножко кружилась голова, пахло кофе и корицей. Не было ни мыслей, ни времени, ни людей. Были только они в маленьком освещенном свечой пространстве, за которым терялся во мраке город.

Вдруг она будто проснулась и поняла, что они вдвоем, что они одни. Она никак не могла вспомнить, как так получилось. Но получилось замечательно! Как же она сразу это не осознала? Теперь наконец она может сделать то, что ей так давно хотелось. Екатерина Алексеевна освободила одну руку и, подняв ее, с чувством невероятного облегчения и свободы, легко и нежно погладила Грациани по щеке. Кожа его была теплой и гладкой. Глядя в его расширившиеся и потемневшие глаза, Екатерина Алексеевна вдруг ощутила, как поплыло все вокруг, как перехватило дыхание, как забилось быстро-быстро ее сердце. Но это совсем не испугало ее. Это было приятно и естественно. Они любили друг друга. Да-да, она покивала головой, как будто соглашаясь с его мыслями, да-да, конечно, мы любим друг друга. И это хорошо. Это правильно.

Грациани перехватил ласкающую его руку и, закрыв глаза, прижался губами к ее ладони. Она вслушивалась в поцелуй, глядя пристально в его лицо с сомкнутыми веками и будто от боли сведенными бровями. Тепло его губ стало жаром, согрело ладонь и, пробежав по руке, разлилось по всему телу, стягивая что-то в нем в тугой узел. И опять она подумала, что это правильно. Засмеялась тихонечко и немного потянулась, чтобы ослабить этот приятный, в общем-то, узел. Грациани, услышав, видимо, ее смех, открыл затуманенные глаза, отпустил ее руку и помотал головой, чтобы стряхнуть морок. Они открыто и ясно посмотрели друг другу в глаза. И улыбнулись так же открыто. Как замечательно, что все ясно и понятно, что можно сидеть так, взявшись за руки, и смотреть, не опуская глаз. Замечательно. Легко и радостно. Грациани показал рукой на опустевшие чашки и вопросительно поднял подбородок. Нет, она не хотела больше кофе и покачала отрицательно головой. Он повторил свой вопрос, но не указал на чашки. Что она хочет? Екатерина Алексеевна уже собралась пожать плечами, но застыла на мгновение. Ей хотелось поцеловать его, но здесь, сидя перед окном, мимо которого то и дело проходили, заглядывая в него, люди...

А почему, собственно говоря, нет? Она пересела на стул ближе к нему и, повернув рукой его лицо, мягко коснулась губами его губ. Он так же легко и нежно поцеловал ее губы. Они сидели, обмениваясь поцелуями, совсем лишенными страсти, но полными растворяющей все мысли нежности. Потом одновременно потерлись щеками и, заглянув друг другу в глаза, тихонько засмеялись. Они так любили друг друга и так долго не могли позволить себе практически никакой вольности, что теперь наслаждались каждой минутой, каждым жестом, в котором могли выразить свою нежность. Им было хорошо и покойно.

Неожиданно громко хлопнула дверь, и в кафе, заставив их отпрянуть друг от друга, ввалилась стайка веселых и шумных молодых людей. Взглянув мимоходом на сидящих, они, все так же галдя, подошли к стойке. Немедленно появившийся бармен уже наливал им вино и заваривал кофе, и все потонуло в шуме сдвигаемых столов и беззаботном хохоте.

Грациани печально и как бы извиняясь улыбнулся. Город ворвался в их уединение, прервал их молчаливый разговор. Екатерина Алексеевна развела незаметно кисти рук и подняла брови. Ничего не поделаешь. Похлопала успокаивающе его по руке — надо смириться с обстоятельствами. Грациани нахмурился и покачал головой — ну уж нет. Поднял вверх указательный палец и кивнул головой: я знаю, что надо делать. Замечательно, — улыбнулась она ему.

Положив на стол несколько лир, Грациани подал Екатерине Алексеевне плащ, оделся сам и, взяв ее за руку, вывел из кафе. Тут же у дверей он поднял руку и остановил проходящее мимо такси. Усадив Екатерину Алексеевну на заднее сидение и сев рядом, он обнял ее за плечи и что-то сказал таксисту. Тот молча вырулил на середину улицы и влился в поток машин. Ехали они медленно, и Екатерина Алексеевна, будто выпав из течения времени и потерявшись в этих праздничных завораживающих огнях, бездумно следила в окно за проплывающими мимо освещенными домами. Грациани крепко прижимал ее к себе, и она чувствовала себя уютно и совершенно безмятежно. Иногда он наклонялся к ней и целовал ее в висок. Времени не было. Оно растворилось где-то за окном.

Такси мягко подвернуло к тротуару, и, выйдя из машины, Екатерина Алексеевна узнала палаццо Грациани. Пока он расплачивался, она стояла рядом, вдыхала свежий дождевой воздух улицы и думала с ленивым удивлением, отчего же они сразу не поехали сюда. Ведь это было бы так разумно. Впрочем, бродить по улицам и сидеть в кафешке было тоже совершенно замечательно. Грациани захлопнул дверцу и, обернувшись к ней, неуверенно заглянул в глаза. Она улыбнулась и, потянувшись, поцеловала его в щеку — все правильно. Подхватив ее под руку, Грациани поднялся вместе с ней по ступеням и открыл высокую дверь. Оба одновременно перешагнули порог. Дверь за ними еще медленно закрывалась, но они уже не видели этого. Обнявшись, стояли они в ярко освещенном холле среди портретов Екатерины Алексеевны, безучастно наблюдающих за происходящим, и смотрели друг на друга изумленными счастливыми глазами.

— Катя, — впервые услышала она свое имя из его уст. — Катя? — повторил он вопросительно.

— Да, — засмеялась она и закивала головой.

— Ка-атя, — попробовал он на вкус это имя и спросил тревожно: — Катя мио?

— Твоя, — улыбнулась она, прекрасно поняв, что он сказал.

— Катя мио, — недоверчиво повторил он, покачивая головой, все еще не веря ни ушам, ни глазам своим.

— Да, мио Антонио, — очень серьезно произнесла Екатерина Алексеевна, еще раз утвердительно кивнув головой, и, увидев, как широко открылись его глаза, повторила: — Антонио.

— Катя, — прошептал он и, притянув к себе, зарылся лицом в ее волосы.

Они стояли, обнявшись, совершенно потрясенные, словно, произнеся вслух имена друг друга, они разрушили последнюю незримую преграду, и теперь оба осознали с какой-то страшной очевидностью, что они принадлежат друг другу безраздельно. Это испугало их, как пугает неожиданно, внезапно сбывшаяся многолетняя мечта, которая казалась всегда абсолютно неосуществимой. Они так крепко обнимали друг друга, словно пытались и защититься, и защитить друг друга от неведомой им самим опасности. Потом тепло их тел смешалось и, проникнув друг в друга, вернуло им ощущение покоя и уверенности. Мягко отстранив Екатерину Алексеевну, Грациани, улыбнувшись ей успокаивающе, взял ее за руку и стал подниматься по лестнице. Спокойно и доверчиво шла она за ним, рассматривая, как в первый раз, свои портреты, все так же висящие на всем протяжении лестницы. Она всегда была в этом доме, он знал и помнил ее всегда. Она защищена стенами этого дома. И эта мысль, эта данность растворялась в ней без оценки, как нечто абсолютно очевидное и не требующее отдельного осмысления.

В кабинете, куда они вошли, Грациани зажег небольшой торшер у журнального столика и, сняв с Екатерины Алексеевны плащ, усадил ее на диван. Положил плащи на одно из кресел и, легко коснувшись губами ее лба, вышел из комнаты. Она осталась одна. Ей было тепло и покойно. Рассматривая стоящую на столике большую мраморную пепельницу, она, улыбаясь, вспомнила, что Антонио (она с удовольствием подумала мимоходом, что вот она называет его по имени, как само собой разумеющееся, и ей это приятно) подарил ей года два назад такую же. И это тоже было приятно. И то, что подарил, и то, что такую же.

Когда Грациани вернулся в комнату с небольшим подносом, на котором стояли маленький чайник, две чашки и вазочка с уже известными ей хрупкими конфетками с ликером, Екатерина Алексеевна, сбросив туфли, уютно пристроилась на диване, поджав ноги. Он замер в дверях, любуясь этой домашней безыскусной картиной, потом поставил поднос на стол и, присев рядом со своей гостьей на диван, взял ее за руку. Неспешно и ласково перебирал он ее тонкие пальцы и целовал их один за другим, склонив голову и как будто забыв обо всем на свете. Она, не двигаясь, смотрела на его седые, все еще чуть влажные от дождя волосы, кольцами упавшие на его широкий лоб, и думала, что готова сидеть так всю жизнь, без забот, без мыслей, без движения... Он приподнял голову, и глаза его оказались в такой близости от ее лица, что слились в огромный и темный омут, который затягивал ее все глубже и глубже, пока она не почувствовала, что его губы коснулись ее губ. Тогда глаза ее закрылись, и она отдалась этому поцелую вся без остатка, каждой клеточкой своего тела. Но в нем не было исступления молодости или нетерпения безудержной страсти. Они могли себе позволить наслаждаться этим поцелуем, не торопясь, наверное, подспудно понимая, что будут вспоминать этот день всю свою жизнь, и, может быть, никогда больше не смогут его повторить.

Когда у них не хватило дыхания, Грациани откинулся на спинку дивана и посмотрел ей в глаза вопросительно и ласково. Екатерина Алексеевна понимала, что приди ей в голову сейчас встать и надеть туфли, он смиренно и с благодарностью проводит ее в гостиницу и будет считать, что получил в награду за свою долгую любовь бесконечно огромный, царский подарок. И эта его безмерная благодарность, его бесконечное восхищение сквозило в каждом взгляде, наполняло ее чувством самоуважения, самоценности что ли. Не торопясь, провожая взглядом каждое свое движение, она подняла руку, откинула волосы с его смуглого лба, пригладила густые брови, провела по впадинке на щеке, обвела пальцами его жесткие губы, которые неуверенно улыбнулись в ответ на это движение. Наклонившись, она, не убирая руки, медленно, едва касаясь, прикоснулась к его губам своими, чувствуя, как напрягается его тело, как раскрываются его губы, как весь он подается навстречу ей. Она немного отстранилась, заманивая и дразня в извечной бессознательной женской игре. Он засмеялся почти неслышно, счастливо принимая эту игру и радуясь ей. Тогда она опять наклонилась и припала к этим ждущим открытым губам, прижалась всем телом к его широкой груди, растворилась в нем. Легкая дрожь поднималась в ней откуда-то изнутри, пыталась завладеть ее телом и затянуть в пылающий смерч. Она чувствовала, понимала это, но не давала ему сорваться и захлестнуть ее полностью. Вдвоем бродили они по зыбкому берегу темного океана страсти, купались в его сверкающих волнах, но все не спешили измерить его глубину. Они слишком долго жаждали, чтобы залпом выпить всю чашу до дна. Цедили вино своей любви по глоточку, наслаждаясь каждой его каплей.

Грациани потихоньку вынул из прически Екатерины Алексеевны все шпильки, и теперь волосы ее рассыпались, разлетелись серебряным облаком. Он перебирал эти мягкие пряди, зарывался в них лицом, укладывал локонами вокруг порозовевшего ее лица и целовал его, любуясь. Они улыбались, переглядывались, как заговорщики, творящие некое таинство, требующее внимания и сосредоточенности. Они дотрагивались друг до друга легкими скользящими движениями, только кончиками пальцев, осторожно, но не пугливо, растягивая каждое движение до той секунды, когда сердце, казалось, не выдержит этой томительной ласки. И тогда целовались, исступленно отдаваясь объятиям, но только чтобы задобрить вздымающуюся бездну океана, не дать ему поглотить их полностью. И, успокоив его, укротив, снова тихо ласкали друг друга или просто лежали рядом и наслаждались мыслью, что вот в любую секунду они могут дотронуться друг до друга, заглянуть в глаза, коснуться губами. Только когда тела их, уже изнемогающие в узде разума, стали дрожать в нестерпимом желании близости, Екатерина Алексеевна ласково, но твердо отвела руки Грациани, и, приподнявшись, сама выключила торшер.

Внезапно упавшая темнота как будто испугала их, и они затаились в ее тишине, замерли в ее паутине. Они потеряли друг друга. И это ощущение страшного, бесконечного одиночества холодным ужасом заставило замереть их еще секунду назад так счастливо трепещущие сердца. То, что они знали, помнили, но старались забыть, загнать в самую глубину, на самое дно души, — понимание неизбежной и, скорее всего, окончательной, безнадежной разлуки вдруг с чудовищной ясностью захлестнуло сознание. Екатерина Алексеевна сжалась, свернулась в клубочек и неожиданно для себя разрыдалась, сломленная этой грядущей болью. Отчаяние и тоска затопили ее.

— Катя! Катя! — испуганным шепотом позвал ее Грациани, и в следующую секунду она оказалась в его руках.

— Антонио, — почти простонала она, зарываясь, закутываясь в его объятия.

— Катя, Катя, — успокаивающе шептал он, обнимая, целуя ее.

— Антонио, — дрожащим еще от слез голосом отозвалась она и затихла у него в руках, чувствуя, как тепло его тела проникло в нее и затопило все ее существо.

Немыслимо длинный разговор вместился в этот простой обмен именами. Они все смогли сказать друг другу и все сумели понять в своей невероятной близости. Он гладил ее своей большой твердой ладонью, от которой исходила такая уверенная, такая надежная сила. И опять они дали себе возможность обмануться, забыться, поверить, что эти минуты их единения — неизбывная вечность, дарованная им навсегда. Он целовал ее руки, лицо, волосы, шею, снимал мешающую одежду и целовал каждый изгиб ее трепещущего тела. И она оттаивала, согревалась, растворялась в его поцелуях. Они снова бродили по зыбкому берегу, и он, проваливаясь, ускользая из-под ног, заставлял их все дальше погружаться в мерцающую бездну. Екатерина Алексеевна, как ей грезилось, навсегда забывшая обо всем, жила только вот этой секундой, только вот этим касанием. Она плавала на поверхности бездонного, лишенного сознания океана, то подпуская совсем близко безъязыкое безумие, то изворачивалась, почувствовав его обжигающее дыхание. Она стонала и смеялась, все дальше погружаясь в лабиринт своих ощущений. Когда огненный смерч, испепеляя ее тело, подхватывал душу и выносил на немыслимую, страшную и восхитительную высоту, где у нее останавливалось дыхание и замирало сердце, она кричала и цеплялась за широкие плечи своего возлюбленного. И только когда этот океан отпустил ее из своих глубин и закачал на тихих у берега волнах, она благодарно погладила лицо и поцеловала закрытые в изнеможении глаза Грациани. Он перехватил ласкающие его руки и, притянув к себе, зарылся лицом в пушистые ее волосы.

Еще не разомкнув объятья, еще чувствуя всей поверхностью кожи жар сплетенных тел, они уже возвращались потихоньку в этот мир, где не близко, но уже тревожно ходили невнятные пока сквознячки печали. Они лежали рядом, наполненные новым ощущением своей близости, своего единения. На душе было легко и чисто. Как после грозы. И все-таки холодок просачивался, подтачивал изнутри эту ясность, этот покой. Даже не чувство опасности, а еще только тайное предчувствие тревоги заставило Екатерину Алексеевну развести сомкнутые руки. Она села и, прислушиваясь сама не зная к чему, замерла на какое-то мгновение. Потом с внезапным ощущением обреченности перегнулась через лежащего рядом Грациани и, поцеловав его мимоходом, зажгла свет. Он тоже сел и вопросительно посмотрел на нее. Какое красивое мужественное лицо у него. Если бы не этот теплый ласкающий взгляд, его можно было бы назвать жестким. Она потянулась и поцеловала его. Губы его изогнулись в нежной благодарной улыбке. Екатерина Алексеевна улыбнулась ему печально и развела руками. Они принадлежали этому миру, и он уже ждал их за стенами дома, глухо урча моторами проезжающих по улице машин.

Подобрав разбросанную одежду, она начала одеваться. Грациани смотрел на нее какое-то мгновение, потом взял ее вещи и стал аккуратно и бережно одевать ее сам. Он немного путался, и она, смеясь, помогала ему. Когда общими усилиями они справились с этим делом, наступила очередь Грациани. Но он смутился и, отобрав свою одежду, быстро оделся сам. Пока он приводил себя в порядок, Екатерина Алексеевна ловкими заученными движениями собрала и заколола волосы. Грациани встал пред ней на колени. Она понимала, что он благодарит ее, и принимала эту благодарность. Но почему-то жалела этого высокого, сильного человека, который любил ее так истово и беспредельно. Может быть, потому, что знала: как бы ни был он ей дорог, в ее жизни нет для него места. Она любила его, как никогда не любила никого другого. Но ее жизнь не принадлежала ей... Эта мысль показалась ей страшной и безысходной. Она прижалась к нему в поисках защиты. От кого?..

Мягко отстранив Грациани, она заставила его сесть рядом с собой. Взяла чайник в руки и уже собралась разлить в чашки безнадежно остывший чай, но Грациани перехватил ее руку и, укоризненно покачав головой, вышел из комнаты, забрав с собой чайник. Пока его не было, она положила в рот шоколадную бутылочку с ликером. Хрупкая конфетка рассыпалась мелкими колющимися осколочками, оставив во рту нежную горечь. Это было приятно и почему-то напомнило Новый год с его хлопушками, подарками и обязательным шампанским. И с тайной мыслью, которая последние десять лет в каждую новогоднюю ночь обязательно пробегала где-то на периферии сознания, о том, что было бы, если бы она могла полететь в Италию к Грациани. Ей так хотелось провести с ним именно новогоднюю ночь. Сегодня для нее наступил Новый год. Она чувствовала, что уже не будет такой, как прежде. Она станет еще сильнее, и никто не сможет пробить ее душевную броню, потому что там в тайне ото всех она будет хранить воспоминание о сегодняшнем дне. Антонио... Он всегда, каждую минуту теперь будет с ней. Таким, как сегодня. Сильным и нежным. И бесконечно родным.

Она встала и прошлась по комнате, внимательно разглядывая каждую мелочь, что попадалась ей на глаза. Она будет убегать сюда. Закроет глаза и представит, что вот она в его кабинете, где тепло и уютно горит торшер, где на письменном столе у окна стоят ее фотографии. Взяв одну из них в руки, она вгляделась в свое немного чужое, как всегда бывает на фотографиях, лицо. Улыбка чуть-чуть тронула губы. А глаза трагически темные. Это был явно недавний снимок. Неужели у нее такие глаза? Что сказал про них Марк Шагал? Ах да — у вас глаза полны сумрака ночи, но душа все еще летает. Это сразу после открытия его выставки... Он даже не догадывался, откуда этот «сумрак ночи». Она вспомнила все дикие и нелепые обвинения, которые обрушились на нее тогда. И сколько крови ей пришлось пролить, чтобы эта выставка состоялась. Все, что делала она в последнее время, непостижимым образом оборачивалось против нее. И она устала. Смертельно устала от нападок, клеветы, придирок. Если бы не эта поездка в Италию, она, наверное, не выдержала бы. Грациани... Нет, Антонио вернул ее к жизни. И хотя совершенно понятно, что их сегодняшняя встреча, такая, какой она случилась, скорее всего будет единственной, может быть, даже последней вообще, она дала ей стимул к жизни. Все чаще в последнее время она наталкивалась на мысль, что жизнь ее не принадлежит ей. Странным, необъяснимым образом жизнь выскользнула из ее рук и стала разменной монетой в руках злобных карликов, которые от имени безликого народа руководили страной. И держали в руках ее жизнь. Нет, она топнула ногой, она еще жива. Как сказал Шагал, душа ее еще летает. Екатерина Алексеевна поставила фотографию на стол и обернулась к двери.

Вошедший Грациани, не обнаружив Екатерину Алексеевну на диване, растерянно оглянулся. Увидев ее у письменного стола, он улыбнулся и, качнув чайником, который держал в руках, вопросительно поднял брови — мы будем пить чай? Конечно, — засмеялась она и, кивнув ему головой, вернулась на диван. Разлив чай, Грациани пододвинул чашку гостье и сам, лихо забросив в рот конфету, принялся пить с нескрываемым удовольствием. Они, переглядываясь, ели конфеты и пили душистый, к счастью, не очень горячий чай. В какой-то момент их руки столкнулись в вазочке с конфетами, и они, забыв о них, взяли друг друга за руки. Все хорошо? — Грациани заглянул ей в глаза. Да, дорогой, — мягко улыбнулась она. Я люблю тебя, — потянулся он к ней губами. Я люблю тебя, — она нежно коснулась губами его губ. Я благодарю тебя, — он поцеловал ее руку. Мне было хорошо с тобой, — потерлась она щекой о его ладонь. Что могу я для тебя сделать? — протянул он к ней раскрытые ладони. Ничего, — развела она свои. Они засмеялись счастливо и печально. Они уже не могли ничего сделать друг для друга.

Екатерина Алексеевна поднялась и взяла в руки плащ. Как завороженный наблюдал за ней Грациани, потом медленно проделал то же самое, и они, не глядя друг на друга, одновременно надели их. Все. Плащи разделили их, как некий рубеж, за которым стояла другая жизнь. Жизнь, в которой они не могли принадлежать друг другу.

Спустившись в холл, они остановились перед входной дверью и в последний раз обнялись, вложив всю свою любовь, всю свою нежность в это объятие. Потом разомкнули руки и, отодвинувшись так, чтобы видеть глаза друг друга, простояли еще долгую и такую бесконечно короткую минуту.

— Катя, — печально произнес он.

— Антонио, — эхом отозвалась она.

Они вышли на улицу, где все еще моросил неприметный дождик. Через минуту Грациани остановил такси, они сели на заднее сидение и, так же как по дороге сюда, он обнял ее, а она положила ему голову на плечо и грустно смотрела на проплывающие мимо освещенные дома.

У входа в гостиницу, где несмотря на поздний час еще толпились, входя и выходя, какие-то люди, они остановились на мгновение и церемонно раскланялись. Буквально секунду они с болью смотрели в глаза друг другу, потом опустили их и разошлись в разные стороны. Уже проходя крутящиеся стеклянные двери отеля, Екатерина Алексеевна оглянулась и увидела его высокую фигуру с широкими плечами, стоящую вне полосы света. Он смотрел ей вслед.

Глава 23

Екатерина Алексеевна закрыла глаза, чтобы подольше сохранить эти свои дальние ощущения. Ей не хотелось возвращаться в промозглый московский вечер, с его ненастьем и холодом. Но он настоятельно заглядывал в окно машины своими тусклыми равнодушными глазами. Он хлопал на ветру какими-то полусодранными плакатами, заливал ветровое стекло машины потоками дождя, с которыми едва справлялись поскрипывающие от напряжения дворники. Он был настойчив. И Екатерина Алексеевна все-таки вернулась в него. Поежилась, плотнее запахивая шубку, и грустно взглянула в боковое окно. Безрадостная поздняя московская осень. Осень. Вечер года. Вечер ее жизни. Ей вдруг страстно захотелось увидеть дочь и внучку.

— Андрей Александрович, — наклонилась она вперед и тронула за плечо водителя, — давайте заедем на Кутузовский на пару минут.

— Хорошо, Екатерина Алексеевна, — не оборачиваясь, ответил водитель и, послушно развернув машину, поехал в обратную сторону.

Екатерина Алексеевна нетерпеливо поглядывала в окно, где от перемены направления ничего не изменилось. Черные деревья, темные дома, мрачный блеск мостовой и потоки дождя, сверкающие в свете фар и пробегающих мимо фонарей. Поворот направо и слева знакомый подъезд. Екатерина Алексеевна выбралась из машины, поблагодарив водителя за предупредительно распахнутую дверцу, и, придерживая рукой разлетающиеся от ветра полы шубки, побежала к спасительному укрытию. Консьержка, увидев знакомое лицо, ничего не спросила, только приветственно покивала головой. Екатерина Алексеевна тоже молча помахала ей рукой и, отряхивая шубку от дождевой воды, вошла в лифт. Мягко, почти бесшумно шурша, лифт быстро поднял ее на пятый этаж и, остановившись, с мелодичным звоном открыл двери. На секунду задержалась, не нажимая кнопку звонка, с запоздалым сожалением сообразив, что надо было бы предупредить о приезде. Махнула сама себе рукой и, позвонив, стала ждать. Дверь открыли не сразу, и она еще раз позвонила. Наконец дверь распахнулась, и она вместе с радостным возгласом Светланы услышала музыку, голоса и смех нескольких человек.

— У вас гости? — спросила она, целуя дочь.

— Да, заехали Шорохов с Андрейченко и привезли необыкновенный желтый арбуз. Вот мы и устроили пирушку. Заходи скорее. Ты не замерзла? На улице такая гадость.

— Кто нас посетил? — В прихожую вышел Игорь. Увидев вошедшую, радостно засмеялся и помог снять шубу. —

Как удачно, что вы заехали, Екатерина Алексеевна! Мы тут за поеданием арбуза обсуждаем животрепещущую проблему: как бы продлить лето. Проходите и присоединяйтесь.

Екатерина Алексеевна вошла в гостиную. Из-за большого круглого стола встали навстречу ей Павел Шорохов, известный московский архитектор, и Саша Андрейченко, общий приятель всех и сослуживец Светы по АПН.

— Екатерина Алексеевна, здравствуйте, как это вы в такую скверную погоду отважились на визит? — забасил Саша. — Я лично, только из нежелания есть на ночь в одиночку арбуз, выбрался. Думаю, пусть уж и друзья помучаются. Вот и вам теперь придется скибочку съесть.

— Добрый вечер, Екатерина Алексеевна, — присоединился к приветствию Павел. — Не верьте никому — вечер чудесный. Я готов всю жизнь просидеть в компании с друзьями в теплой комнате. В любую пургу, в любую бурю. Пусть плюнет мне в глаза тот, кто не согласится, что вечер у нас тут, в отдельно взятой квартире, выдался совершенно восхитительный.

Маришка, вытирая со щек арбузный сок, молча подошла к бабушке и потянулась ее поцеловать. Екатерина Алексеевна наклонилась к ней, отвечая одновременно всем на приветствия.

— Добрый вечер, добрый вечер, — со смехом произнесла она, — никому плевать в глаза не буду. У вас здесь действительно оазис тепла и уюта. С удовольствием присоединюсь.

— Бабушка, ты не смотри, что арбуз такого странного цвета — он очень сладкий. И очень редкий. В Москве такие не продают.

— Ну, не из Африки же его привезли? — Екатерина Алексеевна с нарочитым удивлением смотрела на Маришку.

— Да нет, — смутилась та, — конечно, не из Африки! Это дядя Саша где-то раздобыл, но не говорит где.

Под эти пустячные, ни к чему не обязывающие, но согретые взаимной приязнью разговоры все опять уселись к столу, теперь уже вместе с новым членом компании. Игорь с кряканьем нарезал вторую половину арбуза на ровные полукружья, и все протянули ему свои тарелки.

— Конечно, у осени есть свои преимущества, — продолжал Игорь, прерванную приходом гостьи, тему, — и одно из них у нас прямо в тарелках. Арбуз — ягода, выдающаяся во всех отношениях. Если ее есть правильно — не на ночь. Но мы поставлены в тяжелые условия, не дающие нам право выбора. Когда привезли — тогда и едим. Кроме того, яблоки и груши, каждый из которых фрукт также замечательный. А виноград? А за грибами сходить? Это же восторг для души и тела!

— Ну, допустим, виноград — это не наше достижение, — Павел откусил приличный кусок арбуза и на секунду замолчал, пока проглотил его сочную мякоть. — Это как раз и есть продукт тепла и щедрого солнца югов. Где, как я продолжаю утверждать, и должен жить всякий здравомыслящий человек. Зачем нам сдалась эта мрачная столица? С ее коротеньким летом и бесконечным ненастьем всего остального года. Зачем мы за нее держимся? Из соображений ложно понятого престижа! Не место украшает человека, а вовсе наоборот.

— Да кто же спорит с тобой, скажи на милость? — Саша развел руками, в одной из которых был зажат ломоть арбуза. — Кто с тобой спорит? И я бы предпочитал жить в краю вечной весны или, на крайний случай, вечного лета. Но пусть туда переместится и столица, с ее бурной общественной жизнью, с гудящими от перегрузки информационными потоками. Что делать, если я, как серфингист, могу существовать только паря на гребне волны новостей? Да ты сам бы протух через месяц где-нибудь в тихой заводи юга! Что ты там будешь ваять? Автобусные остановки?

— Ну, не надо утрировать! Ваять я как раз могу где угодно, кстати, в тепле и свете солнца особенно. А выставляться могу и за границей, — надулся Павел.

— Снова здорово! А чем тебе родная-то столица не хороша? Екатерина Алексеевна, вот вам пример полного разложения творческой интеллигенции под воздействием сурового климата средней полосы нашего отечества.

Компания с удовольствием слушала, посмеиваясь, эту дружескую перепалку, но чувствовалось, что за кажущейся легкостью молодые люди спорят о чем-то более глубоком. И понимали это все.

— Легко бросить жизнь, в которой что-то мешает, и найти некий райский уголок, где тебя будет устраивать абсолютно все. Главное, понимать, чем ты за это расплатишься. Кого ты найдешь и кого потеряешь при перемене мест, — Екатерина Алексеевна говорила тоже как бы шутя. — Я говорю даже не о творческом окружении. Как быть с друзьями? С любимыми?

— Все! Я пас! — Павел поднял руки. — Это нокаут. Ради друзей я готов терпеть и хлад и глад.

— Впрочем, — Екатерина Алексеевна вдруг стала совершенно серьезной, — может быть, внутренняя свобода для любого человека, не говоря уже о творческой личности, куда важнее дружеских и сердечных связей.

Все с изумлением уставились на нее. Первым пришел в себя Саша.

— Свобода — это осознанная необходимость. — Он дурашливо поднял вверх палец, пытаясь вернуть разговор в безопасное русло шутки, но его никто не поддержал.

— Дело не в свободе как таковой, — задумчиво протянул Игорь. — Как говорится, давайте определимся в терминах. Что каждый из нас понимает под этим словом? Свобода выбора. Свобода волеизъявления. Без какой конкретной свободы не может жить каждый конкретный человек? Полагаю, что тут могут быть разночтения.

— Свобода творчества, — с нажимом произнес Павел.

— Свобода слова, — поддержал его Саша.

— Свобода любить, — как-то с вызовом сказала Света.

Замолчав, все уставились в свои тарелки, потом посмотрели на Свету очень внимательно.

— Это довольно широкое понятие. — Саша поднял одну бровь. — В нем можно разграничить несколько направлений. Но даже если взять самое узкое, сферу личных человеческих отношений, это может при ближайшем рассмотрении перевесить в реальной жизни все соображения разума и воли.

— И мы в истории тому примеры сыщем, — мягко добавил Игорь, взглянув с улыбкой на Светлану.

Света слегка порозовела и, пока остальные продолжали начатую тему, наклонилась к матери.

— Мама, я так счастлива, — совсем тихо сказала она.

— Я верю тебе, дорогая, — взяв ее за руку, ответила мать так же тихо. — Я верю тебе. И бесконечно за тебя рада.

— Екатерина Алексеевна, — обратился к ней Саша, — если это не нескромный вопрос, какая ипостась понятия свободы ближе всего вам?

— Отчего же. С удовольствием отвечу. Свобода распоряжаться своей жизнью по собственному усмотрению.

— То есть свобода выбора?

— По большому счету и более широко — да.

— Но чем выше человек поднимается по вертикали, — Саша уставился на нее своими медовыми глазами, в которых трудно было разобрать, насколько он серьезен, — разве, по закону пирамиды, не остается у него все меньше возможностей для маневров по горизонтали, то есть все меньше вариантов выбора?

Пораженные дерзостью вопроса, все замерли в ожидании заслуженной отповеди.

— Сегодня я как раз много думала об этом, — неожиданно вполне мирно начала Екатерина Алексеевна, — Более того, для меня это даже не вопрос. Скорее это дилемма. Все тот же проклятый выбор: быть или не быть...

Екатерина Алексеевна замолчала, глядя куда-то в пустоту. Никто не решался нарушить ее молчания. Опустив руки, все замерли, чувствуя, что ответ намного ушел за рамки вопроса, ощущая, но не понимая подспудную его серьезность.

— Бабушка, это Гамлет спрашивал сам у себя? — Девочка явно гордилась своим знанием литературы.

— Рано или поздно многие разумные люди задают себе этот вопрос, — засмеялась несколько принужденно Екатерина Алексеевна, — и не все находят на него правильный ответ. Впрочем, для такого замечательного вечера, в одной отдельно взятой квартире, мы углубились в слишком мудреные дебри. Да мне уже и пора ехать. Я ведь так, на минуточку заскочила, посмотреть, как вы тут.

Она поднялась из-за стола. Все тоже встали.

— До свидания, Екатерина Алексеевна.

— Всего доброго, Екатерина Алексеевна.

— До свидания, бабушка.

Игорь и Светлана вышли в прихожую. Игорь, подавая ей шубку, говорил с явным огорчением.

— Остались бы еще на полчасика. Такой хороший разговор вышел.

— Поздно уже, Игорь. Да меня и еще один незаконченный разговор ждет.

Никто не стал ее больше задерживать. Только Света, целуя ее на прощание, тихонько прошептала на ухо:

— Я так люблю тебя, мамочка. И я так счастлива.

— Доброй вам ночи. — Екатерина Алексеевна поцеловала Светлану и вышла на лестничную площадку. Подождала, пока подойдет вызванный ею лифт, и уже в его дверях, еще раз обернувшись, помахала рукой стоящим на пороге детям.

На улице в нее сразу же вцепился как будто ставший за время ее отсутствия еще более холодным ветер. Тьма клубилась среди деревьев и за решеткой, отгораживающей двор от подъезда. Колючими каплями налетел откуда-то сбоку ледяной дождь. Водитель, видимо, задремал и не увидел, как она вышла из подъезда. Екатерина Алексеевна сама распахнула (вернее, это сделал за нее метнувшийся из-за угла ветер) дверцу машины и опустилась на сидение.

— Теперь домой, пожалуйста, Андрей Александрович.

— Да, да, Екатерина Алексеевна. — Водитель потер лицо ладонью, чтобы окончательно проснуться, и завел машину.

Глава 24

Череда фонарей опять замелькала за окном, выхватывая из мглы призраки деревьев, припаркованных машин и невнятно освещая не столько улицы, сколько крутящиеся мутные водовороты дождя и снега вокруг себя. Тусклое шоссе бездонной рекой уходило во мрак ночи, лишь изредка проблескивая на поверхности чернотой угольного скола или разлетаясь неожиданно по сторонам машины радужной от разноцветных огней светофоров глиссерной волной. Темные громады домов сливались с темнотой провисшего осеннего неба, и нигде на земле, казалось, не было убежища от промозглого свирепого ветра, раскачивающего неровными порывами плавающую меж них тьму.

Автомобиль мягко затормозил и остановился около дома. Водитель вышел и, открыв дверцу, помог Екатерине Алексеевне выйти из машины.

— Завтра как всегда, Екатерина Алексеевна? — спросил он, одной рукой захлопывая дверцу, а другой пытаясь запахнуть разлетающиеся от ветра полы куртки.

— Нет, Андрей Александрович, — ответила она задумчиво, стоя прямо и будто не замечая ледяных порывов ветра, — завтра не надо спешить. Завтра мы отдохнем.

— До свидания, Екатерина Алексеевна, — произнес несколько озадаченный водитель и запнулся, словно увидел в ее лице нечто, что не позволило ему задавать еще вопросы.

— Спокойной ночи вам, Андрей Александрович, — как-то особенно тепло пожелала она ему на прощание и, не обращая внимания на раздувавший пряди ее волос ветер, спокойно, медленно пошла в сторону подъезда. Консьержка, читавшая за стеклянной перегородкой газету, отложила ее и, сняв очки, вышла навстречу.

— Добрый вечер, Екатерина Алексеевна, — произнесла она простуженным голосом, — спасибо за лекарство, кашель уже почти прошел. Действительно, очень хорошее средство. И за Наточку — огромное спасибо. Взяли ее на работу. Просто уж и не знаю, как вас благодарить, — развела она руками.

— Я очень рада, что у девочки все устроилось, — Екатерина Алексеевна ободряюще дотронулась до ее руки. — Так что не стоит искать другой благодарности. Всего вам доброго. И спокойного дежурства, — добавила она, уже проходя мимо.

Открыв дверь квартиры ключом, Екатерина Алексеевна вошла в темную прихожую, закрыла за собой дверь, постояла в темноте, прислушиваясь, сама не зная к чему. Хотела положить ключи в карман, но промахнулась. Ключи с громким звоном ударились об пол. Постояла, не поднимая их, сняла шубку и повесила ее не на плечики, а просто на крючок. Долго стояла в темноте, потом, не зажигая света, прошла в свою спальню. Несмотря на ненастье, свет от уличных фонарей через цветы, стоящие на подоконнике и около окна, все-таки проникал в комнату и наполнял ее призрачным, почти нереальным светом. В кресле у окна она увидела сгорбленную полупрозрачную фигуру Грациани.

— *Отчего ты не включишь лампу?* — спросил он ее глухо.

— *Не хочется яркого света. Пожалуй, зажгу свечу. Светлана подарила мне подсвечник с удивительно красивой свечкой. Сейчас увидишь.*

Она нашарила на письменном столе спички. Сухо чиркнуло. Загорелся крошечный огонек на конце спички, помаячил в поисках свечи и, найдя ее, поджег фитиль. Заблестели, отражая свет, стекла в книжном шкафу, распрямились и протянулись к огню ветви домашних растений, подняли спинки стоящие у стола и около окна кресла, невысоким айсбергом забелела широкая кровать. Комната выплыла из полумрака.

Екатерина Алексеевна села в кресло и, положив сцепленные руки на стол, задумалась. Грациани не нарушал ее молчания. Подняла руку и, закрыв глаза, потерла пальцами висок. Потом огляделась, словно в поисках чего-то. Встала, осторожно проскользнув среди цветов, подошла к окну и застыла так, глядя на черные ветви деревьев. В свете фонарей бились и метались они на ветру, напрасно пытаясь разогнать падающую на них тьму. Мокрый снег кружился между ними и смерчем улетал вверх, растворяясь в клубящемся глухом небе. Она всматривалась в ночь, словно пыталась разглядеть в ней что-то очень нужное и важное. Не найдя того, что искала, обернулась к Грациани и, чуть разведя руки, с печальной усмешкой покивала головой: «Не тот это город, и полночь не та...» Вздохнула и, взяв с подоконника большую мраморную пепельницу, отнесла ее на стол. Села и снова надолго замерла без движения. В гостиной, тяжело вздохнув, пробили часы, и она, будто проснувшись, посмотрела на Грациани.

— *Помнишь, ты подарил мне ее в Венеции? Я тогда еще засмеялась — я ведь не курю. А ты очень серьезно ответил мне, что это не просто пепельница. Это жертвенный камень из карарского мрамора. У каждой красивой женщины должен быть свой алтарь, свой жертвенный камень, сказал ты тогда, чтобы иметь возможность сжечь те воспоминания, которые она хочет оставить только для себя. Я тогда расценила это как шутку. Но ты был прозорлив. У меня есть такие воспоминания. И я хочу их оставить только для себя. Ты понимаешь, о чем я говорю?*

— Боюсь ошибиться.

— *Я говорю о твоем письме, Антонио. О твоем единственном письме. Я хранила его почти год в книжке стихов.* — Екатерина Алексеевна подошла к книжному шкафу и нашла томик Пушкина, раскрыла его и достала конверт. Вернулась к столу, села и, бережно вынула сложенный втрое лист бумаги. — *Это самое мое дорогое воспоминание. Оно только мое. Впрочем, это не совсем правда — я давала его читать дочери. Но только один раз, под влиянием момента. Сама же я его читала десятки раз, так что это даже не воспоминание, это уже моя память. Но я еще раз прочитаю его, если ты не возражаешь.*

— *Нет, я буду счастлив еще раз пережить согревавшие меня тогда чувства. Лучше сказать — согревающие. Я ведь и сейчас живу ими.*

— *Я знаю, Антонио. Так же как и я. Так же как и я.* — Она поднесла лист поближе к огню и стала читать прерывающимся, словно у нее изредка перехватывало горло, голосом.

«*Дорогая моя! Дорогая моя!*

Ты не представляешь себе, какое счастье, какой восторг испытываю я, понимая, что впервые за десять лет обращаюсь к тебе без посредника. Между нами нет ни переводчика, ни вынужденного безмолвия, на которое обречены люди, не говорящие на одном языке.

Дорогая моя! Любовь моя!

Никто не увидит и не услышит моих слов, кроме тебя. Человек, переводивший письмо, не знает ни от кого, ни к кому оно. Но я надеюсь, что он нашел именно те слова в твоем языке, которые передадут тебе всю страсть, всю нежность, что скопились в моем сердце и которые, как мне кажется, я сумел выразить словами своего. Человек, передавший тебе письмо, мой старинный приятель, не знающий русского. Так что, даже если бы я и не был полностью уверен в его скромности и порядочности, он все равно не смог бы его прочитать.

Я говорю с тобой, и эта мысль переполняет меня счастьем. Десять лет! Десять лет всепоглощающей любви и вынужденного молчания. Иногда мне казалось, что я сойду с ума. Каждый раз, когда я виделся с тобой, а это было девятнадцать раз за десять лет, мне казалось, что я читал в твоих глазах то же чувство, что полностью поглощало меня. И каждый раз, когда я расставался с тобой, я терял надежду и приходил к мысли, что все это плод моей фантазии. И мучился, и страдал. Но Пресвятая Дева Мария в своей милости посылала мне смирение, и я благодарил ее, что в моем возрасте, когда человеку грех уже на что-то надеяться, она наградила меня таким безмерным, таким безграничным счастьем — просто любить тебя.

Каждая наша встреча была благословенной наградой за месяцы ожидания и тоски. Ты знаешь, что мой фотограф, снимавший каждый твой шаг, делал замечательные фотографии, которыми я украшал свой рабочий кабинет, свой дом. Это скрашивало для меня долгие дни разлук с тобой. Но фотография не может передать всей прелести твоей живой красоты, не обладает способностью показать нечто большее, чем внешняя оболочка, показать то, что видел я сквозь прекрасные черты твоего лица — божественную красоту твоей души. И я приходил к художникам с просьбой написать твой портрет по фотографиям, но так, как видел тебя я. Трижды я повторял свои попытки, но не находил на полотне того, что вселяло в меня такую трепетную, такую всепоглощающую любовь. Я выкупал картины и сжигал их, ненавидя себя за неумение передать словами то, что переполняло мою душу. Мне казалось, что, сумей я передать художнику свою любовь к тебе, он напишет ее красками, и тогда ты прочитаешь ее на полотне. Ведь выразить мою любовь к тебе словами я не мог набраться храбрости.

Как мог я надеяться на твою любовь! Ты такая ослепительная в своей красоте, недоступная и отдаленная от меня пространствами, границами, обстоятельствами. На твое ответное чувство я мог рассчитывать лишь как на чудо. Но я слишком долго живу, чтобы верить в чудеса. Я так и не рискнул бы открыть тебе свое исстрадавшееся сердце, если бы не наша благословенная последняя встреча. Благодарю тебя! Тысячу раз благодарю тебя за твою незаслуженную мной любовь. Никогда прежде мое сердце не было так переполнено восторгом, никогда прежде не трепетало оно так сильно. Благодарю тебя! Благодарю тебя, моя прекрасная, моя великолепная, моя восхитительная возлюбленная! Согретый, нет — возрожденный твоей любовью, я сделал еще одну попытку заказать твой портрет. И разделенное тобой чувство, переполнявшее меня, сделало меня, видимо, более красноречивым. Да и Барбатто —

художник, к которому я обратился на этот раз, был более чуток. Портрет, написанный им, как мне кажется, отражает доверчивую и гордую твою душу. Я видел тебя такой, когда мы расставались у дверей твоей гостиницы. Ты обернулась, но, уже на виду у проходящих мимо людей, только глазами, в которых стояли не пролившиеся слезы предстоящей разлуки, могла проститься со мной. Один уголок рта горько изогнулся, но поворот головы был как всегда полон царственной гордости. Ты так и осталась в моих глазах, с трогательной надменностью пытающаяся скрыть боль раненого сердца.

Дорогая моя! Любимая моя! Что могу сделать я, чтобы принести тебе хоть какую-нибудь радость? Я посылаю тебе твой портрет, как напоминание о самом волшебном дне нашей любви. Как дар моего полного восторга сердца. Как единственное свидетельство реальности наших отношений. И хотя более всего на свете я хотел бы видеть его каждодневно, ежеминутно сам, я отсылаю его тебе. На этом полотне застыло вечное объяснение в любви. В моей любви к тебе, дорогая. Пусть это объяснение всегда будет у тебя перед глазами.

Ты помнишь, тогда, в первый вечер нашего знакомства, нашей любви, сидя в ложе театра, мы слушали, как Аида пела Радамесу в темнице: "Мы не умрем. Мы улетим"? Я верю, что и наши бессмертные души, окрыленные великой любовью, не умрут никогда.

Мы не умрем. Мы улетим, дорогая".

Екатерина Алексеевна замолчала, все так же глядя на письмо, потом поднесла его к губам и бережно поцеловала. Через минуту она заговорила очень тихо и очень медленно, подбирая слова.

— *Спасибо, Антонио. Спасибо за то, что ты нашел такие добрые, такие нежные слова. Они отгораживали меня от тягот повседневной жизни. Они защищали меня от обид. Они делали меня счастливой. Они ни одним словом не отнимали у меня свободы. Ты всегда был рядом со мной. Я так и не решилась сохранить хотя бы одну твою фотографию. Да она и не была нужна мне.*

Ведь стоило мне подумать о тебе, как ты немедленно появлялся рядом со мной. Я ощущала тебя. Я говорила с тобой. Так, как сегодня. Спасибо тебе, Антонио.

Она опять поцеловала письмо и поднесла его к пламени свечи. Уголок бумаги сначала потемнел, потом немного завернулся, и по нему пробежал голубой язычок. Через секунду пламя вспыхнуло оранжевым всполохом и охватило все письмо. Еще мгновение в пальцах держался клочок уже пожелтевшей от огня бумаги со словами «Мы не умрем. Мы улетим, дорогая». Но вот он стал совсем крошечным, а в следующее мгновение упал черными хлопьями в стоящую на столе пепельницу. В комнате сразу как будто бы стало темнее. И холоднее. Екатерина Алексеевна зябко повела плечами, выпрямилась, откинулась на спинку кресла и закрыла глаза.

— *Ты здесь, Антонио?* — спросила она, когда тишина в комнате стала совсем ледяной.

— *Здесь, дорогая,* — ласково ответил он.

— *Мне совсем не страшно, Антонио. И благодаря тебе совсем не одиноко. Мне просто грустно. И пусто. Внутри меня пусто. Нет ни иллюзий, ни идеалов. Ни сожалений, ни надежд. Я достигла наконец своего ускользающего счастья — я абсолютно свободна. Настолько, что могу, наконец, не позволить больше никому принимать решения за себя. Я сама, только я одна имею право распоряжаться своей судьбой. Ты, конечно, простишь меня, ведь ты так хорошо меня понимаешь. Девочки мои счастливы и не нуждаются во мне так, как раньше. Сегодня, когда Светлана сказала: «Я так счастлива, мамочка», я просто физически ощутила, как меня отпустило вечное чувство вины перед ней. И я так благодарна ей за это. Я свободна. Она отпустила меня. Я выполнила все обязательства, которые природа накладывает на мать. И я счастлива, что свободна и от них. Но это не умаляет моей любви к ней. Как не умаляет моей любви к тебе, Антонио, понимание того, что мы никогда не сможем быть вместе. И ты, мой друг, это прекрасно знаешь. Ты никогда не предъявлял на меня права. Спасибо тебе за это. Мы любим друг друга, и все-таки это не делает нас несвободными. Какое это счастье — быть свободной. Сегодня я наконец-то действительно свободна. Но самое главное — никто, никто никогда больше не будет распоряжаться моей жизнью. Я сама распоряжусь ею так, как считаю нужным. И это понимание делает меня счастливой.* — Она открыла глаза и с улыбкой посмотрела на Грациани. — *Я так люблю тебя, Антонио.*

Екатерина Алексеевна встала, отодвинув от стола кресло, и подошла к книжному шкафу. Вынув несколько книг с верхней полки, достала стоящий за ними небольшой флакончик и обернулась к столу. Задумалась, поставила флакон на стол и вышла в гостиную. Вернулась она с высоким хрустальным бокалом. Перелила в него из флакона прозрачную жидкость и села снова за стол. Потом высоко подняла бокал в руке и отсалютовала им не отрывающему от нее взгляда Грациани.

— *Мы не умрем. Мы улетим, дорогой.*

Она залпом выпила напиток, терпко пахнувший горьким миндалем, и еще успела поставить бокал на стол. Потом ее рука разжалась и безжизненно упала на подлокотник кресла.

Раздув тюль, порыв ветра распахнул плохо прикрытую форточку. Огонь свечи заметался, забился. Осветив на прощанье сидящую с открытыми глазами Екатерину Алексеевну и пустое кресло у окна, где еще минуту назад видела она контуры полупрозрачной фигуры, он последний раз ярко вспыхнул и погас. Комната погрузилась в темноту, и оттого стало ясно видно, что творится за окном.

Под низким клубящимся небом все еще сражались грозные и чужие духи осени. Холодный ветер, поднятый ими, все так же гнал мокрую пожухлую листву вдоль пустынных и черных от дождя тротуаров. Неверный свет фонарей выхватывал из тьмы, уже окончательно захватившей город, искривленные голые ветви деревьев и тускло белеющие стены домов.

Запоздалый прохожий остановился на минуту, чтобы переждать особенно свирепый порыв ветра, и вдруг замер прислушиваясь. Мы не умре-ем... Мы улети-им, дорогая-я... — как будто бы послышалось ему в завывании и свисте непогоды. Но новый порыв ветра заставил его плотнее запахнуть плащ и ниже надвинуть капюшон на голову.

Тревожным и безысходным каким-то переливался в ночь поздний московский вечер 24 октября 1974 года.

Мирская Татьяна Анатольевна

Мальвина в поисках свободы
Хроника частной жизни Екатерины Фурцевой

Оформление обложки: *Смирнов И.П.*
Главный редактор: *Кудряшова Е.А.*
Корректор: *Феоктистова Е.В.*
Директор: *Байдак В.А.*

Подписано в печать 20.04.06
Формат 84x100/32. Печать офсетная.
Тираж 4000 экз. Печ. л. 8
Заказ № 1047

ООО «Издательство "ОКТОПУС"»
119021, Москва, Комсомольский пр-т, 14/1, стр.3
Тел.: 246-90-51
E-mail: octo@octo.ru

На сайте www.octo.ru вы можете найти информацию
о книгах нашего издательства, а также сделать заказ

Отпечатано с готовых диапозитивов в ГУП РМЭ
«Марийский полиграфическо-издательский комбинат»
424000, г. Йошкар-Ола, ул. Комсомольская, 112